Lo que no he dicho

Beatriz Rivas

Lo que no he dicho

ALFAGUARA

Lo que no he dicho

Primera edición: noviembre, 2020

D. R. © 2020, Beatriz Rivas

D. R. © 2020, derechos de edición mundiales en lengua castellana:
Penguin Random House Grupo Editorial, S. A. de C. V.
Blvd. Miguel de Cervantes Saavedra núm. 301, 1er piso,
colonia Granada, alcaldía Miguel Hidalgo, C. P. 11520,
Ciudad de México

www.megustaleer.mx

ISBN: 978-607-319-589-8

Impreso en México – *Printed in Mexico*

El papel utilizado para la impresión de este libro ha sido fabricado a partir de madera
procedente de bosques y plantaciones gestionadas con los más altos estándares ambientales,
garantizando una explotación de los recursos sostenible con el medio ambiente y beneficiosa para las personas.

Penguin
Random House
Grupo Editorial

Para todos los que ya no están conmigo.
Sobre todo para ustedes:
Armando.
Ramón.
Dulce.

Aquello que iba a jugar un gran rol
a lo largo de toda mi vida:
era la felicidad.

JEAN D´ORMESSON

Nuestras culpas contaminan
hasta el recuerdo del tiempo
en que no las habíamos cometido.

M. YOURCENAR

La vida transcurre sin ensayos

La casa crujía; el vaivén del piso
era una barca sobre el oleaje de las calles.
MÓNICA LAVÍN

Tiembla. ¿Está temblando?, pregunto. Por única respuesta, el hombre mira fijamente la lámpara blanca que se balancea, colgada del techo, arriba de la cama. Sí, está temblando. No sabemos si vestirnos y bajar corriendo hacia el pequeño parque de enfrente o esperar a que los pisos de arriba nos arropen, asfixiándonos.

Nos levantamos y nos dirigimos hacia la estancia, sosteniéndonos de las paredes para no perder el equilibrio. Caminar en medio de un terremoto sin irse de lado no es sencillo.

La sirena sísmica sigue aullando, aunque apenas se escucha. Ambos tenemos experiencia en conservar la calma (él, por su profesión; yo, por mi estoicismo), así que decidimos no darle demasiada importancia. Observarlo todo desde la ventana: las personas angustiadas lloran, se abrazan, recordando los sismos que han destruido a esta ciudad ya varias veces, y no logran mantenerse tranquilas. Si no fuera porque mi hija salió del país hace apenas dos días, yo también estaría francamente preocupada.

Mientras nos llegan desde afuera algunos gritos agudos y desesperados, nosotros pensamos que los terremotos, así como la vida, deben tomarse con serenidad.

¿Nosotros? Ya somos personajes. Tiembla... y nos convertimos en ficción. En una ficción consciente de que para la vida no hay ensayos. Ni segundas oportunidades. A él no lo bautizaré, es innecesario. Yo me llamo Irene. Como Marcel se llamó Marcel a sí mismo. No se trata de recuperar el tiempo perdido —de eso se han encargado mejores escritores—, sino de suplicarle a la memoria, y a la imaginación creadora, que me regale tramas y escenas. Se trata de rescatar la mayor cantidad de recuerdos posibles, antes de que este viejo edificio de la colonia Roma nos caiga encima.

Las estructuras crujen con rudeza, en un sonido que nos traspasa. La pared de la sala tiene una cuarteadura y el techo del comedor, una fisura. ¿Ya las tenían?, le pregunto. ¿Ya estaba tan inclinado?, sigo cuestionando, cuando es evidente que el nivel del suelo tiende hacia uno de los lados. Él niega con la cabeza y, enseguida, acepta. Se acerca y me abraza. Seguimos casi desnudos. Sin ponernos de acuerdo, al menos con palabras, nos dirigimos hacia la cama. ¿Cuánto tiempo tendremos antes de ser aplastados?

En cuanto me cubro con la sábana, me llega la casi certeza de que no he salido corriendo porque sigo sintiéndome responsable. Llevo un año cargando con esta culpa que en el día a día se queda escondida pero que, cada cierto tiempo, regresa con la fuerza de un tsunami. Para ahogarme, para atenazarme.

Hay omisiones que matan poco a poco. Si permanezco aquí, es posible que la muerte me encuentre a buena hora y pueda, entonces, dejar de sentirme responsable. La novela que comencé a escribir, en una suerte de expiación (confesión, tal vez), no verá la luz. Ya no quiero sufrir por esta culpa que apenas me permite respirar. ¿Pesará más un edificio sobre mi cuerpo... o una muerte sobre mi conciencia?

Memoria

*El tiempo toma todo; es tan ávido que solo podemos
avalar nuestra existencia por medio de recuerdos.
Me pregunto cuáles de los míos han sido reales.*
ADRIANA ABDÓ

Me sirvo un vaso con un hielo grande y redondo —una única piedra de agua sólida, casi transparente—, y mucho whisky escocés. El alcohol ayuda a relajarme y activa mis remembranzas. Les habla de tú, las convoca, juega con ellas, columpiándolas. A veces, también las engaña. Después del primer trago, probablemente el que más disfruto, busco explicaciones: La memoria es la "imagen o conjunto de imágenes o situaciones pasadas que quedan en la mente". "Es una facultad que permite retener hechos del pasado". También la definen como "la capacidad para almacenar, codificar y recuperar la información guardada". En realidad, las definiciones le quitan la magia y el alma al acto de recordar. Siempre pensamos que los seres humanos *somos* más allá de la materia que nos describe y de los impulsos eléctricos que nos conforman.

En alemán se dice *Erinnerung*, término que se traduce como rememoración. Una palabra muy bella, literaria. Cualquier escritor la utilizaría, feliz. Pero, y eso no queremos o sabemos reconocerlo, en realidad la memoria nos engaña y la ciencia lo explica. Sí: existen los recuerdos falsos. El cerebro rellena los vacíos de nuestra memoria con otros recuerdos, con conjeturas personales y con creencias preestablecidas, según explica un neuropsicólogo argentino. Con todo esto obtiene un resultado que satisface, más o menos, nuestras expectativas. Así, la memoria es bastante subjetiva. Recordar con precisión, como le juramos a la persona con la que estamos discutiendo, es una quimera. ¡Cuántas parejas evitarían discusiones estériles si supieran esto!

Nuestra memoria, en realidad, recupera cada recuerdo cada vez que se lo pedimos, como si armara un rompecabezas. Y con el paso del tiempo, debe hacerlo sin todas las piezas necesarias pues algunas se pierden para siempre, a través de los años. O llegan pedazos que nunca estuvieron antes, que se suman al evento original como si hubieran pertenecido a él. ¿Qué fregados estoy haciendo en este recuerdo de 1998, si yo fui generada en el 83?, se quejaría alguna pieza.

Esto me demuestra que cada vez que contradigo a mi esposo al "comprobar" que él está equivocado y yo no, pues juro (así lo creo) que mis recuerdos son los verdaderos, estoy cometiendo una equivocación. Las imágenes que me (nos) llegan no necesariamente son de lo sucedido. Y la voluntad no tiene nada que ver. Entramos, aquí, al terreno de conexiones sinápticas, proteínas estabilizadoras y demás términos científicos.

Mi marido también es novelista y le encanta no solo contar por escrito: su capacidad verbal es impresionante. Narra anécdotas de una manera tan sabrosa, que hipnotiza a sus escuchas. Varias veces, en reuniones con amigos, platica pasajes de alguno de nuestros viajes recientes y, al escucharlo, pienso que tergiversa lo que realmente sucedió para hacerlo más interesante y atractivo. Pero cuando, ya en el automóvil rumbo a nuestra casa, le pregunto por qué inventó esto o lo otro, jura que él así lo recuerda. Ahora me queda claro de qué manera funciona (¿o desfunciona?) la memoria.

Los recuerdos, según encontré en alguna página en internet, se almacenan en forma temporal en el hipocampo y después se envían a la corteza prefrontal del cerebro. Cada información que nos llega se convierte en un estímulo eléctrico y químico. La esencia de la memoria es vulnerable a muchas interferencias; no es un fiel reflejo de lo que vivimos. Todos, hasta los seres humanos más cuadrados y grises, se vuelven creativos (sin que lo sepan) cuando de su memoria se trata. Yo, que siempre confié en mi cerebro, ahora me entero de que me engaña cada vez que quiere o que no logra recuperar lo que intento evocar en un momento preciso. En cambio, la terrible cadena de errores y omisiones que cometí y quisiera olvidar, está tan metida en mis neuronas, que ya forma parte de ellas. ¿Por qué es tan difícil olvidar esa llamada que nunca hice y que me llena de culpa y, en cambio, recordar momentos placenteros se me dificulta?

La escritora de quien me robé el epígrafe de este capítulo también afirma, en una certera frase, que no hay "nada más falaz que la autobiografía: sin embargo, caminamos por la vereda que con ella trazamos". Por eso (y no me podrán reclamar) debo aclarar que lo que leen ahora se acerca más a la ficción que a un pasado cierto. Todavía más si lo que se evoca se hace pidiendo que el cerebro ponga a funcionar el mecanismo de la memoria en el breve espacio que transcurre entre el comienzo y el final de un terremoto. Es definitivo, en cualquier circunstancia podemos ser traicionados por nuestro cerebro. Abrir la memoria llega a producir, de hecho, un terremoto interno. Una fisura por la que surge nuestro yo más auténtico.

En la casa familiar de Echegaray, en el Estado de México, que jugó el rol de mi paraíso durante veintidós años, nos sentábamos frente a juegos de mesa los fines de semana. Mis favoritos eran Maratón y Memoria. ¿Recuerdan este último? Las piezas, con ilustraciones de algo (dos muñecas, dos maracas, por ejemplo), se ponían sobre la mesa con los dibujos hacia abajo. Los jugadores iban dándole vuelta a las cartas, de dos en dos. Tenían que recordar dónde habían visto cada cosa, hasta hacer pares. Quien más pares conseguía, ganaba.

La vida no se trata de hacer pares, pero sí tal vez de acumular recuerdos. De ser posible, un mayor porcentaje de buenos momentos, tardes geniales de conversaciones y vino, caminatas en un pueblo nevado sintiendo el viento frío en las manos, travesuras en pareja, discutir sobre nuestros personajes (los de mi esposo y los míos) o sobre la verosimilitud de alguna escena. Aunque hay que dejar espacio para las evocaciones de pasajes tristes o de frustraciones a las que nos lleva la impotencia: ¿Por qué carajos no contesté sus llamadas? ¿Por qué no corrí a verlo?

También se trata de acoplarnos a un presente que constantemente llega y se va, llega y se va, en cuestión de nanosegundos. En dejar que nuestro cerebro (con un empujoncito de todo el sistema nervioso) capte los momentos esenciales de lo que sucede día a día, aquello que nos conmueve y nos estremece, para que los almacene en forma de circuitos complejos. Ahí quedarán hasta que necesitemos convocarlos a veces sin siquiera darnos cuenta, en alguna ensoñación irruptora, o a propósito: por ejemplo, cuando siento un terremoto y sigo abrazada por este hombre y sus sábanas. O cuando me estoy sirviendo un segundo whisky y dejo que el alcohol me guíe.

Antes

No me arrepiento de nada, pensó ella. He sido feliz.
No lo sabía, pero siempre abrevé de la alegría.
Fui amada. Soy amada todavía, lo sé,
a pesar de la distancia, a pesar de la separación.
IRÈNE NÉMIROVSKY

Desde el fondo de la caja, en blanco y negro, ambos le sonríen a Irene De Alva, su primogénita. Son jóvenes y lucen felices mientras posan para la fotografía. Ella porta un vestido blanco y un velo de gasa, con aplicación de encaje, que seguramente hace un rato todavía cubría su rostro. Era el día de su boda. Él presume sus ojos luminosos y un bigote que usaba con las ganas de disimular su labio superior, tan grueso. Para que Iri naciera, harían falta trece meses, así que solo existía en los puros deseos de una pareja de recién casados que planeaba su vida con la inocencia que regala tener veinte años.

Recortes de prensa: la primera exposición de su madre, el premio que le dieron a su padre. Los apuntes de la mamá cuando estudió para educadora y después hizo una especialidad en problemas de aprendizaje. El retrato del papá en su enorme oficina del edificio de Rectoría de la UNAM. Cartas. Recados. Dibujos. Calificaciones.

Credenciales diversas. Varios negativos guardados, de esos que dejaron de ser útiles cuando las cámaras digitales se apropiaron del mercado. Cuántas cosas que ya no existen... como afirman que no existen las historias de las familias felices, pues no tienen nada que contar. Por eso, precisamente por eso, Irene debe contar esta historia, que en realidad son muchas. Girones de remembranzas. Y para hacerlo, solo tiene unos minutos. Pocos. Debe darse prisa porque los terremotos, y sus consecuencias, no tienen palabra de honor, así que dejemos que ella hable nuevamente:

Estoy naciendo. Sí, en este momento. En un hospital de la zona de Virreyes, en la Ciudad de México, muy lejos de donde vio la luz Irène Némirovsky por primera vez, sesenta y dos años antes que yo. Mi nombre también será Irene, pero sin acento.

Mi abuela materna, Leopoldina, una mujer que poseía igual dosis de dulzura que de fortaleza, eligió mi nombre obsesionada por el poder de las novelas de esa *otra* Irène.

Dicen que cuando mi madre comenzó con dolores de parto, mi padre, contador público, y por lo tanto, un hombre preciso, se sentó ante la mesa del comedor, frente a unas hojas que había diseñado previamente, para construir una gráfica: intensidad del dolor y minutos entre cada contracción. Mientras él anotaba los datos con un lápiz y una pluma roja, cronómetro en mano, mamá daba vueltas alrededor de la mesa. De esa manera, a pesar de ser primerizos, supieron el momento exacto en que debían salir rumbo al hospital en su Volkswagen azul.

¿Soy yo esa bebé que apenas nace? Mi memoria falla. A veces. O no tanto. Como si ella, la Irene que está naciendo, no fuera la misma que hoy soy. Resulta extraño... no sé de qué manera explicarlo. Cuando veo mis retratos me siento ajena. Es una "otra" que tal vez algún día fui yo.

Hace frío. Mucho. Añoro el abrazo líquido y tibio que me acogía. Ese océano que era todo mío y que será el hilo conductor de mi vida (aunque todavía no lo sepa)... hasta que la culpa tome su lugar. Tengo miedo. Oigo ruidos que no reconozco. No escucho más la voz de mi madre; desde que me supo en su cuerpo, me cantaba a diario. Y me contaba, con precisión, lo que estaba haciendo. Podría decir que conversábamos. Ya me voy a levantar, es tardísimo. Por favor, acomódate en otro lado, tengo dolor de espalda. Hoy voy a preparar tortitas de carne en salsa verde. ¿Serás niña o niño? Ojalá lo supiera para elegir el color de las paredes de tu recámara. Si eres niño, te llamarás como yo y como mi padre, me susurraba una voz masculina cuando regresaba del trabajo y acercaba su cabeza al regazo de mamá.

Tengo miedo. La luz me lastima y me hace falta la calidez del agua; el movimiento de sus leves olas. Como seguramente antes de antes también extrañaba Irène la tranquilidad que suponía estar en el vientre de su madre. Y el delicioso calor que la protegía. El lugar en el que vio la vida por primera vez, un 11 de febrero de 1903, es demasiado frío: Kiev. El terrible invierno ucraniano.

Antes existía mi abuela Ángela, que nació en México en 1913 con el peso de ser una hija natural. Bastarda. Esa mancha jamás se borraría. A aquel enamoradizo Lucien, un joven francés, judío, le prohibieron casarse con una "india" mexicana. Su orgulloso y elitista padre joyero, socio de Hauser & Zivy, lo obligó a regresar a su patria. Así que mi abuelita vivió sin un papá que la protegiera y con una madre que la miraba con recelo. Que, incluso, cuando tuvo la oportunidad de una nueva vida, terminó por no desear verla.

Pobre mujer, pequeña, delgada, endeble. Un rostro borrado como una vieja fotografía amarillenta, diluido en lágrimas.

Antes de antes el mundo era distinto, a veces peor que el de ahora. Irène Némirovsky tuvo la mala fortuna de que una de esas veces, tal vez la más cruel de las veces, la ceguera, el odio y el horror de los seres humanos decidieran su destino: morir de tifo en un lugar llamado Auschwitz, a las 3:20 de la tarde, el 19 de agosto de 1942.

Lo último que salió de su prodigiosa pluma fue una breve nota con la que se despidió de su *amado querido* y de sus dos *pequeñas adoradas*. Después: el vacío. Ni una palabra más, pronunciada o escrita.

¿Qué será lo último que yo escriba? ¿Estas letras?

Lagartija

Si algo sabe hacer el dolor
además de quedarse y acomodarse,
es cautivar.
Paola Martín Moreno

A veces, me gustaría ser una lagartija. La atrapas de la cola y, para sobrevivir, la deja atrás y huye. Poco tiempo después, le crece una cola nueva.

¿Se imaginan hacer lo mismo con nuestro corazón? Arrancárnoslo a propósito y dejárselo a quien lo ha destrozado. Mientras esa persona trata de repararlo y se afana en el intento, nosotros ya estaremos lejos, dormitando tranquilos, en espera de que nos crezca un corazón nuevo que no tenga, en sus músculos apenas nacidos, cicatriz alguna. Uno recién estrenado, robusto y vital, sin restos de abandonos, traiciones, vacíos. Sin culpas ni ausencias. Más que el miedo, la culpa nos paraliza. A mí, al menos.

Hay muertos muy muertos. De tan muertos que ya no están. Pero hay otros no tan muertos: no se han ido del todo y nos visitan en las noches. Quisiera saber si nos observan durmiendo, desde arriba, o simplemente se recuestan junto a nosotros, en la cama, y comienzan a respirar a nuestro propio ritmo, en una suerte de homeostasis con la vida. Tal vez hasta nos abrazan. Soñar con mis muertos me reconforta. He logrado sentirlos vitales e impetuosos. Es extraño, sé muy bien que fallecieron y, sin embargo, los tengo frente a mí y puedo abrazarlos. Eso: abrazarlos muy fuerte. Fundirme en su cuerpo, recargar mi cabeza sobre su pecho, escuchar ese corazón que aún late.

No logro desprenderme de quienes se han ido; creo que es muy obvio. Tal vez responda a un defecto de mi ateísmo. No puedo imaginarlos a la derecha del Padre, ni en su trayecto hacia el Paraíso; ese Jardín eterno y gozoso. No los concibo resucitando y la palabra "samsara" me resulta siete letras sin sentido. Mis muertos ya no están, no porque hayan pasado a otra dimensión, sino porque han desaparecido. Ya no existen más que en mi memoria. Jamás los volveré a ver. Jamás escucharé sus risas, su canto, mi nombre pronunciado por sus labios. Ni siquiera sus reclamos. ¿Por qué no me hablaste ni tomaste mis llamadas?, protestaría Armando.

A veces, mi mente en duelo los convoca en las noches y sueño con ellos. Dialogamos sin palabras. Me entregan calor y cariño. Vuelvo a sentirme acompañada. Entro a la magia de la ficción. Deseo creer. Creo. Lo necesito. Me dejo apapachar y los sueño la noche entera. Entonces, abro los ojos. No están. No estarán nunca más. Y mi corazón, que late demasiado porque tengo la presión arterial elevada, vuelve a sentir sus cicatrices, las palabras no pronunciadas o dichas a destiempo. Cuando ya no hay remedio.

Ser atea no es fácil. Hay cierto desamparo en una vida sin dioses. ¿A quién rogarle para que tu padre sobreviva cuando alguien te llama pare decirte que lo acaban de llevar a Cardiología? ¿A qué santo o virgen exigirle que el *stroke* que le dio a tu madre no deje consecuencias? ¿A quién suplicarle que la muerte cerebral de Dulce sea una equivocación médica y verla, pronto, abrir los ojos y sonreír? ¿Cómo echar hacia atrás el tiempo para que Leopoldina no elija quitarse la vida o para que Ikram no muera de un infarto? ¿A quién pedirle que por favor por favor por favor por favor encuentren a Armando con vida?

Andar por este mundo y sostenerte tan solo de la razón y lo tangible, lo comprobable con fórmulas científicas, puede abatirte. Es probable que los corazones de quienes no somos religiosos sean más frágiles y tengan más huellas, muchas heridas irreparables. Lo supongo.

Me resisto a ser atrapada por la congoja... o la culpa. No deseo que me cautiven. Es necesario encontrar la manera de dejar atrás nuestros corazones malheridos. Abandonarlos y que se queden solos. Luchando en alguna cloaca por no perder su latido. Que se pudran lentamente sin que nadie los rescate, hasta que hiedan.

A eso, las lagartijas le llaman supervivencia.

Enumeración

Escribo para transformar lo perceptible.
Escribo para entonar el sufrimiento.
JULIÁN HERBERT

Nací un día antes de la celebración anual de las madres. Llegué al lado de mis padres con una rosa roja entre las mínimas manos. De niña, odiaba esa fecha: pensaba que cuando fuera mamá, mis hijos y esposo juntarían ambos regalos en uno. Y recibir sorpresas me importaba. Después, me di cuenta de que el regalo era tener una familia como la mía. Una vida como la mía. Sí, es una aseveración cursi pero verosímil y cierta.

Vivíamos cerca de dos amplios camellones y un parque, en una colonia de los suburbios que solía ser tranquila y arbolada: podíamos andar en bicicleta y caminar a la dulcería que estaba a tres cuadras, sin miedo de que nos secuestraran. Dos terrores me atormentaban: sospechar que debajo de mi cama me esperaba una mano huesuda y de uñas largas; saber que si no subía rápidamente la escalera que conducía hacia el cuarto de televisión, un tigre saltaría sobre mí desde el piso de arriba.

En el rancho de unos amigos, cuando todos se iban a ver las peleas de gallos, yo me encerraba a escuchar discos de ABBA. Tal vez por eso no

28

puedo ver la escena de Meryl Streep brincando en la cama sin que me salgan lágrimas: *young and sweet, only seventeen...* ¿Algún día podré volver a tener diecisiete años?

Asistí a una escuela muy alivianada. Yo era pésima para hacer ejercicio, magnífica para las humanidades y me las arreglaba para sacar buenas notas en química y matemáticas. Tenía muchos amigos y una vez me expulsaron "para siempre" por ser líder negativo, aunque después de que mi indignada madre fuera a darles una lección de pedagogía, volvieron a admitirme.

Mis papás nos llevaban a Tepeji para hacer picnics y "caernos" en el río. De vacaciones, a Tequisquiapan, Cuernavaca o Acapulco, a un hotel ahora destruido, que tenía jaulas con pájaros tropicales y monos araña. El hotel no estaba en la playa, así que íbamos al Revolcadero a rentar colchones y nadar. Una mañana, a mi padre lo golpeó una ola tan duro, que casi lo ahoga. Salió del mar sangrando, pero vivo. No recuerdo cuántas puntadas le dieron en la cabeza aunque, fuera de ese accidente, Acapulco era el paraíso. Como lo era el terreno baldío al lado de casa de mis abuelos: los primos nos íbamos de expedición a África. Safaris en los que atravesamos la alta maleza para descubrir leopardos, cebras y jirafas. Rifles de palos de escoba nos mantenían a salvo de algún león que hubiese salido de cacería.

Fui una adolescente enamoradiza y aficionada a los besos; así que tuve varios novios a los que, de hecho, sigo queriendo: nos convertimos en grandes amigos. Soñaba con George Harrison y Jim Morrison: deseaba casarme con ellos. La voz aterciopelada y ronca de Rod Stewart también me impulsó a imaginarlo a mi lado.

A mi regreso de vivir un año en París, ciudad que se adhirió en mi piel y en alguno de los lóbulos de mi cerebro, comencé a estudiar dos carreras. Deseaba cursar una maestría en el extranjero, pero un hombre con apellido italiano (nieto de republicanos españoles) me dio el anillo de compromiso en un muelle sobre el lago de Valle de Bravo... y me hizo cambiar de opinión.

En el segundo intento de asentar mis endorfinas, encontré a la pareja perfecta para mis planes de vida: un escritor que entiende la magia de narrar y la necesidad de decir todo lo que uno trae atorado dentro. Que conoce de libertad, ternura y respeto. Que me echa porras y defiende lo que pienso y lo que hago, aun cuando él no está de acuerdo. Que me ha enseñado a ser valiente y tenaz; a saber burlarme de mí misma. Que cree en el poder del amor, pero también sabe que las relaciones a veces caen al abismo y de ahí, a puro golpe de diálogo y ternura, hay que rescatarlas. Que lucha todos los días, sin cansarse, por un país al que adora.

Despertar con él es protección y apapacho. Es magia. Sentirlo cerca disminuye mis temores y acrecienta mis gozos. Vivir a su lado es escuchar lo que fue su día y sus apasionadas opiniones políticas, mientras observamos las luces de la Ciudad de México desde la sala de nuestra casa. Es discutir sobre alguna noticia y aguantar estoicamente que nunca le doy la razón (comparte techo con una abogada del diablo). Es recordar el horizonte del Mediterráneo y planear nuestro siguiente viaje con un entusiasmo que contagia.

Yo no sabía si quería ser madre (los bebés me daban horror; me dan horror todavía) pero el nacimiento de Maryam se encargó de desmentir mis despropósitos. Ahora afirmo que mi hija es lo mejor que me ha pasado.

Mi profesión me otorga muchas facilidades: la ejerzo con sumo placer cuando quiero, en donde quiero. Crear historias y verlas publicadas es un verdadero deleite. Cuando termino de escribir un libro, extraño a mis personajes (después de dos años de hacerlos míos) y trato de rendirles homenaje cada vez que puedo.

Tiendo a disfrutar la lectura, los viajes, el placer de la mesa, incluyendo comida y bebida. Todos los fines de año hago idéntica lista de propósitos y metas que, obvio, jamás cumplo. Llevo al menos dieciocho años a dieta pues deseo ver otra imagen en el espejo. Soy ansiosa, demasiado puntual. Controladora. Me gusta tener la razón y me es difícil ceder en las discusiones. No creo en Dios, pero sí en los atardeceres que me enseñó a admirar mi madre y en la música que hace llorar a mi padre. Creo, también, en el amor inmenso y en la sabiduría de mis hermanos. Rezar a santos o vírgenes no me dice nada, en cambio, confío en que si me despido de una ciudad, un paisaje o una habitación que he amado, lanzándole besos en una última mirada, garantizo mi regreso.

Pero, he de decirlo aquí y ahora, ninguna de las cosas anteriores, de la larga enumeración que han leído, me preparó para perder, súbitamente, a mis dos mejores amigos. La orfandad no admite lecciones previas. La felicidad del pasado no alcanza a llenar mis vacíos.

Fisura

—Sigue temblando. Esto ya no es normal.

—Sí, jamás había sentido un terremoto que durara tanto —digo. ¿O solo lo pienso? Mi boca permanece cerrada. El otro día Maryam me aseguró que desde hace unos meses no pronuncio en voz alta lo que traigo adentro de la cabeza y después le reclamo por no haberme contestado. ¿Será cierto?

Si hay algo que no me suelta, junto con la certeza de que estoy envejeciendo, es la culpa: la maldita culpa. ¿Por qué no le marqué si sabía que me necesitaba?

Aeropuertos

Habitamos el cuerpo,
ese equipaje molesto.
OLGA TOKARCZUK

Siempre pensé que conocería al amor de mi vida en un museo o en algún aeropuerto. Ya saben: estás tomando una copa en un bar, mientras esperas que salga tu vuelo. Una voz femenina, con el timbre educado y maleable, anuncia la salida de algún avión hacia Copenhague. Del otro lado de la barra ves a un hombre atractivo, de "mediana edad" (¿qué carajos querrá decir eso?) y él te mira también, constantemente. Sus ojos son oscuros y tratas de descifrarlos, aunque en realidad pecan de transparentes: es obvio que le pareces atractiva. Pero cada quien está en lo suyo: él dicta algo en su celular y tú lees un libro, mientras das breves tragos de tu flauta de *champagne*. Ninguno de los dos se atreve a acercarse, a dar ese paso que puede, literalmente, cambiar sus vidas.

De pronto, pide la cuenta y se va, volviendo su rostro para verte por última vez. Pero no es la última vez: las casualidades, que hay quien dice que no existen, barajan el futuro para que sea él quien ocupe el asiento a tu lado. Están en el mis-

34

mo vuelo hacia... ¿Venecia? Hay que elegir un lugar romántico, que sirva de marco a una pasión que comienza. Los esperan diez horas prisioneras en un espacio del que no es posible (ni deseable) huir. Asientos contiguos y un trago compartido empujan una conversación en la que se dan cuenta de que "están hechos la una para el otro... o el otro para la una" (otra vez: ¿qué carajos quiere decir eso?). El resto de la historia... más vale no imaginarla. O sí. Depende de lo que cada quien conciba como *el amor de mi vida.*

El caso es que todo este rollo cobra sentido ahora pues, efectivamente, estoy en un aeropuerto. Viajo hacia Tulsa, pero gracias al moderno, eficiente y funcional aeropuerto de la Ciudad de México, perdí la conexión en Houston. La verdad, no es una tragedia. Me gustan los aeropuertos: son mi *happy place.* (¿Ya les dije que el *happy place* de mi hija Maryam son los laboratorios Biomédica?). Y no, no me he encontrado a ningún hombre atractivo de mediana edad. Aunque eso, en mi vida real, es una bendición, pues ya estoy casada con el *amor de mi vida.* No lo conocí en un aeropuerto, sino en el estudio de una estación radiofónica en la que yo trabajaba, hace ya veintisiete años.

En el estómago tengo la cuarta parte de un omelette frío y horroroso que me dio, de muy mala gana, un empleado bastante mal encarado de United Airlines. ¿Alguien me explica por qué el servicio de las líneas aéreas estadounidenses es tan deplorable? ¿Por qué te tratan como si estuviesen haciéndote un favor, como si hubieras subido a ese aeroplano sin pagar un dólar?

Después de conseguir un nuevo vuelo, me siento en un bar a matar las tres horas que me quedan por delante. Pido un whisky, ignorando las instrucciones respecto a los antibióticos que estoy consumiendo (que se entretengan salvando otro cuerpo), saco mi computadora y sigo redactando la novela (¿será novela?) que ustedes están leyendo.

(Mmmmm… aquí hay una trampa. Escribo en tiempo presente porque estoy presionando las teclas de mi *laptop* en este instante. Pero para cuando ustedes lean estas líneas, lo que veo, pienso y siento ahora mismo, será parte de mi pasado. Incluso, existe la posibilidad de que yo ya haya muerto. Así de sencillo. Bien dice la escritora polaca de quien me robé el epígrafe que preside este capítulo: "Todos seremos un día poco más que eso, un cuerpo sin vida".)

Cucurrucucú

Bebe y baila, ríe y miente,
ama toda la tumultuosa noche
porque mañana tenemos que morir.
DOROTHY PARKER

Conocí a Armando Vega-Gil en la grabación de un programa piloto para alguna televisora mexicana, me parece que a principios de 2012, aunque no estoy segura. El programa de entrevistas nunca salió al aire. Armando era músico, escritor, poeta, compositor, cantante, fotógrafo, guionista, alpinista y buzo... entre otras cosas. Fundador y bajista del grupo de guacarock Botellita de Jerez, que consiguió su mayor momento de fama por allá de los años ochenta.

Era un hombre inteligente, culto y, sobre todo, extremadamente sensible. Por algo era conocido como el Cucurrucucú: *Dicen que por las noches nomás se le iba en puro llorar...*, escribió Tomás Méndez. *Ay, ay, ay, ay, ay, cantaba, gemía, cantaba. Moría.*

Nos citaron en el penthouse de un hotel de la avenida Reforma y yo llegué, como siempre, muy puntual. El conductor me presentó a Armando, quien sería mi compañero en la entrevista. Ese primer encuentro resultó fatídico. Le hice mención de un amigo en común y resultó que ese amigo ya era su enemigo; por lo tanto, fue bastante grosero conmigo y se alejó, dándome la espalda. Yo, murmurando un "con tu pan te lo comas, pinche mamón", me refugié en la esquina contraria del estudio improvisado, decidida a matar el tiempo a solas, mientras comenzaba la grabación. La producción estaba cometiendo muchos errores, así que nos hicieron esperar bastante: la escenografía no quedaba, la iluminación no era adecuada, la maquillista dejó mi rostro como si hubiera elegido plumones fluorescentes para niños. En fin... nada estaba funcionando.

Cuando llevábamos una hora y media de espera, y mi paciencia estaba acercándose a las periferias del hartazgo, de plano dije, alzando la voz: O me consiguen un whisky doble en las rocas, o me voy a mi casa. Armando, que estaba quién sabe dónde, apareció de pronto para agregar: Y yo quiero una copa de vino tinto. Cinco minutos después, armados ya con nuestras bebidas, nos sentamos en unos escalones y empezamos a platicar. La conversación duró más de siete años y la aderezamos con brindis, comidas, viajes y complicidad en las letras. Y en la vida.

Con frecuencia nos citábamos en algún café para trabajar juntos. Al vernos, nos abrazábamos un largo rato. Sentir sus brazos rodeándome y mi cabeza recargada en su hombro, me sabía a celebración. Y me tranquilizaba; como si acunara mi desamparo. Pedíamos algo de desayunar, conversábamos y, enseguida, sacábamos nuestras computadoras y nos poníamos a escribir. También comíamos frecuentemente en alguno de nuestros dos restaurantes acostumbrados: uno italiano, en la colonia Condesa, y otro de mariscos, en la Roma.

—¡Veeeeeeerga! —escucho de pronto y levanto la vista para ver qué le sucede ahora a Armando.

—¿Qué pasa? —pregunto, porque su rostro no da pista alguna.

—Acabo de traicionar a mi personaje. Y es el protagonista. Voy a tener que borrar todo el capítulo. *Merdre!*

—Se dice *merde*, sin la segunda erre —lo corrijo, dándole un sorbo al vino que él ha elegido: un Lacryma christi de color casi púrpura, más bien granate.

—Desde que leí *Ubu roi*, yo digo merdre. Lee ese libro, Bacha. Es un portento: una crítica bien chingona a la ambición y a la tiranía de los poderosos.

—Lo leeré. ¿Pedimos más agua de piedra? Y chance necesitemos otra botella de vino: está delicioso.

—¿Más vino? Llevo dos copas y ya me siento borracho —se queja.

—Pinche Armando, eres refresa. Por cierto, el lunes me voy de viaje con mi esposo y con Maryam. ¿Quieres algo?

—Sí, lo que siempre te pido: "Algo que no cueste más de un dólar...

—... y que me quepa en la mano". Va. No sé ni para qué pregunto. ¿Te acuerdas, en París, del cafecito en el Passage Vivienne donde escribíamos todos los días? Si no hubiera sido por ti, *Dios se fue de viaje* no habría tenido ese final. Fue tu idea.

—Lo recuerdo. Y te acompañé al cementerio ese...

—Père Lachaise —interrumpo.

—Ese es donde duerme Jim Morrison, ¿no? —acepto con un movimiento de cabeza—. Fuimos a visitar la tumba de *tu* Gerda Taro. Lloramos juntos y le dejamos unas piedras bien chidas que yo escogí, al lado de las otras. ¡Qué chingones viajes nos hemos echado!

—Me hiciste recorrer medio Londres para buscar tu arracada y ninguna te gustaba.

—La encontramos en Soho, a cinco minutos de que cerraran la tienda. La traigo puesta.

—Lo sé —le reconozco—. ¿Y te acuerdas el día que nadamos en el piso sesenta y tres del hotel de Shanghái?

—De noche, con la ciudad encendida y titilante —dice, cerrando los ojos, para traer esa imagen más cerca—. Ay, que mamón lo de titilante, ¿no? —con la mano llama a un mesero—: Otra botella igual —ordena.

—¿No que no?

—Pues si me emborracho, ya ni pedo. ¡Salud! Por nuestro próximo viaje —exclama, levantando su copa—. Mi hijo amó las fotos que me tomaste con los elefantes, mientras los bañaba. Deberías comprarte una cámara profesional; tienes muy buen ojo. Ahora a ver cómo le hago para llevar a Andrés al mismo viaje: se lo prometí. Debería ahorrar —se ríe—, pero ¿cómo ahorro si no tengo para pagar la colegiatura? No puedo ni transformar mi estudio en una recámara para mi hijo porque no tengo un peso. ¡*Merdre* con erre! —grita.

Pongo mi mano sobre la suya. Y él, la otra mano sobre la mía. Es un sándwich de manos cálidas que quisieran resolver los problemas de un mundo que cada vez pierde en milagros y gana en horrores.

—El viernes tengo una plática en el centro. ¿Me acompañas? Y así te invito al Danubio para que pidas tu sopa verde y los langostinos al mojo de ajo —le digo, para cambiar de tema.

—Claro —contesta apresurado, con un reflejo feliz de sopa verde en su mirada. Pero, de pronto, se acuerda—: No mamaaaaaaartz, no puedo. Ese día tengo toquín con Botella.

En ese momento se acerca una mujer joven, de mirada clara y una minifalda de terciopelo bermellón que deja ver dos muslos firmes y orgullosos. Desde su voz ronca (¿sensual?), le pide una foto a Armando. Ofrezco tomársela, pero ella me aclara que el chiste de una *selfie* es que sea precisamente eso, una *selfie*. Él sonríe con esa sonrisa límpida que posee; se levanta caballeroso, y hace un gesto bizarro y distinto para cada foto: saca la lengua, tuerce la boca, abre exageradamente los ojos.

—Me gustó la morra —acepta, cuando ella se va feliz.

—Pues sí, está preciosa.

—Ya quiero una pareja que me dure. Tengo un chingo de ganas de enamorarme, pero no se me da. ¡Soy una mieeeeeeeerda! —grita de nuevo.

—Carajo, odio que te digas eso —reclamo—. Armando armándola de tos; ese eres tú.

—Ta' bien, mi amor, ya me callo.

—Pues si este viernes no puedes, regresando de mi viaje vamos al Danubio, que lo que nos sobra es tiempo.

Una voz me susurra, desde muy dentro: "Nada es para siempre. La vida se encarga de enseñarnos esa lección con un salvajismo apabullante". Decido ignorar esas palabras y, para acallarlas, pido la cuenta.

Antes de levantarnos y después de haber pagado, Amando saca su nuevo libro de la mochila negra que acostumbra cargar. Lo presume, orgulloso. Me regala el primer ejemplar. Pasándole mi pluma, le pido una dedicatoria. Él recarga la cabeza sobre sus manos, para pensar un rato, y escribe: "Querida Bacha: saber que tu mirada y cariño son parte de la letra y la historia aquí contada, me hacen feliz y confiado. ¿A qué o a quién tengo que dar las gracias por nuestro encuentro?".

De regreso hacia mi casa, mientras manejo en el intenso tráfico de una avenida arbolada, pienso que nos hemos dedicado, juntos, a construir un cosmos de ficciones posibles y amorosas. Que nos conocimos para espantar nuestros miedos, nuestros fantasmas.

Imaginerías

Imaginemos que esta novela no es autobiográfica ni autoficción. Que ni siquiera es novela. Que, incluso, podría ser únicamente una serie desordenada de recuerdos, de esos que llegan de pronto, cuando alguien está a punto de perder la vida. Imaginemos que es todo lo anterior al mismo tiempo. O nada. Pensemos que lo que aquí cuento les interesa. ¿Será una especie de *Bildung*, pero un viaje hacia *mi* experiencia?

Estoy en medio del océano Atlántico, navegando con ciento ochenta personas más y los varios tripulantes que nos atienden al grado de adivinar nuestros deseos (¡Uy! Si alguien adivinara mis deseos...). Según aseguró el capitán hace unos minutos, estamos *precisamente* a la mitad de este recorrido entre una isla del Caribe (Puerto Rico) y una isla de Europa (Madeira). Así dijo: *precisamente*, aunque él usó el término en inglés: *precisely*.

Imaginemos que el hombre que hace el recorrido conmigo es un experto en ballenas y delfines. En vida marina. Se llama Robin Petch y se dedica a luchar por la conservación de los mares, a crear conciencia. Vuelvo la vista y lo observo en el balcón de nuestra suite, con unos

44

catalejos profesionales y una cámara siempre lista para tomar fotografías a distancia. Ayer logró captar a su primera *sperm whale* del recorrido y hace dos días, a un par de *striped dolphins* (uso los términos en inglés porque él me habla en ese idioma). Con sus pantalones estilo safari, ligeros y color caqui, su cabello blanco amarrado en una cola de caballo y una playera cuya leyenda reza: Sea Watch Foundation, recorre el barco buscando signos de vida en las olas y conversando con los pasajeros interesados para explicarles por qué es importante proteger al medio ambiente. Lleva veinticinco años estudiando el tema, de la misma apasionada manera en la que me ha enamorado.

Me acerco a Robin y le ofrezco una copa de *champagne rosé* muy fría. Es mediodía y sé muy bien que siempre, a esta hora, *sharp*, tiene sed. Sed de alcohol, que es muy distinta a la sed de agua. Se retira los prismáticos del rostro y se sienta a mi lado, aunque no quita su vista del piélago. Brindamos. *Vive la mer*, dice en su francés de pésimo acento. Es obvio que no le sirve escuchar todo el día a Gilbert Bécaud y a Charles Aznavour con sus *headphones*. Le damos un largo trago a esas burbujas cuya frescura agradece mi garganta. Enseguida, continuamos con la conversación que dejamos truncada anoche.

—¿Así que tú solo ibas a misa por...?

—Por los chicharrones que vendían en la entrada de la iglesia. O en la salida, pues. Porque entrar con un chicharrón a un lugar santo debe ser pecado. (Si esto no fuera imaginería, yo le tendría que explicar al biólogo marino inglés qué demonios son los chicharrones.)

—Es decir: no tienes fe.

—Exacto. De hecho, soy atea. O agnóstica, para que no te espantes. Y si asistía a misa los domingos, era simplemente porque, como ya te lo dije, amaba esos chicharrones que vendían en los puestos ambulantes y que acomodaban dentro de una gran canasta. Eran enormes, delgados y extendidos, crujientes... ay, ya se me antojaron. El vendedor les ponía mucho limón y una salsa roja picante deliciosa —se me hace agua la boca—. Cuando vayas a México, deberías probarlos.

—Yo soy protestante y científico. Tengo una mente muy racional y, sin embargo, creo en Dios. Observar la naturaleza me hace pensar que alguien superior a nosotros tuvo que haber producido este milagro. Amar a la naturaleza te hace creyente. Al menos, a mí —afirma dándole otro trago a su *champagne* y evadiendo, una vez más, el tema de su visita a mi país. El otro día me insinuó que México le da miedo: demasiada violencia e inseguridad. Narcotráfico. Corrupción. Tantos descabezados. Tantísimas mujeres asesinadas.

—Me cuesta trabajo pensar que hay científicos religiosos. Me parece que la religión y la razón no pueden entrar en el mismo paquete.

—Bueno, frente a ti tienes un ejemplar extraño —me mira con esos ojos lúdicos que, según asegura, se hicieron azules con el tiempo, de tanto observar el mar—. ¿Y jamás fuiste religiosa o hubo algo que te alejó de la fe... católica, supongo?

—No recuerdo bien —contesto—. Mi mamá nos llevaba al catecismo y ni siquiera me acuerdo si yo creía o no en lo que me decían. Iba al catecismo porque había hecho muchos amigos y después nos divertíamos andando en bicicleta por el barrio o jugando quemados en la calle. Pero mi hermano, ese sí que no se tragaba ninguno de esos cuentos. Cuando le estaban explicando el milagro de Jesús el día que caminó sobre las aguas, dijo: "Eso no es posible. Seguro había piedras abajo, un arrecife o, ¡ya sé, un submarino!".

—¡Que hubiera un submarino en esa época habría sido mucho más milagroso! —afirma Robin, sonriendo cálidamente, sin dejar de ver el mar. Es lo único que hace durante horas. Tiene paciencia de santo y una alta resistencia a la frustración. Ayer estaba en cubierta, acompañado por dos jóvenes pasajeros de la India. Él, con ese orgullo que le da su conocimiento, les explicaba de qué manera observar el océano: la mejor hora, las condiciones ideales. Les señaló un magnífico *Fri-*

gatebird y les explicó cómo podía saber que era un macho. Les mostró, también, fotografías de gaviotas Bonaparte y de dos ejemplares de *Masqued Bobies*. De pronto, le pasó al más alto sus catalejos y lo dejó encargado, mientras él iba al baño. Algunos segundos después, apareció una ballena jorobada. Una enorme *Megaptera novaeangliae* que saltaba sobre la superficie en llamativas acrobacias, golpeando el agua con la cabeza nudosa y sus largas aletas pectorales. El joven indio gritaba, emocionado, señalando hacia estribor: ¡A güeil, a güeil! Varios pasajeros se acercaron, curiosos, con sus teléfonos celulares listos para captar el momento. Yo, que estaba cómodamente sentada, leyendo, corrí hacia el baño de hombres para tocar la puerta con fuerza y urgencia. En el momento en que Robin logró ponerse los pantalones y salir, la ballena, después de haber lanzado un enorme chorro, ya se había sumergido en el mar, hacia abajo del barco —dicen quienes la vieron— y no volvió a asomarse. Mi amante la esperó durante dos horas. Ni un minuto menos. Casi al anochecer, para aliviar su mala fortuna, me hizo el amor en el balcón de nuestro camarote. Claro, con vista al mar y los catalejos a su alcance, por si acaso...

Sueños

Sueño con una adolescencia en la que yo de nada adolecía. Tenía unos padres comprensivos; confiaban en mí y me daban más permisos de los que merecía. Pertenecía a un grupo de amigos, La Bola (años después, seguimos frecuentándonos y viajando juntos), y me sentía querida y aceptada. Varias veces arriesgamos la vida sin siquiera darnos cuenta (las bondades de la edad). Una noche, caminando sobre una vía del tren, en una curva en medio de un bosque cerrado y oscuro, de pronto llegó el ferrocarril y apenas nos dio tiempo de esquivarlo. En San Miguel de Allende un hombre furioso, cuidador de un centro recreativo con alberca, nos persiguió con su cuchillo. Corríamos rápido, al menos, más rápido que él, así que logramos subirnos al coche. Pero antes de que pudiésemos arrancar, aventó su arma, rompió el cristal trasero y el cuchillo aterrizó sobre las piernas de uno de nosotros. Afortunadamente, cayó de manera tal, que no le provocó ninguna herida. También en San Miguel, en alguna Pamplonada, los cuernos de un toro se nos acercaron más de lo que la prudencia aconseja. Recorridos en carretera, con una lluvia pavorosa con tintes de huracán... y con los limpiaparabrisas descompuestos. Exceso de velocidad. Viajes a una playa casi desierta, donde pudimos ser víctimas de asaltos y hasta violaciones sin posibilidad de denuncia.

En la escuela, un colegio liberal, mixto y laico, fundado por un filósofo y poeta español (con una esposa bastante gruñona), me iba bien: sin mayor esfuerzo sacaba buenas calificaciones, y eso me permitía conservar una beca y aliviar a mi papá de esa carga. Nuestras relaciones con los profesores fluían de manera natural y divertida. Las instalaciones de la institución, al lado de una montaña y de un río, eran cómodas. Hasta bellas. Rodeadas de árboles y con un diseño arquitectónico moderno que permitía buena luz y ventilación en las aulas.

En el Centro Educativo Albatros se privilegiaba la educación humanista: en el último año de preparatoria, por ejemplo, era obligatoria la materia de poesía. Las apasionadas clases del maestro de historia, a quien llamábamos cariñosamente Chepe, me impulsaron a escribir mi segunda novela, *Viento amargo*. Pablo Yankelevich, ahora profesor y doctor por el Colegio de México, me contagió su amor por la filosofía. Ahí aprendí a leer libros de ficción y a intentar escribirlos. Hasta le encontré lo apasionado a la anatomía gracias a Fernando Itíe, un guapo veterinario que se casó con una bellísima brasileña de la que todas sentíamos celos. Si nombrara a los profesores que me marcaron, llenaría más de una cuartilla. Los dos instructores de deportes, hermanos, ignoraban con delicadeza mi nula inclinación al ejercicio. Creo que me tenían compasión por mi falta de pericia y yo siempre tenía un justificante (falso) que me permitía escaparme de la gimnasia o el basquetbol. Hasta la fecha, hacer ejercicio a diario es una meta que no he logrado cumplir.

José Antonio Pérez era el maestro de música y se convirtió en una especie de gurú para quienes pertenecíamos al coro. Entonábamos desde cantos gregorianos, como el *Pangue Lingua,* pasando por Beethoven, hasta *We don´t need no education,* de Pink Floyd, y nos hacía sentir que estábamos transformando al mundo: menos materialismo, menos hipocresía; más paz y justicia. Una sociedad igualitaria. Creo que logramos cambiar, al menos, nuestro mundo y la visión que teníamos, tradicional y conformista. Nos hizo asomarnos más allá de las cuadras en las que nos movíamos, más allá de la estrecha mirada de la clase media alta mexicana: prejuiciosa, clasista e hipócrita.

Mi casa, junto con la de Ringo Sprowls, se convirtieron en puntos de reuniones. Las puertas siempre estaban abiertas (y lo digo literalmente: mi madre solo cerraba la puerta, con llave, por las noches). Todavía recuerdo un día que llegué en la tarde y hasta la calle escuché, a todo volumen, las notas de *I can't get no satisfaction*. Al entrar, vi por la ventana que daba hacia el jardín, a mi padre y a mi amigo Alejandro, bailando, cantando y brincando como locos sobre el pasto, mientras la lluvia les caía encima.

En el tema de enamoramiento acumulé varios nombres de amores platónicos, reales, metafóricos y literarios. Iván Cruz de Echeverría, en primero de secundaria, provocó en las ganas de mis once años una atracción que duró por mucho tiempo, casi infinito. Todavía recuerdo el sabor de sus besos y el tacto de su mano en mi cintura. Su mirada traviesa y maliciosa. Mi mamá le tenía un miedo atroz, bueno, no a él, sino hacia donde él me empujaba.

Roberto Debayle (sí, ahora un hombre serio, de traje oscuro y hermanas famosas) se sentaba sobre el pasto de la banqueta de afuera de mi casa y me dedicaba canciones que me había compuesto. En esa época tenía un grupo de rock y llegaba a los conciertos vestido de cuero negro, con un halcón (vivo) en cada antebrazo. Y Federico Traeger, junto con quien escribí *Amores adúlteros* varios años después, me acercó al edén cuando se fijó en mí: resulta que era el vocalista de otro grupo de rock en español que se llamaba Karma y, además, me llevaba siete años, así que yo me creía muy importante. Más importante cuando pasaba por mí en un bocho verde y recién estrenado, con una vistosa calcomanía de los Rolling Stones en la parte trasera. Más interesante, todavía, cuando me invitó a comer a su casa y me presentó a su madre.

Otro hombre que me hizo sentir muy segura fue Jorge Loyo (hoy es un importante profesor universitario y abogado laboral): era el hermano mayor de una compañera y ya estudiaba derecho. Recuerdo cuando me dijo que tenía "manos de modelo" (qué piropo más raro). ¡Si pudiera verlas ahora! Irónicamente son las partes más viejas de mi cuerpo. El premio al segundo lugar le pertenece al cuello. Tiempo después agregó: "Tu boca siempre fue la sensualidad dibujada". La misma boca que hace algunos años me tuve que operar porque un dermatólogo descubrió un pequeño cáncer, ya enraizado.

Con Mauricio Finkelstein, un chavo dueño de una inteligencia superior y un sentido del humor agudo y genial, rompí récord: duramos un día de novios, solo un día, pero hasta la fecha, y aunque vive en el Viejo Continente, seguimos siendo grandes amigos. Nos escribimos varias veces al año, y su muy alto coeficiente intelectual fluye de manera fresca en su forma de narrar que hechiza.

Mis papás eran expertos en esconder su angustia cuando yo disfrutaba plenamente de mi juventud: al salir con hombres mayores, al vestirme desde hippie hasta punk (usaba la cadena del garaje como cinturón y me colgaba un solo arete, larguísimo, de plumas de colores), al pintar las paredes de mi recámara de negro, al decorar el cuarto de juegos con *posters* de los cantantes que me encantaban: todos "drogadictos". ¿Sabrían distinguir el olor de la marihuana? Mis amigos solían fumarla. Yo no. Tal vez por esos *no, no, no* que mi mamá me enseñó a pronunciar tácitamente de manera eficaz. Me atreví a probarla por primera vez hasta después de los treinta años y el único efecto fue un dolor terrible en la garganta: aspirar humo no es lo mío. Comerla en pizza, a manera de orégano... eso sí me gusta. Una *happy, very happy*, pizza.

Todo este rollo para que quede claro mi sueño: un paso de la niñez a la edad adulta en el que las cosas fluyen, se acomodan con precisión en el lugar deseado, se asientan de manera lúdica y tranquila. Te van preparando, con firmeza y ternura, para una de las pruebas más complicadas de la madurez: en mi caso, un fracaso matrimonial que continúa haciéndome ruido. Ecos de una culpa que todavía no consigo obviar. ¡Otro error más en mi archivero!

¿Con cuántos descalabros se construye una vida que valga la pena?

Embarazo

Una pincelada gris en mi vida llega cuando me da preclamsia. Una causa de muerte recurrente en un alto promedio de mujeres en estado de gravidez.

Es un día como cualquier otro de mi embarazo. Un muy buen embarazo. Lo que más me gusta es traer a Maryam "puesta". Si deseo abrazarla, no me obliga a buscarla por la casa ni rogarle que se acerque: la tengo adentro. Atrapada. Inmovilizada. Sé en dónde está y casi puedo adivinar lo que hace cada minuto.

Me despierto temprano, un poco antes de las siete de la mañana. Me preparo un té de menta, le unto mermelada de chabacano a un pan recién tostado y me siento frente a mi mesa de trabajo para escribir. He avanzado mucho con mi primera novela y eso me tiene muy entusiasmada. Quiero adelantar lo más posible antes de mis compromisos del día: una comida con amigos de mi madre y un *babyshower* en casa de mi suegra. Cerca de las dos de la tarde, llega mamá y se da cuenta de algo. Algo que yo jamás hubiera notado, pues me siento muy bien: productiva, contenta, llena de energía.

—¿Ya te tomaste la presión? —pregunta.

—No —respondo mientras le pongo *save* a mi documento. Enseguida, cierro la computadora—. Vamos a la comida. Ya estoy lista.

—Tómate la presión antes —ordena.

—¿Por?

—Por si acaso —contesta con esa sabiduría genética y ancestral de las madres.

El enfermero del piso de arriba, que cuida a una vecina anciana, llega ante mi súbita petición. Lo hago solo por complacerte, le advierto a mi madre, mientras el hombre coloca el baumanómetro en mi antebrazo izquierdo. Su mirada me preocupa, nos preocupa. Vuelve a tomarme la presión. Lo hace una tercera vez. Una cuarta. Una quinta. Llame a su médico ahora mismo, sugiere con urgencia. Eso hago. Al leerle los números que el enfermero dejó anotados en un papel, mi ginecólogo me indica, separando las sílabas:

—En este instante vente al hospital.

Cuando le pregunto si puedo ir en la noche, pues tengo dos compromisos, repite:

—Ahora mismo. Entiéndeme: ni siquiera te da tiempo de hacer tu maleta.

Así que mamá y yo pasamos por mi marido a su estudio que está a diez cuadras, para dirigirnos hacia el hospital. Todavía faltan seis semanas de la fecha prevista. Llegando, el doctor me espera. Tu bebé está bien... todavía, explica al revisarme con un aparatejo extraño. Y ante la pregunta explícita de mi esposo, aclara que no puede hacer la cesárea, pues si no me baja la presión antes, la sangre llegaría hasta el techo (una imagen que al padre de mi hija le provocará pesadillas durante tres semanas). Entonces me asignan un cuarto y a un especialista en medicina de urgencia.

Después de picarme varias veces el brazo (todavía tengo la marca, como recordatorio), el santo hombre decide ponerme un catéter directo al corazón, no sin antes advertirnos cada uno de los riesgos que corro (otro mes de futuras pesadillas a cargo de mi asustado marido). Desde quedar descerebrada hasta que el catéter atraviese mi corazón, ponchándolo como a un globo. Está bien, lo reconozco, no lo dice así, pero de esa manera lo visualizo.

Al día siguiente, mi esposo me pide permiso para ir a su programa semanal de radio. Apenas regresa a tiempo para la cirugía en la que no verá nacer a su hija. No la verá porque me ruega no entrar al quirófano, ante la mirada extasiada de mi madre que brinca de gozo al saber que será ella quien corte el cordón umbilical de Maryam. Desde entonces, una fina pero vigorosa línea las une. Me preparan, y cuando estoy a punto de entrar a la sala de operaciones, mi marido se acerca y, con la mirada, les pide a los camilleros que nos regalen un minuto.

—Si tengo que elegir entre tu vida o la del bebé, voy a escoger tu vida —aclara.

—Estoy de acuerdo —asiento—. Elige mi vida.

—Yo sé que no estás hablando en serio —dice—. Es obvio que prefieres la vida de tu hija.

—Sí, amor —contesto. Pero no es cierto. Y ni siquiera me avergüenzo de haberlo pensado.

Jamás lo he reconocido antes, ni en letras ni en voz alta o baja. Claro que no conocía a Maryam. No tenía la necesidad de preservar la vida de la persona en el mundo a quien más amo. No sabía del poder infinito de ser madre. Todavía no veía sus ojos ni sentía la potente ternura de su mirada. Maryam jamás me había abrazado ni había tendido hacia mí su manita para que la ayudara a atravesar una calle. No imaginaba lo que significa adorar incondicionalmente a alguien.

Ese día, luchando contra la preclamsia, elegí mi vida sobre la suya. Era yo quien más me importaba.

En otro escenario, estaría narrando, hoy mismo, la incalculable tristeza de haber perdido a una hija durante el parto. El vacío que llevo cargando desde hace diecinueve años. Todos los escenarios son posibles en una ficción que se construye letra tras letra.

Si no me mató la preclamsia, ¿lo hará una brusca y pasajera sacudida de la corteza terrestre que siente un enorme placer al liberar la energía acumulada? ¿O será esta culpa, que me abruma, la que le dirá a mi vida un "hasta aquí llegaste"?

Antes de antes

"El que se mueve, no sale en la foto", decía Fidel Velázquez, líder sindical mexicano por antonomasia. Creo que nunca fue amigo de Gonzalo, el abuelo materno de Irene, o habría sabido que existen excepciones.

Gonzalo nació casi huérfano de padre. Lo llegó a conocer, pues falleció cuando Gon apenas cumplía siete años, pero de él no se acuerda nada. Nunca pudo decir, siquiera, el color de sus ojos o si tenía una sonrisa llena de bondad. Creció como hijo único: su hermano también murió antes de cumplir un año. Su madre tuvo que buscar la mejor forma de subsistir y de impedir que la pequeña familia naufragara. Los dos solos en una época en que tener al menos cinco hijos, muchos primos y tíos, era lo normal. La mujer, en cambio, no contaba con apoyo, así que empezó a coser ropa y se vio obligada a mudarse a una vecindad en un barrio cercano a Santiago Tlatelolco. Arriba de la puerta de entrada colocó un letrero que su hijo, con un pincel que algún vecino les prestó y un pequeño bote de pintura azul, le ayudó a pintar: *Costurera aqui*, decía. Sin acento.

Gon estudiaba en las mañanas y, en las tardes, ayudaba a su mamá. A los diez años vendía revistas de casa en casa. A los doce, un amigo de la familia le dio trabajo como repartidor de periódicos. Se levantaba antes del amanecer sin siquiera necesitar despertador, se daba un regaderazo y en una bicicleta prestada iba hacia el *Excélsior*. Ahí le entregaban una enorme columna de ejemplares del día, recién salidos de las rotativas y, guardando el equilibrio sobre su transporte de dos ruedas, se dirigía a la colonia asignada. Los diarios que lanzaba, como si jugara beisbol, la mayoría de las veces aterrizaban en el lugar adecuado: justo en la entrada de los domicilios. A los quince, con lo ahorrado, se compró una motocicleta, así que pudo repartir el triple. "Moverse siempre" se convirtió en su lema. Era un buen muchacho, afable, puntual y trabajador. Dueño de una inteligencia práctica que le impulsaba a resolver problemas. Conquistaba a las personas con su mirada alegre, casi traviesa. Lo mejor de su rostro alargado eran esos ojos verde claro, honestos. Y una sonrisa afectuosa.

¡Cómo le gustaba la música! Desde que se levantaba hasta que se acostaba, tarareaba canciones de Agustín Lara o de José Alfredo Jiménez. Tenía muy buena voz y aprendió a tocar con una vieja guitarra, sin maestro; con las puras ganas.

Usaba el dinero para ayudar a su madre en lo indispensable (pagar las colegiaturas, por ejemplo) pero, sobre todo, ahorraba: anhelaba estudiar una carrera para ingresar, pronto, al mercado laboral. Y lo logró: antes de cumplir veinte, Gonzalo ya se había graduado de contador público. Su primer trabajo como auxiliar contable lo consiguió, después de tocar varias puertas del edificio que tan bien conocía, en el *Excélsior*, el periódico de la vida nacional. Después de algunos años, llegó a ser el auditor interno y se quedó hasta el día en que lo corrieron por negarse, ante el mismo Julio Scherer y la pistola que tenía sobre su escritorio, a firmar el dictamen de una auditoría cuyos estados financieros no reflejaban la verdadera situación de la empresa.

Tiempo después, fundó su despacho de contadores, que llegó a ser de los más prestigiados de México. Sus oficinas estaban sobre la avenida Reforma, frente al Ángel de la Independencia; un lugar de privilegio para un hombre que se construyó básicamente solo, con mucho esfuerzo. Cuando Irene y sus hermanos eran pequeños, desde ahí veían el desfile del 16 de septiembre, año con año.

Gonzalo también participó en el satisfactorio mundo de la docencia: fue profesor emérito de la UNAM, en la Facultad hay un auditorio con su nombre y hasta, por causas del azar, fue rector interino durante un breve periodo.

El abuelo materno de Irene alcanzó una posición económicamente privilegiada; orgulloso, recibía a sus invitados en su enorme casona de la calle de Madrid, en Coyoacán: cuatro pisos y un jardín con alberca. Vajilla y copas finas para doscientas personas aguardaban en los armarios, listas para cada cena o coctel que su esposa organizaba. Se casó, tuvo ocho hijos. Adoraba escribir, jugar golf y tocar el acordeón o la guitarra mientras cantaba alguna pieza mexicana. Era sonriente, bromista. Inteligente y honesto. Hombre de costumbres: todos los días, a media mañana, dejaba su oficina para tomarse, sin más compañía que sus reflexiones, un café en el Sanborns que estaba (todavía está) a una cuadra de su despacho.

A veces moverse es lo ideal, lo único que podría salvarnos. "Si dejas de pedalear, te caes de la bici", es una de las frases que el marido de Iri repite con frecuencia. La vida está hecha de cambios, de adaptarse a las transformaciones de afuera y de aceptar las de adentro. Gonzalo nunca dejó de moverse; no se detenía. Tanto así, que en la larga foto oficial que les tomaron a los alumnos recién graduados, el orgulloso contador público se quedó un rato en el extremo asignado, calculando los tiempos. Cuando pensó que había sido suficiente, corrió, por atrás de todos, hacia el otro lado. Mientras, los demás alumnos permanecían inmóviles (requisito esencial, en esa época, para que la fotografía no saliera borrosa). Así que Gon sale dos veces en esa foto en blanco y negro que la hermana menor de Irene aún conserva: del lado izquierdo, ya con una mirada de quien va a hacer una travesura, y en el extremo derecho, tal vez un poco borroso, pero bien sonriente. Satisfecho.

Antes de cumplir sesenta, Gonzalo tuvo un derrame cerebral que lo dejó casi paralizado. Tuvo que aprender, de nuevo, a comer, a hablar, a escribir, a tocar la guitarra. A moverse. Supo ser paciente, aunque nunca logró caminar como antes.

Moverse. Hay que moverse. Cuando el padre de Irene ingresó a Cardiología, solo daban dos pases por familia y en horarios estrictos, pero todos querían entrar. Así que ella y su hermano se movieron (Moverse = Hacer que un cuerpo deje el lugar o espacio que ocupa y pase a ocupar otro). Recorrieron el hospital, abrieron puertas, caminaron por varios pasillos, atravesaron lo que parecía ser un laboratorio. Lucían tranquilos, para no despertar sospechas. Finalmente encontraron un atajo que lograba burlar las caras poco amables de los guardias de seguridad. Ambos tienen sangre fría y les ayudó ponerse las batas blancas que la escuela exigía para entrar a la clase de química. Además, Irene sabe mentir (por eso es novelista). Así que su papá tuvo la compañía que necesitaba para recuperar su buen ánimo.

Cuando Irene vivía en París, una de sus amigas perdió su boleto de entrada a un concierto de Rod Stewart; así que decidió darle el suyo y colarse. Un mes antes, Iri había cumplido dieciocho. Alegó con un tono de voz que quiso ser coqueto, ante el primer guardia que vio, un hombre bastante corpulento, que venía de México para estudiar la seguridad en los conciertos... o algo así. Por supuesto no le creyó, pero le dijo que se quedara junto con él, en la entrada. Le explicaba cómo revisaban a los chavos, qué estaba y qué no estaba permitido. En cuanto la joven mexicana vio llegar a sus amigas y las observó ingresar (claro, sin siquiera dirigirle la palabra para no echarla de cabeza), le preguntó al amable y voluntariamente ciego guardia dónde estaban los baños y entró al estadio. No había lugares: los asistentes se sentaron sobre el césped de la cancha. Para Irene, fue el mejor concierto de su vida: parte del *Body Wishes Tour*, en el Palais des Sports, un 13 de junio de 1983.

Pero tener la sangre fría también puede ser peligroso. Frente a una amenaza, el cuerpo descarga adrenalina. El miedo consigue salvarnos. "La respuesta autónoma del miedo surge mucho antes de que nuestra razón haya decidido algo al respecto, en una suerte de cumbre química nuestro organismo ya se ha puesto en funcionamiento, preparándose para la huida o para el ataque inminente", dicen los especialistas.

Ante un terremoto, la mayoría de la gente huye. Se mueve. Irene, en cambio, no. Le gusta saber que puede conservar la calma, que la razón la guía y no las emociones. Tal vez porque no aprendió la lección de su abuelo, porque no entendió el mensaje de su foto, porque inhibió su mecanismo de supervivencia en aras de mantener el control. Si te mueves, sí sales en la foto.

¿Será su sangre fría quien la condene? ¿O es esa culpa que no la suelta, esa llamada no hecha, lo que mantiene a esta mujer paralizada, adentro de un edificio que en cualquier momento puede venirse abajo?

Tembló muy fuerte. Debería salir. Ponerse fuera de peligro.

Pero no lo hace.

Imaginerías

Sin pedir permiso, se atraviesa en mi memoria una ballena blanca, enorme. Dicen quienes saben que se llama *Moby Dick*. Recuerdo al capitán Ahab, obsesionado con cazar al cetáceo. Debe matarla. Ella (¿o él?) es la culpable de una enorme cicatriz y de su pierna artificial. Su barco, el Pequod, deja una débil estela en el mar. Mi amor por ti duró menos que lo que una raya en el agua, me dijo alguna vez un novio cuyo nombre se hundió en el olvido. Le encantaba pescar y sus metáforas tenían relación con el océano. Le gustaba matar, sobre todo, peces espada. Sí, asesinarlos. Robin Petch lo hubiera detestado. La lucha era sangrienta y él, lo supe después, era un hombre cruel. Y, sin embargo, tenía una mirada bondadosa. Con esa mirada y su sed de observar la manera en que la vida se escapa de unos ojos aterrorizados, mató a su esposa. Pero esa es otra historia y, además, me la acabo de inventar. (¿O no?)

El capitán Ahab no tenía una mirada bondadosa. La venganza nubla los ojos y los vuelve sombríos. Por eso dicen que ciega. Y siega. Y así, cegado, clava una moneda de oro en el mástil: se la dará al primero de sus marineros que localice a la ballena. No cualquier ballena, eso nos queda claro. A Moby Dick.

Después de prolongados y fatigosos días, la ven en el horizonte, van tras ella, la persiguen, tratan de matarla. Herman Melville, el escritor, conocía el tema. No por nada participó en expediciones balleneras; las vivió en directo. ¿El resultado evidente en esta trama? La fuerza de la ballena, la lucha por sobrevivir, puede más que el odio del capitán. Moby Dick triunfa y, con este triunfo, siega la vida de toda la tripulación, menos de Ismael, un joven marinero, quien cuenta la historia. Alguien tenía que salir bien librado, pensó Melville al crear su voz narrativa. Claro, le quedaba el recurso de un narrador omnisciente, aunque siempre es mejor que sea un sobreviviente de la tragedia quien la cuente. Involucra al lector. Lo hace partícipe.

La ballena que Robin Petch no pudo ver, porque andaba aliviando sus necesidades intestinales, no nos hundió. Ni siquiera se dio cuenta de que la buscábamos. Y es muy probable que viva los años que tenga que vivir sin que nadie intente cazarla. Pero no se llama Moby Dick. No pasará a la historia ni será motivo de un libro y varias versiones cinematográficas.

El muerto

A veces, al soñar me reencuentro con mis amigos desaparecidos. Otras ocasiones, las peores, se me sube el muerto. Seguramente han escuchado esa expresión y hay toda una explicación científica que pueden buscar en Google: el cuerpo, en la transición de la vigilia al sueño, carece de tono muscular... etcétera, etcétera.

Estoy despierta, lo sé: puedo ver a mi esposo acostado a mi lado; la luz de esta inmensa ciudad que se desliza, entre las persianas, atenuando la oscuridad de nuestra habitación. De pronto siento que una persona o un ente demoniaco está sobre mi cuerpo y me paraliza. Me estruja en un abrazo que encrespa mi piel. El vaho que despide su boca impregna de pánico mi nuca. Respiro con dificultad y aunque trato de gritar, aterrorizada, no lo logro. Por más que mi cerebro sabe que hay una explicación otorgada por la ciencia, el horror me impide conservar la calma.

Dicen los expertos que una de cada dos personas sufre una experiencia como esta al menos una vez en su vida. Yo la he soportado en varias ocasiones; demasiadas.

La primera, era apenas una niña. Mis padres habían salido a una cena y Licha, nuestra nana, nos cuidaba. Mamá confiaba en ella. Había llegado a la casa a los once años; era una chiquilla que, además de extrañar su terruño, no conocía las costumbres de una familia urbana, clasemediera. Recuerdo una comida importante. Seguramente mi padre había invitado a sus compañeros de trabajo y a su jefe, así que mamá se empeñó en quedar bien. Diseñó el menú a conciencia y ella misma hizo los arreglos florales que decorarían la sala y el centro de la mesa. ¡Así que imaginen su cara cuando llegó a la cocina y encontró las angulas, todas, dentro del bote de la basura! Después del regaño, la pobre Licha, con lágrimas en el rostro, le explicó que había tirado las latas porque... estaban todas agusanadas.

Esa Licha, ya más grande, me salvó de mi primer muerto. No entiendo cómo se dio cuenta de mi terror nocturno, de la imposibilidad de mover siquiera una mano. Tal vez hacía ronda para vigilarnos, a mí y a mis hermanos y, al ver mi mirada brillante de pánico, al tocar mi hombro y repetir mi nombre en voz alta, logró hacer que la parálisis se alejara. Es decir, simple y sencillamente, espantó al muerto. Todavía se lo agradezco; por eso la busqué cuando di a luz a Maryam y me ayudó a cuidarla hasta que cumplió cinco años.

Licha vivía en el cuarto de servicio de nuestra casa. Un lugar decente y ventilado. ¿Se han dado cuenta de que las habitaciones destinadas a las trabajadoras del hogar parecen celdas? Sin ventanas, al lado del boiler o detrás del cuarto de lavado, sin luz natural y con el espacio tan reducido que apenas cabe una cama individual y un buró. El baño tiene muebles y acabados más baratos que el resto de la residencia. La recámara, en lugar de una alfombra cálida, posee piso de cemento. Algunos dueños de las casas les compran comida especial, de menor calidad. No tienen seguridad social, horarios ni vacaciones pagadas. Les gritan, las insultan, las maltratan. Les conceden pocos permisos. Afuera, las cosas no son mejores. Les cuento solo una anécdota: un día, acompañados por Licha, fuimos al club donde mi esposo juega golf. Mientras, mi nana y yo llevamos a Maryam al jardín y al chapoteadero. A la hora de la comida, con mi hija ya bañada y peinada (Licha le inventaba los peinados más coquetos y la consentía demasiado) llegamos al restaurante. Teníamos mucha hambre. Pero antes de entregarnos el menú, el capitán, avergonzado, se acercó a mi marido y le susurró algo al oído. ¿Qué? ¡Es el colmo!, lo escuché gritando. Enojado, mi esposo se levantó de la mesa y nos pidió, amable pero indignado, que nos paráramos. Hoy comeremos en otro restaurante, dijo. La furia en sus ojos me obligó a obviar las preguntas. Salimos del club y nos metimos a la primera cafetería que encontramos. En la noche, me explicó: en ese club deportivo de mierda, las reglas dictan que el personal de servicio no puede entrar al restaurante y menos, todavía, sentarse a la mesa.

Así es este país nuestro: a las nanas, choferes y demás personal que está a nuestro servicio y nos hace la vida más fácil y disfrutable, les confiamos nuestro mayor tesoro: los hijos que adoramos. Pero, eso sí, no deben confundirse: las diferencias de clase existen y hay que hacerlas evidentes. Siempre estarán, que nadie lo dude, muchos escalones debajo de nuestros lugares privilegiados.

Después de Licha, nadie ha logrado quitarme al muerto de encima. Así como nadie en este país, todavía, logra deshacerse por completo de prejuicios sociales y raciales, de color, religión, clase y género. A ese enorme cadáver, todos lo andamos cargando.

Fisura

—¿Y ese ruido?

—No sé. Quédate aquí, ahora vuelvo —me dice el hombre, levantándose de la cama. Sale rumbo a la sala, sin siquiera ponerse los calzoncillos. Regresa enseguida para tranquilizarme:

—No te preocupes, aquí no se cayó nada, seguro fue algo del edificio de al lado. Están tan pegados que a veces hasta escucho a mis vecinos discutir.

—Ah, bueno —contesto, tratando de ocultar mi miedo. Las manos me sudan y mi corazón lleva un rato latiendo con más prisa de la acostumbrada. ¿Qué carajos me obliga a quedarme en este departamento? ¿Por qué no salimos corriendo?

Antes

Un día, tal vez mientras tomaban un café juntas, en alguna de esas cafeterías de moda en los años ochenta, una prima de Irene le preguntó si prefería tener un buen papá o uno famoso. En el momento, probando un pastel de manzana y pera, le respondió (y hasta la convenció) que prefería ser hija de Picasso, aunque hubiera sido un padre y una pareja monstruosa. Imagínate, le dijo, me apellidaría Picasso en lugar de De Alva. Sí, Picasso fue su ejemplo: un hombre que destruyó a sus mujeres. Pero un genio. Un pintor que pasó a la historia por su obra y su vida privada. También pensó en Lucien Freud, ese artista cuyos cuadros tanto le impactan, aunque no pronunció su nombre. Freud tuvo doce hijos con cinco distintas mujeres: el primero nació en 1957 y el último, en 1984. Solo en 1961 (cuatro años antes de que Iri llegara al mundo), tres mujeres de Lucien dieron a luz a tres hijas del pintor. Sí, leyeron bien, tres en el mismo año: Isobel, Lucy y Bella.

Ahora Irene acepta que estaba equivocada. Felizmente extraviada. Y agradece descender de su padre y ser la depositaria de sus genes felices. Quienes lo conocen saben que tiene los ojos azules (azul: una constante, el azul del océano). Y que presume la mirada más profunda y tierna posible. Juguetona. Alegre. Bromista. De él viene su humor negro que a muchos asusta y hasta enoja.

Cuando Irene tenía veinte años, solo buenos recuerdos se peleaban los espacios de su memoria. Y ese pasado, por lo tanto, no es material de una novela. De una novela que, con mucha probabilidad, no alcanzará a terminar por culpa del maldito temblor. Pero, si sobrevive, ¿cómo transformar su infancia para ser incluida en las páginas del libro? ¿Tendrá que transgredirlo? Mejor todavía, ¿qué tal si le da rienda suelta a su culpa, en una especie de exorcismo?

Irene vivió en dos casas con jardín en los suburbios de la capital. Una era pequeña, pero le dio su primera seguridad en sí misma: su mamá, siendo Iri una chiquilla, le permitía atravesar la calle para comprarle una docena de huevos a los vecinos de enfrente. Era la época en la que llegaban los lecheros a domicilio y rellenaban las botellas de cristal que dejabas en la puerta; en que una camioneta recorría las calles entonando una melodía para anunciar sus gelatinas. Eran los días en los que la madre de Irene se dedicaba por completo a sus tres hijos: los llevaba a pasear al parque, les contaba cuentos a diario, a la hora de la comida. Les decía, cuando cantaban en la mesa: "El que come y canta, loco se levanta". Y sí, se levantaron y se quedaron locos para siempre. Tanto, que cada martes que hoy en día comen en la casa materna (nietos incluidos), con vista a un parque arbolado, terminan cantando a todo volumen, mientras levantan sus copas de vino. Un conjunto de locos felices que aman (y agradecen) estar vivos.

Antes, sus padres los llevaban a misa, porque eso hacían todos. Pero eligieron a un sacerdote de avanzada. El padre Chucho era anti institucional; de hecho, terminó dejando los hábitos y casándose con el amor de su vida: una mujer entregada a ayudar a los demás. Cuando todavía formaba parte de la Iglesia católica, los domingos a las doce del día oficiaba una ceremonia especial para niños. La preparaba de tal manera, que Irene y sus hermanos lograban no solo entender los "jeroglíficos" de las sagradas escrituras, sino interesarse en las historias: un cuento distinto cada semana. El sacerdote se sentaba en las escaleras que dan hacia el altar, de espaldas al púlpito, y los niños se colocaban a su lado. "Entonces Jesús dijo: Dejad a los niños venir a mí y no se lo impidáis, porque de los tales es el reino de los cielos". A Irene le gustaba saber que solo por ser menor de edad, tendría pase directo al paraíso. En lugar de complicadas metáforas, el clérigo les contaba entretenidas aventuras, perfectas para su edad. Iri tendría siete años. Además, a la salida de la iglesia los esperaba el premio mayor: un sabrosísimo chicharrón callejero, con limón y salsa picante.

A pesar de eso, o precisamente por eso, Irene no es creyente: fue educada en libertad. Y en cariño, mucho cariño. Creo que fuera de aprender a dar las "gracias" y a pedir las cosas "por favor", nada se le impuso.

Además, creció rodeada de adultos críticos. Hay una conversación en especial que la marcó. Es domingo. Los De Alva organizaron una comida familiar en el jardín de su casa. Todos están en la sobremesa, en la terraza que da a esa área verde y arbolada. Sus tíos paternos discuten la obra de teatro (¿o será la película?) *Jesucristo Superestrella*. Comieron arroz al horno (con mucha crema y queso), chiles rellenos y frijoles refritos. Un aroma a frutos maduros llega desde la higuera. Nuestra protagonista simula jugar con las primas de su edad, aunque está escuchando a los adultos (sin entender muy bien del todo). Solo le llegan frases sueltas:

—La religión es una gran farsa.

—¡Claro que es una farsa! Dios es un invento genial de los hombres; por necesidad o manipulación, pero un invento.

Un brindis. ¡Salud!

—Ni siquiera está comprobado que Jesús haya existido como tal...

77

—Claro que no hubo resurrección; es una metáfora.

—Perdón, pero ¿metáfora de qué?

La anfitriona se levanta por el postre.

—¿María, virgen? ¡Por favor, no me vengan con cuentos!

—Mi verdadera heroína es María Magdalena.

—La mía, Lilith.

—Claro, es la mera chingona...

—No digas groserías. Los niños te pueden escuchar.

Dicen, robándose la palabra, voces familiares y críticas.

Desde muy pequeña supuso (¿o supo?) que dios no existía. Es un tema que, de una forma u otra, ha atravesado sus novelas. Y lo peor, para quienes no logran aceptar que sea atea, es que no lo necesita. ¡Aunque lo necesitara! Siempre ha dicho: "Si he de creer en algo, prefiero creer en las tramas de las novelas que me atrapan". Y esa enfermedad o bendición, la falta de fe, se la contagió a su hija Maryam.

Un día, sin saber cómo ni por qué, Irene decidió confiar en la luminosa creatividad del ser humano. En la prodigiosa mente que la evolución nos ha impulsado a desarrollar. En el lenguaje y la capacidad que nos otorgan las palabras. En la magia de enamorarnos. En la grandeza y profundidad de ser madre. En las miradas que nos transforman. En los libros que nos obligan a saltar a la otra orilla. En la poderosa sensación de eternidad que nos regala sabernos queridos. En la fuerza del océano.

Filosofando

> *Nunca debemos olvidar que el paraíso*
> *cobra caro el bienestar que procura.*
> ADRIANA ABDÓ

Me gusta la filosofía. Era una de mis probables carreras a estudiar, pero el contundente "me voy a morir de hambre" me llevó hacia otras aulas. Si de algo me arrepiento es de no haber entrado a la Facultad de Filosofía y Letras de la UNAM. Respeto a esa universidad por lo que significa y aprendí a quererla por mi padre. Visitarlo en la torre de Rectoría era orgullo y gozo. También me arrepiento, ahora mismo, de no tener tiempo suficiente para estudiar un posgrado en esa materia: filosofía de la ciencia sería mi elección.

Si en sexto de primaria estaba obsesionada con la ecología, desde primero de secundaria "filosofar" se convirtió en verbo cotidiano para mí y para Dolores, mi mejor amiga de esos años. Nos escapábamos de la escuela una vez al mes. Lola y yo atravesábamos el río que enmarcaba el enorme terreno lleno de pinos y pasto, subíamos la montaña que separa La Herradura de Tecamachalco y, escondidas en una cueva, tal vez sintiéndonos un Platón que va a conversar con las sombras ahí proyectadas, comenzamos a elaborar nuestra filosofía del punto: inicio y final de todo. Origen universal. Un punto como componente de lo creado: átomos, gases, líquidos, sólidos, plantas, animales, seres humanos. Un punto como unidad mínima y máxima. Puntos en constante movimiento, atrayéndose y repeliéndose para mantener el equilibrio. Puntos creadores de matemáticas, pintura, música. Todo se reduce a un conjunto de puntos que le dan estructura a la vida, que juegan con otros, que engendran con otros. Que asesinan.

Desde lejos, los planetas parecen puntos. Las estrellas, también. Con la distancia, las personas simulan ser puntos pequeñísimos caminando por un desierto o jugando en un parque. Dos puntos que se avientan la pelota (otro punto) de un lado al otro, sin objetivo aparente. ¿Cuál es tu punto, es decir, a dónde quieres llegar o qué quieres, en realidad, comunicarme? Punto como punto de partida y como meta, o sea, punto de llegada. En muchos y mínimos puntos de ceniza se convierte nuestro cuerpo cuando ya no sirve para nada.

El punto es el concepto primario de la geometría. Las coordenadas cartesianas, polares, cilíndricas y esféricas, entre otras, no existirían sin él. El punto del infinito es una entidad topológica, pero también existencial.

¿Y qué sería de la gramática, de la narrativa, sin el punto? Una sucesión interminable de letras, apenas separadas por comas, sin pausas ni respiro. ¿Cómo darnos a entender careciendo de puntos y seguido o de puntos y aparte? O sin ese punto arriba de los signos de interrogación o afirmación que con tanta gracia guarda el equilibrio.

¿¡¿¡¿¡¿

Lola y yo, de doce y once años, escribíamos nuestras ideas sobre un cuaderno de hojas blancas, con el punto de un lápiz que afilábamos a cada rato. Los lápices acaban en una punta que es un punto. Las plumas, también. Las líneas son una serie sucesiva de puntos unidos, muy juntos. Pero esos se pueden separar. Hay quien logra deshacer las líneas, hasta las más largas, como las que unen una ciudad con otra en un mapa, aunque estén a cientos de kilómetros de distancia. Hay quien separa dos puntos enamorados, rompiendo la magia.

También existen seres humanos que deciden pararse en un punto de fuga para esquivar, bien responsabilidades, bien pedradas de la vida. Esposos que se van un día, discretamente, porque ya no aguantan el peso de vivir con un hijo esquizofrénico y no regresan nunca. Rocones enormes que nos sacan de nuestro equilibrio: divorcios, muertes, enfermedades. El suicidio: un punto de fuga sin regreso. ¡Ay, Armando!

¿Qué tal una vida sin puntos suspensivos? Sin que las cosas puedan, en un momento u otro, reanudarse. Como mi relación con Dolores. Terminamos la preparatoria. Ella se fue a estudiar a una escuela muy cara en Suiza, junto a un lago perfecto rodeado de montañas perfectas. Conoció otro mundo: el de las personas que son mucho más privilegiadas de lo que yo era. La casa de Lola estaba en las Lomas. La mía, en los suburbios. Su papá era dueño de una cadena de supermercados. El mío, un funcionario universitario que se podía quedar sin empleo en cualquier momento, con el cambio de rector, por ejemplo. El punto que antes nos unía, comenzó a separarnos. Sin embargo, años después, tal vez gracias a la amable existencia de los puntos suspensivos y a pesar de la distancia geográfica, volvimos a encontrarnos. Nunca dejamos de vernos por completo, pero nuestra manera de percibir el mundo se había distanciado. Aquella caminata por una playa de la Riviera nayarita, hace algunos de años, nos regresó al punto original. Confesiones. Con cada paso, desnudarnos. Expresar miedos, emociones, metas no conseguidas. Pecados. Todo lo que habíamos pasado. Seguramente nuestras huellas, desde el cielo, parecían una serie de puntos reconciliados.

Como en varios capítulos de mi vida me ha dado por involucionar, años después caí en la filosofía del tiempo chicle: uno que se estira y se estira… hasta que deja de estirarse. En mi juventud me daba tiempo para bañarme, secarme, maquillarme, peinarme y vestirme en cuarenta minutos, incluyendo revisión de mi agenda e ingesta de café con leche. Mi tiempo-chicle se convirtió en tiempo-plastilina, que bien saben los que tienen hijos pequeños, es menos maleable. El chicle es masticable, escupible, relativo y nos regala la impresión de una casi eternidad deliciosa. En el que me muevo ahora, es un tiempo al que le duelen las rodillas y ya no puede usar tacones. Un tiempo apelmazado, que sufre de artritis y de bipolaridad: aunque se mueve lento por los años que carga, pasa rapidísimo. No acabo de dar abrazos felices por el Año Nuevo, cuando ya tengo encima las vacaciones del verano y, antes de darme cuenta, el otoño toca a mi ventana, pidiéndome ropa caliente para, una vez más, salir corriendo a comprar el arbolito al que adornaremos con esferas. ¡Auxilio! ¿En qué libro de filosofía encuentro las instrucciones para accionar el botón de *Stop*?

También me dio por filosofar con más intensidad (y angustia) el día que vi la película *Una ventana al cielo*. Yo tenía diez años cuando se estrenó. Está basada en la autobiografía de una esquiadora profesional que se quedó paralítica tras una caída, justo durante la prueba que la llevaría a clasificar en los Juegos de Invierno de 1956. Ahora me entero que murió en 2012, precisamente un día como hoy. Siento un ligero sobresalto en la espina dorsal. Como si mi médula fuera una almeja a la que rociaran con gotas de limón.

Jill Kinmont se quedó paralítica de la nuca hacia abajo. Su tenacidad la llevó a superar el accidente, estudiar una carrera, una maestría y convertirse en una gran educadora. Pero no es su historia de éxito lo que me empujó a un ataque de pánico filosofal. Ni siquiera las consecuencias de su desgracia. Sino una escena: Jill y su mejor amiga, ambas de dieciocho años, están en pijama, en la cama de alguna de las dos, conversando. Han esquiado todo el día y se sienten satisfechas. De pronto Jill dice, mientras mira el techo de madera de su cabaña invernal:

—Tengo una vida demasiado feliz. Todo fluye siempre muy bien. ¿Qué tal si los seres humanos nacemos con una cuota de buena suerte y la mía se está acabando?

—No pienses en esas locuras.

—No puedo dejar de pensarlas. Hay a quienes les sale mal todo. Imagino que, por justicia, en algún momento debe irles bien. A fuerza.

—Supongo... —contesta la amiga, abrazando su almohada.

—Pues lo mismo pasa al revés: a quienes nos va muy bien, en cualquier momento puede empezar a irnos mal. Debe empezar a irnos mal. A fuerza...

En la oscuridad de una sala de cine con aroma a palomitas de maíz, mantequilla y sal, mientras mi hermano mordía un muégano, yo comencé a entrar en pánico. A repasar mi suerte, mi gran fortuna. Hasta la fecha, al menos una vez al año recuerdo esa escena. Ahora mismo, escribiendo esta anécdota, estoy tocando madera para no tentar al destino. Nunca me he atrevido a esquiar a pesar de que mi hija Maryam, que lo hace muy bien y lo ha convertido en su deporte favorito, me lo ruega cada año.

¿Existen las cuotas de alegría y de tristeza?

Las vidas felices no construyen novelas. Se quedan en material para docenas de fotografías que se aburren, pegadas en un álbum o se asfixian, encerradas en un disco duro. Nadie las adapta a versión cinematográfica. Nadie escribe sobre ellas. Por eso en estas páginas hay tantos inventos e imaginerías. También por eso hay tantos puntos: y seguido. Y aparte. Hasta que llegue, en algún momento que espero lejano, un punto final.

¿Acaso sigue temblando? No, evidentemente son mis nervios.

Islandia

Es muy tarde, tal vez las dos de la mañana...
y no logro conciliar el sueño. Observar la aurora
boreal es la meta principal de este viaje, una meta
que nos prometen noche a noche aunque es evidente que no la pueden garantizar. Por la ventana,
veo un cielo muy oscuro desde mi almohada. Hay
miles de estrellas, pero la luna brilla por su ausencia... aunque la frase, en este ejemplo especí-
fico, está mal lograda, pues precisamente lo que
no hace ese astro en su ausencia, es brillar. Para
ser clara: hay luna nueva. Buena noticia ya que
la falta de nuestro satélite es requisito para ver la
aurora. Las condiciones de hoy son ideales, aunque eso mismo nos dijeron las dos noches anteriores.

El hotel en el que nos hospedamos está en un
valle despoblado. No hay casas ni civilización cercana. Además, apagan las luces del edificio para
que la oscuridad sea completa. Después de la cena,
el guía nos pidió anotarnos en una lista, en la recepción, para que el personal del turno de la noche
despierte a los huéspedes en caso de que la aurora
haga su aparición. Las indicaciones fueron claras:
dejar nuestras cosas preparadas para vestirnos rá-

pidamente y salir de inmediato. Este fenómeno magnético no es paciente: le agrada el movimiento constante, así que no espera a los turistas rezagados. Las habitaciones están diseñadas para llegar a la intemperie sin mayores trámites: todas tienen puertas hacia una enorme pradera cubierta de nieve.

Armando y yo hemos recorrido varias ciudades junto con Adriana Abdó, querida amiga. Fue Adriana, de hecho, quien eligió este destino... mas una enfermedad que la tomó por sorpresa, la obligó a cancelar apenas unos días antes de abordar el avión rumbo a Reikiavik.

Sigo observando el firmamento y recuerdo cuando, de niña, trataba de contar estrellas. Como era imposible, mejor veía cuáles brillaban con luz blanca y cuáles lo hacían en tonalidades de amarillo, rojo y hasta azul. Venus era mi estrella favorita porque salía primero y resplandecía más... hasta que me explicaron que era un planeta. Y no sé por qué, el caso es que los planetas no me atraen. De pronto, suena el teléfono y me levanto de inmediato. Sin quitarme el camisón de color naranja casi rojo, me pongo chamarra, pantalones y botas. Olvido los calcetines, aunque mi calzado es tan calientito, que espero no necesitarlos. Abro la puerta de mi habitación en el mismo momento en que Armando trata de abrir la suya, pero una pesada capa de nieve se lo impide. Yo lo estoy esperando afuera; le sugiero que se arroje por la ventana, así que primero me pasa su equipo fotográfico y cuando sale, con la prisa, termina resbalando en una capa de hielo que no respeta los huesos frágiles de mi amigo. El sonido seco de su cadera al caer, lo asusta. Le duele mucho y, sin embargo, se levanta lo más pronto posible para tomar su fotografía: la que le prometió a la revista para la que hace reportajes sobre viajes. En lugar de caminar, al principio casi patinamos. Resbalar y caminar son dos verbos que no saben conjugarse, unidos.

Al llegar a la nieve, nuestras pisadas se hunden, dejando unas huellas que parecen no hallar rumbo. Solo hasta este momento de verdad la observamos: el juego de luces que nos regala el firmamento baila en tonos de verde. ¡Mira!, gritamos al mismo tiempo. ¡Sí se mueven!, exclama Armando, emocionado. Están vivas, pienso, y nos retan a que las sigamos.

Yo cargo la cámara y él, el tripié. Buscamos el lugar ideal para la toma que ya ha imaginado. Mientras instala su equipo, saco varias fotos con mi celular. El guía ya nos lo había advertido y, sin embargo, me siento frustrada al ver el resultado: nada. Oscuridad total. Aborto la misión. En la bolsa de mi chamarra traigo una pachita con whisky; hace tanto frío que necesito un trago. Y otro. Yo bebo, froto mis manos que, aun con guantes, resienten la temperatura, y observo esas ráfagas luminosas que sin saber estar quietas, pintan el cielo de verdes y algunos morados. Armando ya está trabajando. Su mirada privilegiada lo ayuda. Calcula apertura de la lente y tiempo de la toma. Pone el *timer*, aprieta el botón y corre para conseguir un autorretrato, con la aurora de fondo. Hace muchos intentos y de vez en cuando mueve el tripié, pues la aurora se ha desplazado. Después de un rato, me pide que pose. Ya estoy acostumbrada a ser la modelo para sus fotos de viajes, y me encanta. He salido acariciando tigres, observando el río Chao Phraya, comprando fruta en el mercado flotante de Bangkok o viendo la ciudad de Shanghái desde la torre Pearl.

—No, Bacha, dos pasos a la derecha. Un poquito más... Ahora, dame la espalda y levanta tu mano, señalando las luces...

—¿Qué? Yo pensé que me querías a mí en tu foto —contesto, decepcionada.

—No, mana, solo necesito tu silueta.

En tres meses más veré la fotografía publicada en la revista de la línea aérea. Solo nosotros dos sabremos que la franja naranja que apenas se ve debajo de mi chamarra negra, pertenece a mi pijama.

Ha sido un viaje mágico. Armando y yo nos unimos todavía más en esta tierra de fuego y hielo. Acercarnos a las cascadas; ver varios géiseres lanzando su chorro de agua hirviendo y esperar el momento para la toma perfecta; caminar en la falda del volcán que hizo erupción en 2010; recorrer cuevas de hielo; dar paseos en motos de nieve; sobrevolar en helicóptero las playas de arena negra; sumergirnos en aguas termales; caminar sobre el glaciar Vatnajôkull y también al lado de la dorsal meso atlántica, que divide Europa de América... En medio de esos milagros de la naturaleza, fuimos más "nosotros".

El clímax llegó al ser testigos, esa noche, de una aurora *polaris* que nos hermanó con su luminiscencia. Observar juntos el efecto de las radiaciones electromagnéticas sobre la ionósfera, aunque suene científico, en realidad es un poema.

Antes de antes

Antes, Irene De Alva tuvo dos abuelas. Ambas, distintas, poseedoras de historias y personalidades particulares y únicas. La materna: Leopoldina. La paterna obedecía al nombre de una mensajera de Dios.

Ángela nació en la calle de Guanajuato, en la colonia Roma. Su madre casi sufrió un ataque de eclampsia, así que la recién nacida tuvo que ser alimentada por una nodriza. Tal vez desde ese momento comenzó el desapego, aunque hay otra razón de peso que impidió a la mamá primeriza, querer "de verdad" a su hija.

En esa época se acostumbraba acudir a las parteras; sin embargo, ante la amenaza de muerte, la mamá de Angelita fue atendida por el doctor Ulfelder, todo un lujo. Él salvó su vida y la de su hija; por ese simple hecho, Irene logró llegar al mundo cincuenta y dos años después.

La bisabuela de Iri conoció a su novio caminando por las calles del centro de la ciudad de México. Era francés, judío y se llamaba Lucien. Su mirada brillante transparentaba cierto grado de picardía que un porte fino y aristocrático no podían esconder. Algo se encendió entre ambos, y a pesar de las rígidas costumbres de esos años, decidieron apaciguar el deseo, a escondidas, pensando que aquella travesura no tendría consecuencias. Se equivocaron (quienes se dejan llevar por las órdenes del gozo, acostumbran equivocarse): nueve meses después nació Angelita. Y antes de que la bebé cumpliera un año, David Zivy, el furioso y racista padre de Lucien, prohibió el matrimonio. David había llegado a México buscando incrementar su fortuna. Con ese objetivo fundó, junto con su socio, un tal señor Hauser, la joyería La Esmeralda sobre la transitada y elegante calle de Madero. Un lugar en el centro de la ciudad a donde se iba de compras, para demostrar cierta opulencia. Don Zivy, como le decían sus empleados, de ninguna manera era hombre que le permitiera a su primogénito casarse con una mujer mexicana, de ojos oscuros y piel cobriza. Menos todavía porque ella profesaba la fe católica.

Viendo la tristeza de su hija al haber sido abandonada por su novio francés, pero, sobre todo, para que los viejos vecinos no la criticaran, María, la abuela de Ángela, decidió que las tres mujeres debían cambiarse de casa, aunque tuvo el mal tino de elegir una oscura y triste, cerca del panteón San Fernando. Una decisión equívoca empujada por las prisas y esas ganas de huir del "qué dirán". Desde ese día, al observar los ojos claros y pícaros de la bebita, la recién parida decidió que no podía quererla, pues era la causa de su deshonra. Así que Ángela fue prácticamente ignorada por su propia madre, pero como la vida tiende a compensar las ausencias, la nana Josefina, Fina, la cuidaba, ayudada por la tatarabuela de Iri (cuánta complicación en el cuadro genealógico).

Lucien, el bisabuelo francés de Irene, siguió viviendo unos meses en la Ciudad de México, como si las dos mujeres a quienes había desamparado no hubiesen existido. Tal vez los primeros días de su separación sintió algo de tristeza. Es probable que después, un dejo de culpa lo torturara un breve rato, pero enseguida volvió a sentirse libre y tranquilo. La vida le cobró esta afrenta: a principios de 1915, en plena Gran Guerra, el gobierno galo requirió sus servicios para defender a su nación, sin importar que estuviera en la lejana América. Y ahí terminó su historia. Fue asesinado por la bayoneta de un soldado raso alemán, en alguna de las batallas, probablemente la de Artois, y ni siquiera hay una placa en el lugar donde cayó, para recordarlo.

El timbre de aquella casa, la del panteón San Fernando, trabajaba demasiado. Comenzaba a sonar con el viejo policía que tocaba desde temprano para coquetear con la muchacha del servicio y recomendarle barrer bien y regar su pedazo de calle. Después, llegaba el turno del cilindrero, acostumbrado a recibir una moneda desde la mano siempre amable de Fina. Hacia el mediodía, aparecía la mujer que planchaba, cargando su bloque de metal que calentaba sobre carbón. Claro que al sacar la plancha de la lumbre, había que limpiarla muy bien para que no manchara la ropa: eso le explicaba a la Angelita de cinco años, quien se hipnotizaba al ver el metal hirviente pasear sobre las sábanas blancas. De grande, decidió un día, voy a ser planchadora profesional. Por la tarde, antes del anochecer, el chino de la lavandería cercana tocaba, anunciando su entrega: un montón de ropa delicada, impoluta. A la pequeña le divertía escuchar su acento cuando, al decirle que su abuela había olvidado (¿otra vez?) dejar el dinero, el oriental contestaba con firmeza: "No hay ninelo, no hay lopa".

Josefina era juchiteca, del mismo lugar en donde nacería Francisco Toledo unos lustros más tarde. Bondadosa y firme, poseía brazos gordos y esponjosos que le servían para limpiar la casa, cocinar o para abrazar maternalmente a Ángela. ¡Pero su boca! Su boca era un peligro pues no sabía de censura y, sin darse cuenta del miedo que provocaba en su pequeña protegida, lo mismo le contaba historias de muertos vivientes o almas en pena, que de fantasmas vivarachos que rondan por las casas castigando a los niños desobedientes. Así que a Angelita no le quedó más que crecer

95

miedosa y dócil. Es posible que eso la haya condenado a convertirse en una persona que no sabía enfrentar la adversidad ni podía contradecir las órdenes de un marido malhumorado. Una mujer hermosa que amaba los postres y siempre estaba sonriente, pero que no sabía mostrar su punto de vista. Una señorona a quien los terremotos no asustaban, aunque temía la mirada reprobatoria de su esposo. Una madre que amaba observar a sus hijos jugar en el vaivén de las olas del mar, pero era incapaz de reclamarle a su cónyuge las tantas noches de cantinas, alcohol y apuestas.

Con el tiempo, y al precio de cincuenta centavos por metro cuadrado, la abuela de Ángela logró comprar un terreno en la colonia Del Valle y ahí se mudó junto con su nieta. Su hija se había vuelto a casar y las había dejado solas. La calle elegida todavía no estaba pavimentada y se rodeaba de milpas y llanos sembrados de alfalfa o cebada. Cuando llovía, llegar de Xola hasta la puerta de la casa sin una enorme cantidad de lodo adherida a los zapatos, era un logro imposible. Desde el jardín se veían los volcanes y se alcanzaba a escuchar la corneta del cuartel del pueblo de La Piedad. Los atardeceres eran tan coloridos que, de haber sido pintados, parecerían una postal chillona y de mal gusto. Los sonidos de la infancia de Angelita, además de las notas salidas de la trompeta militar, consistían en trinos de pájaros, el cacarear de las gallinas y los mugidos de las vacas que pastaban, tranquilas, en los prados vecinos; gordos mamíferos de manchas blancas y negras, alimentándose con calma, para dar buena leche.

La madre de la niña, por su parte, aparecía y desaparecía sin siquiera avisar. Con la excusa de atender a su marido y el entusiasmo inocente de un matrimonio que comienza, se olvidó, todavía más, de Ángela: una hija que representaba abandono y rechazo. Por la profesión de su esposo, viajaban mucho, así que la pequeña se acostumbró a vivir entre dos mujeres viejas y aburridas: Fina y su abuela María quienes, aunque se querían con fervor, se la vivían discutiendo. Son dos tazas y media de agua por una de arroz. ¡Al contrario! La receta original de los huevos motuleños es con la tortilla frita y sin frijoles. No, con la tortilla apenas pasada por aceite y con mucho frijol negro, bien aplastado, no seas necia. La terca es usted, señora... con todo respeto. Se barre de derecha a izquierda. ¡No! Al revés y con agua, si no quiere que el polvo nomás baile y se levante, para volver a caer sobre el patio.

Ángela asistía a un colegio de monjas en la colonia Escandón, con una capilla en la que se veneraba a un Cristo muy milagroso. Allí se quedaba de medio interna, así que tomaba los alimentos en un enorme comedor, junto con sus compañeras. Odiaba la sazón de la cocinera y, sobre todo, la sopa diaria sobre la que se cuajaba una capa de grasa pues, aunque la servían caliente, el caldo se enfriaba mientras rezaba las obligadas oraciones. Desde entonces, odió la sopa.

Las monjas necias insistían en coser una rueda de papel a su falda, pues la consideraban demasiado corta. Al regresar a su casa, su abuela se la quitaba y, al día siguiente, se repetía la escena. Hilvanar en la escuela, deshilvanar en la casa. Vuelta y vuelta para cuidar que una pequeña de seis años no "enseñara de más ni despertara tentaciones". ¿Será por eso que la religión, en la familia De Alva, es casi un artículo antropológico en desuso? Eso sí, al menos le enseñaron a conocer las vocales en un silabario, y a escribirlas en su pequeña pizarra que limpiaba con una esponjita húmeda en cuanto lograba distinguir la A de la E y dar ejemplos de palabras que comienzan con una O gorda y bien redondita.

Entre otras cosas, Ángela creció aprendiendo a diferenciar a las gallinas corrientes de las finas: Leghorn y Rhode Island. Sabía qué hacer cuando alguna de las ponedoras se encluecaba y amaba desenterrar gusanos para dárselos a los pollitos, aunque después se tenía que tallar las uñas para limpiar la tierra y evitar un castigo. Castigo materializado en la prohibición, esa noche, de comer pan dulce después de su obligada torta de frijoles.

Apasteladas, gendarmes y volcanes eran sus piezas favoritas.

Angelita se aprendió de memoria el camino al Salón Rojo, en el centro de la Ciudad de México. Era su excursión más deseada: acompañar a su abuela al cine. Cine mudo amenizado por un pianista, como las *Aventuras de Charlot* o *Stella Maris*. Le gustaba llegar temprano, pensar que se parecía a Mary Pickford y admirar su reflejo en los espejos mágicos, que hacían ver a Ángela más alta, demasiado delgada o muy gorda. También disfrutaba jugar (subir y bajar sin cansarse) en las escaleras eléctricas recién estrenadas, junto con otros niños que no dejaban de gritar y empujarse, mientras comían merengues o pepitorias y dejaban los pasamanos enmielados.

Y sí, soñaba, como sueña cualquier niña, con aprender a volar para visitar Europa. Con la muñeca de trapo que le pediría a los Santos Reyes. Con tener muchos hijos rollizos y de ojos azules, que se parecieran a ella. Con que elegiría un marido bueno que jamás abandonara a su familia y que fuese muy trabajador. Con que un día sonara la campana de la entrada de la casa nueva y apareciera su papá, ese francés al que imaginaba tan tan alto y tan tan guapo. Con su mismo color de piel e idéntica mirada.

Imaginerías

Supongamos que estoy sobre un barco, atravesando el océano Atlántico. He comido de más, como siempre en los viajes (como siempre en mi vida), por lo que decido tranquilizar mi cascada de remordimientos haciendo ejercicio. Bajo al gimnasio, cuyas máquinas caminadoras están colocadas frente a grandes ventanas hacia el mar. Imagino que troto sobre las enormes masas de agua. El movimiento me balancea provocando que la gravedad me obligue a correr más lento o más rápido.

Después de un rato, cuando comienzo a sudar, una mujer que, supongo, andará por los setenta años, se sube a la caminadora de mi lado derecho. La escucho resoplar y murmurar muy quedo: *one, two, three, four. One two three four*. Mi imaginación, que no descansa ni dormida, empieza a construir escenarios: la mujer se desvanece, le está dando un infarto y yo trato de reanimarla mientras le grito a alguien que traiga a un médico. Me tiemblan las manos; debo controlarme. No sé primeros auxilios, aunque he visto gente dando reanimación cardiorrespiratoria en docenas de series y programas de televisión. Mi poca cultura médico-mediática funciona: logro regresarla a la vida. Cuando llega el doctor del crucero, la señora ha recuperado la conciencia. Esta mente mía, que imaginó el escenario anterior, no lo hizo con el deseo velado de hacerme sentir una heroína. Lo hizo para paliar mi temor a morir. Sí, a morir de un ataque cardiaco haciendo ejercicio. Soy la candidata ideal: nunca muevo más que las mandíbulas y tengo la presión alta desde hace muchos años (por eso la preclamsia obligó a mi hija a nacer de treinta y seis semanas). Mi dieta se especializa en incluir todo tipo de lácteos, grasas animales y deliciosas garnachas mexicanas. Las hierbas se las dejo a los conejos y las verduras, a los veganos.

Entonces me llega la imagen de una amiga que vivía en Querétaro, era pintora, estaba casada, tenía tres hijos y una vida normal. Ella sí frecuentaba el gimnasio y se cuidaba, hasta el día en que, haciendo deporte, le dio un infarto. Apenas había cumplido cuarenta y pocos. Falleció ejercitándose. La vida no le dio la preciosa oportunidad de, al menos, despedirse de sus seres queridos. Un infarto, un pinche puto infarto marcó el punto final.

Y si pienso en ella y en el probable ataque cardiaco de la mujer que continúa caminando a mi lado, he de confesarlo, es por un horroroso acto de egoísmo. Porque yo sigo viva, muy viva. Así, el poder de la memoria y de la ficción me regala la certeza de que lo malo les sucede a los *otros*. Y aunque sienta empatía por el dolor de los deudos, y hasta los compadezca, me tranquiliza el hecho de que Maryam siga teniendo a su madre. Si algún día ha de quedarse huérfana será, espero, dentro de muchos años porque he decidido vivir hasta los ochenta y ocho (por lo menos). Mientras tanto, las tragedias solo sucederán en mi mente juguetona, para que mis temores sean apaciguados. La ficción es una herramienta recurrente en la que me refugio, en una suerte de rito, para encontrar las respuestas adecuadas a mis deseos y los consuelos del mismo tamaño que mis miedos.

Antes

La niñez de Irene, si bien fue tranquila, también tuvo sus pinceladas grises. O violetas... Ustedes elijan el color que quieran, mientras no sea rosa. Por ejemplo, las mascotas. Fueron un capítulo al menos extraño. En su casa de Echegaray tuvieron un perro al que bautizaron *Streeter,* por obvias razones; era tan desobediente y mordía tanto (se encariñó, sobre todo, con los tobillos) que acabaron regalándolo. A Iri le daba un miedo atroz y odiaba tenerle miedo: quería ser como las niñas de su misma edad, que adoraban a su perrito y regresaban del colegio, ilusionadas, para jugar con él. Trataron de educar a *Streeter* y hasta llamaron a un entrenador para que les diera consejos de cómo lograr un buen comportamiento, pero fue inútil y terminaron regalándolo.

Mejor compraron un enorme conejo al que también, por obvias razones, le llamaron *Cone.* Vagaba libre por el jardín, ensuciándolo de punta a punta. Mini bolitas cafés sobre la superficie verde, en rotundo desorden. Aunque limpiaban con frecuencia, Irene y sus hermanos se acostumbraron a caminar por el pasto igual que si lo hicieran en un campo minado. El pequeño y blanco mamífero *logomorfo* vivió muchos años hasta el día en que alguien —nunca supieron quién— dejó la puerta del jardín abierta y entró un feroz dóberman, empujado por el olor a botana... y se comió al conejo. No de un bocado, fueron cinco. Cuando cuentan la anécdota, la mamá de Irene todavía escucha los gritos de sus hijos y si cierra los ojos, logra ver a uno de ellos, tras el perro, con una escoba.

Para rematar, consiguieron una víbora no venenosa (eso suponían) a la que nunca le otorgaron un nombre. ¿Será que a partir de la Biblia, las sierpes no merecen ser nombradas? Vivía en una pecera sin agua, con piedras, arena y ramas. Un cuaderno Scribe de dibujo constructivo servía para taparla. Comía alimento especial para serpientes; ratones, jamás. Dos veces al día, Irene y su hermano la sacaban al jardín para que tomara el sol, hasta esa tarde en que se les escapó. La buscaron por todos lados, arbustos incluidos... y no la encontraron. El consuelo familiar es que viviría feliz, gozando su libertad y comiendo insectos entre las bondades de las plantas, que eran su hábitat natural. No contaban con que un sábado, un mes después, mientras veían algún programa de televisión matutino, todavía en pijama, oyeron el grito de espanto del jardinero. Bueno, el primer grito fue de espanto; el segundo, de triunfo. "La maté, la maté. Le di con el machete".

Y así, con ella partida en dos, entró a la casa presumiendo su trofeo. Un trofeo sangrante que aún se movía.

Jamás volvieron a tener mascotas. Tal vez un pez o una tortuga. Sí, a la hermana menor le regalaron tortugas, pero no vale la pena recordarlas. ¡Ah!, y un hámster sirio al que le crecían demasiado los dientes.

Hay un pasaje gris que Irene recuerda con una sana distancia, a pesar de que sigue portando las huellas. Era una tarde entre semana y su mamá invitó a unas amigas a platicar y ponerse al día, y a sus hijos, para que jugaran con Iri y sus hermanos. Ya llegaron. Cinco señoras (que apenas rozan los treinta años) y una decena de chamacos. Ellas se quedan en la sala. Los menores salen al jardín. Si quisieran espiar entre las enredaderas que asfixian esta barda, tal vez podrían encontrar algunas gotas de sangre de la serpiente, pero deciden jugar a otra cosa (por cierto, Irene y Maryam son, en el calendario chino, serpientes). Se instalan a la sombra de una enorme jacaranda que acostumbra recibirlos bajo sus ramas y alfombrar de morado el césped, cada primavera. ¿Qué van a jugar? Iri saca la colección de *barbies* y su hermano, de aventureros. También la casa que les construyeron con cajas de cartón, algodón, telas y las sobras del tapiz de una recámara demasiado femenina (de horro-rosas flores). Empiezan *jugando juntos* hasta que se hace evidente lo que aquel autor o autora de Marte, Venus y demás supo siempre: no pueden *jugar juntos* pues ellos quieren armar el escenario de una guerra y, sí, acaban desmembrando a un aventurero barbado, a quien le pasa un tanque por encima (tal como murió uno de los más queridos personajes de la escritora, Gerda Taro) y ellas quieren que las muñecas convivan cordialmente en la sala, mientras toman té de menta y pastelillos. Espantosos lugares comunes de una educación que algún día tendrá que admitir su fracaso.

Después de un rato de prudente convivencia al aire libre, la anfitriona llega con los niños para indicarles que entren al cuarto de juegos pues es la hora del refrigerio (supongo que esa palabra usó) y, claro, todos tienen hambre y sed así que dejan a los personajes tirados sobre el pasto, sus historias en *stand-by*, y se meten corriendo. La mamá de Irene es una mujer precavida: ordena que se sienten alrededor de las mesas especiales para la estatura de los pequeños y que se queden quietos. Solo entonces entra Licha, la nana, cargando una charola con agua hirviendo para el café y con botellas de Coca-Cola. Una de las compañeras de juegos, precisamente la que está sentada al lado de Irene, se emociona tanto al ver los refrescos (en su casa están prohibidos), que salta de su asiento, gritando: ¡Coca-Cola, Coca-Cola! Al levantarse intempestivamente, empuja la charola con su cabeza y, claro, el agua hirviendo le cae encima a la niña de la casa: hombro, pecho y brazo izquierdos. Se escuchan los gritos de Iri, aunque resulta extraño que levante la voz, pues no siente dolor. Alguien le quita la blusa y arranca su camiseta, sin darse cuenta de que trazos de la piel infantil se quedan en ella. Alguien más unta una sustancia amarillenta en las heridas (ahora sí berrea), y otra alguien la levanta en brazos, la sube al coche y la lleva al hospital.

Lo que viene después es lo usual para este tipo de accidentes: la pequeña debe quedarse un mes encerrada en su recámara. Por fortuna, la ventana da hacia el jardín, donde una higuera y varias hortensias conviven a diario, aunque el médico aconsejó que es mejor mantener la habitación lo más oscura posible. Iri no puede taparse las heridas con nada: tienen que estar ventiladas. Su mamá le hace curaciones varias veces al día y a pesar de la delicadeza de sus manos, le duele. Mucho. Debe dormir casi sentada y sin cubrirse. Irene se aburre a pesar de las mil actividades que su madre inventa (estudió para educadora y, además, tiene una imaginación y una creatividad que asombran). Pero el peor momento es cuando los compañeros del kínder llegan a visitarla. Pasan directo al jardín; no está permitido que entren a la recámara porque las heridas podrían infectarse.

La mamá, emocionada con la visita, abre las cortinas, diciéndole a su pequeña que le tiene una sorpresa. Y ahí están, todos formaditos, agitando sus manos para saludarla. Irene, en un movimiento automático, se lleva las sábanas a su pecho, porque se avergüenza. Apenas tiene cinco años: ¿cómo puede sentir vergüenza de que la observen semidesnuda si sus senos ni siquiera se han desarrollado? Extraño, pero así es. No quiere que la vean. Sin embargo, no le queda más que saludar, moviendo su manita de un lado al otro, lentamente, tragándose las lágrimas. Hasta que se van, las suelta: muchas lágrimas de dolor y pena. Entonces, le grita a su madre: necesita que venga apresurada a quitarle la sábana que se quedó pegada a las heridas.

Hasta la fecha, Irene admite odiar la Coca-Cola, y cuando ve una jarra de agua muy caliente, de forma automática se echa hacia atrás. A las sábanas, en cambio, les ha perdonado su agravio. Ya supondrán por qué...

Imaginerías

Imagino que andas con la muerte adentro. Sé que la muerte siempre nos ronda y que es tan democrática que no se aferra a nacionalidad, clase social o raza alguna. En tu caso, está dentro, como si te la hubieras comido, pero en lugar de haberse alojado en tu estómago o en algún rincón de los intestinos, habita en la parte posterior de tu cráneo.

Y lo sabes.

Lo supiste desde el accidente. El chavo que te empujó no tuvo la culpa; venía huyendo. Y cuando alguien huye del peligro, le avisa a sus piernas para que corran más rápido que nunca y olvida advertirles a los ojos que, en lugar de fijarse en el policía que los persigue, vean hacia adelante. Y ahí estabas tú, distraído como siempre, esperando al taxi que te trasladaría a tus clases de historia. El impulso te llevó a torcerte un tobillo y a que tu cabeza fuera golpeada por el espejo de un coche al pasar. Por fortuna la velocidad era mínima, pero suficiente para que perdieras el conocimiento unos segundos. Ese golpe que te condenó, salvó al chavo; el policía decidió auxiliarte y dejarlo ir. No era un sujeto peligroso; tan solo le había mentado la madre al agente cuando le gritó que apagara su churro de mota o se lo llevaría detenido. Ahí andaba, con sus jeans rotos, hablando por teléfono y "consumiendo marihuana en la vía pública", tan tranquilo.

El adolescente, sabiéndose responsable, desde el otro lado de la avenida se quedó esperando a que reaccionaras. Cuando te vio levantarte, desapareció, no sin antes pintarle el dedo al policía y gritarle: ¡Chinga tu madre!

A partir de ese día, querido padre, andas con la muerte por dentro. Y lo sabes. La sientes anidándose en la división de tus lóbulos parietal y occipital. Pero no lo has dicho. No piensas decírnoslo. Y no con el objetivo de evitar preocuparnos, sino porque hace varios años dejaste de pagar el seguro médico. Nada más porque sí; porque alguien te convenció de que todo es mental y que, si tú te lo proponías, jamás te iba a pasar algo grave. Sí, de un día a otro, después de haber sido un hombre metódico y ordenado, previsor, decidiste no pagar un trámite que te hubiera aliviado el costo de una tomografía. Lo sabemos todos: el dinero ahorrado apenas te alcanza para pagar la renta. A esos problemas se enfrentan los funcionarios que siempre fueron honestos...

El caso es que llevas cuatro meses viviendo con la sensación de que tu vida es mucho más frágil de lo que creías. De que eso que traes dentro de la cabeza te está acortando los planes. ¿Será un hematoma? ¿La sangre que te inyecta vida, ahora va a quitártela?

Si te atrevieras a confesar tu accidente, y tu magro presupuesto mensual, entre todos te ayudaríamos. Haríamos una colecta para pagar la resonancia magnética y la cita con un buen neurocirujano. No sé, tal vez venderíamos algo: un cuadro, los cinco centenarios que me regalaste para mis quince años, el viejo Renault Routier de mi hermano, el anillo de compromiso que me heredó mi madre, ante la tácita furia de mi hermana mayor, que siempre creyó merecerlo. Yo soy mucho mejor hija que tú, me gritó una Navidad en la que a ambas se nos subió el alcohol a la desmemoria.

Si te atrevieras a decirnos que tuviste un traumatismo craneocerebral, haríamos lo imposible por salvarte. Le llamaría a mi padrino todopoderoso, al que nunca quisiste volver a ver quién sabe por qué razón, para que nos consiguiera una cita en el Hospital General.

Si te atrevieras a contarme de tu lesión, al menos me darías la oportunidad de despedirme. Te visitaría más seguido. Saldríamos al cine. Probablemente iríamos a Tepoztlán a comer al mercado y a intentar subir la rocosa montaña, como la subíamos en familia cuando éramos niños. Veríamos fotos de mi infancia, invocando recuerdos. Te acompañaría a ver un partido del Necaxa

111

o un juego de los Diablos Rojos del México y echaríamos porras al unísono. Te contaría de mis miedos y mis metas. Te pediría que me perdonaras por mis omisiones, mis ausencias.

Pero eres necio. No quieres contarnos, contarme. Temes que avivemos la discusión que casi nos separa. Esa terquedad ciega de la persona que te convenció de una "filosofía" tan barata que ni a ella ni a ti les sirvió. A la escatología, a la teología del destino o como chingados se llame esa madre, se le olvidan las cuestiones prácticas, te grité aquella tarde, antes de azotar la puerta de tu departamento.

Lo sé: no me dices nada pues odiarías que te restregara un: "¡Te lo dije! Era obvio que ibas a lamentar haber cancelado tu seguro".

Pronto sentirás demasiada somnolencia. Te será muy difícil despertar cada mañana. Después, estarás confundido. Perderás el hilo de las conversaciones y olvidarás palabras tan sencillas como "manzana" o "jardín". Enseguida, empezarán los intensos dolores de cabeza. Tus pupilas perderán su simetría, pero de eso no te darás cuenta. Una madrugada aparecerá un líquido extraño en la nariz y manchará levemente tus sábanas. Al pasar una semana, te dará una convulsión de la que no te recuperarás. Mis hermanas y tus viejos compañeros del billar terminarán velando tu cuerpo, extrañados de tu muerte tan repentina, tan inexplicable.

Yo me preguntaré, en silencio y a solas, al dejar una flor blanca sobre tu ataúd, ¿por qué no me lo dijo?

Aunque ya lo sepa.

Antes

El kínder al que asistían Irene y sus hermanos se llamaba Ad-hoc. Era pequeñito y bellísimo pues, además de estar ubicado en una calle ancha y muy tranquila, poseía un magnífico jardín cuyas plantas competían para demostrar, como si fuese lección de pedagogía, cuál color de verde era más atractivo. La escuela estaba cerca de la casa familiar. Los primos y mejores amigos de Iri asistían al mismo plantel, así que eran felices. Jugaban en el jardín que los alumnos percibían enorme y disfrutaban observar las dos jaulas de la entrada, donde vivían patos blancos y gallinas pachonas (generalmente mal encaradas). Las tres maestras y dueñas de la escuela, eran hermanas. Las tres, solteras. Sin hijos. Cada una llevaba un grado. Y cada una consentía a los alumnos como si fueran de su familia.

Ahí, Iri aprendió a leer y a escribir. De cada letra, tenían que hacer un dibujo. El que más recuerda es el de un hada, de la letra hache de halcón, horchata, hoja, hélice, hoguera. La dibujó con el cabello muy rizado y castaño claro. A su vestido le pegó algodón, así que le quedó blanco y muy suave. A los cuatro años, la fantasía era parte imprescindible de su vida de todos los días.

En la etapa de los estudios de primaria, acostumbraban ver la tele todas las noches, solo una hora (los padres controlaban las "malas influencias" de los medios masivos), mientras cenaban, ya *enpiyamados*, *enpantuflados* y *embatados* y con el cabello todavía húmedo. Uno de los programas favoritos de los tres hermanos era Batman, no de caricaturas, sino con personajes de carne y hueso. Esta serie se estrenó en 1966, justo un año después del nacimiento de Irene. Yvonne Craig salía de Batichica y ella obviamente quería ser Batichica. Quienes no la conozcan, pongan su nombre en Google y busquen su foto vestida del personaje. La fotografía es en blanco y negro, de 1968.

En realidad, no quería ser Batichica, *era* ella. Escondía su disfraz en la parte inferior del buró, en una puerta "secreta", y cuando era necesario, se transformaba. No le interesaba demasiado salvar a quienes vivían amenazados por el Acertijo; lo que deseaba era lucir igual de sensual, bajo el brillante y ajustado traje de heroína (otra palabra con hache). ¡Qué maravilla la manera en que el mundo imaginario de la niñez se vive como parte absoluta de la realidad! No hay línea que separe los sueños de lo que realmente pasa allá afuera. Así que ahora la escritora va por el mundo con la certeza de que fue Batichica algún día. Eso la llena de seguridad en sí misma, de poder, de independencia.

Aunque también fue una dama de la nobleza francesa, allá por los 1800; con esas faldas amponas y rígidas crinolinas debajo. Su mamá le hizo un vestido precioso y, para el baile del día de las madres, la peinó y maquilló tan bien, que hasta la propia duquesa Pauline Félicité Montmorency-Baumont Picot de Lapeyrouse la hubiera envidiado. Irene no pudo elegir el color, pero su vestido era de un verde aqua que hacía que los ojos resaltaran. En esa época, sus ojos eran mucho más grandes y mucho más verdes. Todas las alumnas bailaron con un paraguas del mismo color de su vestido y tomaron el evento con una seriedad absoluta. Todavía existe la foto, retocada, como prueba irrebatible de su pertenencia a la fiera aristocracia. De algo le servirá algún día el título nobiliario...

Estos recuerdos le llegan a Irene, como todos los demás, mientras trata de reponerse del susto del temblor, y le hacen darse cuenta de que desde siempre ha confundido, feliz de la vida, los deseos con la realidad. Le pasó lo mismo cuando, como casi todos los domingos, sus papás los llevaban al teatro del Zapatero Remendón, atrás del Auditorio Nacional. En el momento en que apagaban las luces, Iri comenzaba a olvidar la verdad, es decir, la vida de afuera, y de forma inmediata se sumergía en la historia que se desarrollaba frente a los ojos de todos los niños. ¿Por qué la fantasía tiene que ser distinta de...?

A la hora de la comida, la mamá de Iri les contaba un cuento diferente a diario, cuentos que inventaba sobre la marcha, para complacer a sus hijos. A veces, el hijo de en medio era el protagonista. Otras, alguna de las dos hermanas. Si invitaban a amigos a comer, eran incluidos en la trama. Por más obstáculos que los personajes encontraran en el camino, el postre llegaba acompañado de algún final feliz. Triunfante y feliz.

En la secundaria, las fantasías de Iri cambiaron de destinatario: de la h muda de las hadas, de la b de Batichica, a la a de amor. Se enamoraba cada tres cuartos de hora. Soñaba despierta y dormida. Padecía la horrorosa espera de un teléfono que no sonaba, de un papel en el salón de clases que no llegaba, de una mirada que le aseguraría que él sentía lo mismo, idéntica emoción en la boca del estómago y en las ganas. En esa radiante y azarosa etapa, se sigue ubicando hoy. Pero la culpa no es de ella, sino de su cerebro y de varios neurotransmisores que no han aceptado sus cincuenta y cinco años. ¿Alguien le puede decir a su oxitocina que ya llegó la hora de tranquilizarse?

Imaginerías

Robin Petch y yo estamos en Los Cabos. En este instante, desde el balcón de nuestro hotel observamos fuegos artificiales. Puntos de colores en movimiento decoran una franja del cielo mexicano. Suponemos que iluminan una boda cercana; hay un ligero olor a pólvora en las tibias ráfagas de viento. Hemos venido a este espacio de la geografía bajacaliforniana, pues mi científico marino fue invitado a un congreso sobre ballenas. La cantidad que le van a pagar por su conferencia logró que venciera el miedo a la inseguridad de mi país. Son los últimos días de enero, época ideal para el avistamiento de esos cetáceos.

El ruido de las olas al romper sobre la arena y al golpear las rocas de la playa es constante y poderoso. Dormir con la ventana abierta nos arrulla. Mi hombre se pasea desnudo por la habitación y por el balcón, cargando su vientre desmesurado sin vergüenza alguna. Está acostumbrado a que la brisa acaricie su piel tatemada por el sol y curtida por la sal marina.

Si la obsesión de Robin es la fauna que albergan los océanos, la mía es el medio ambiente en que habitan: el agua y sus vaivenes. Su permanente cambio y ese movimiento constante, que mece. El líquido como dador y retenedor de vida. No por nada madre y mar, en francés, casi se pronuncian igual: *la mère, la mer*. Y ambas palabras son femeninas.

El curso de un día común es suficiente escuela. La gran lección: todo cambia, aunque parezca que se repite. El viento, las mareas, el cielo. Hasta el agua de las albercas es distinta. No necesitamos estar en un río para saber que jamás nos bañamos en las mismas aguas, Heráclito *dixit*. Es probable que la copa de ginebra Hendricks que me acaban de servir, no pertenezca a la misma botella de ayer, aunque su sabor sea muy parecido. Los atardeceres nunca son iguales. Colores, posición y textura de las nubes se transforman en veinticuatro horas.

Las caricias de Robin mutan. Mi piel bajo sus manos, también se modifica. Un poco menos de colágeno, de tersura. Glándulas sebáceas más cargadas conforman mi sistema tegumentario. En eso me parezco a las ballenas grises: una gruesa capa de grasa las protege. La mía es de grasa e indiferencia. La edad me ha vacunado contra las críticas, los compromisos, los "qué dirán". Una agenda a la que debería obedecer cada hora. Los gigantes marinos no viven preocupados por el exceso de peso ni tiemblan de envidia ante un bikini instalado en un cuerpo perfecto. Tampoco viven obsesionados por el ejercicio. Ni por un *memorándum* repleto de citas y pendientes.

Robin es un hombre salvaje que cede ante los placeres de la civilización. Si bien podría dormir en la playa y calentarse con una fogata, conmigo ha aprendido a disfrutar la suavidad de las sábanas egipcias de muchos hilos y de una suite que mide más de ochenta metros cuadrados, con jacuzzi privado en la terraza. El minibar nos ofrece una botella de *champagne* gratuita. Así que la noche anterior a su conferencia con los guías naturalistas de la región, brindamos, mientras recordamos el reciente y discreto atardecer: nubes grises y firmamento en tonos rosas y naranjas que hicieron las veces de escenario.

Mar. Océano. Vaivén. Humedad. Los dedos de Robin saben humedecerme. El agua es vida. ¡Qué cierto! Sin la humedad precisa, el género humano desaparecería. El deseo como herramienta de supervivencia.

—¿Aquí? —pregunta, mientras su lengua empieza a llenarse de mi aroma. Apenas le entiendo. En realidad, intuyo lo que ha dicho.

—No, un poco más a la izquierda —respondo, estirando mi cuerpo como lo haría un felino. El camino hacia el lugar preciso del gozo está lleno de placeres... y mi piel lo sabe. Alargar el arribo a la meta, tiene sus recompensas.

Robin baja su rostro barbado desde mi nuca hasta el comienzo de mis nalgas, lamiendo cada vértebra. Se detiene en una hondonada para que su mano derecha acaricie mi espalda. Una y otra vez. No tiene prisa. Después, obliga a mi cuerpo a darse la vuelta y, con un movimiento rápido y preciso, abre mis piernas. Yo cubro mi rostro con la almohada; no quiero ver esa mirada que huye de la censura. Respiro profundo, dispuesta a sentir lo que su deseo le sugiera hacer con mi deseo.

El vaivén de su cuerpo, acostumbrado al océano, se mueve imitando a las olas: a un ritmo preciso. Al principio, suave. Después, con la contundencia de un viento que las hace crecer y llegar a la orilla con más fuerza.

Su esfuerzo no ceja... hasta que exploto. Exploto y grito al mismo tiempo. Robin me quita la almohada para verme a los ojos y limpia unas gotas de sudor que se han adueñado del espacio entre mis pezones. Tengo sed, así que me incorporo levemente y le doy unos tragos al agua que está sobre mi mesa de noche. Entonces, siento en mis muslos el miembro todavía erguido de mi amante y me da un antojo enorme recibirlo en mi boca. Quiero recorrerlo con la lengua, apretarlo entre mis labios, probarlo: siempre tiene un sabor distinto. A travesura, a umami, a regocijo, a sal de mar, a júbilo o a hedonismo.

Hoy me sabe a un orgasmo que lucha por detener el momento y rescatar a la eternidad. Me sabe a estremecimiento.

Después de la lid amorosa, dormimos abrazados. Sus ronquidos, en lugar de molestarme, me arrullan. La magia de acostumbrarse. A todo se adapta uno, dicen quienes viven junto al constante paso del ferrocarril o al lado de un aeropuerto.

A los seis años las ballenas llegan a su madurez sexual, algo que los seres humanos nunca alcanzamos. En su apareamiento hay varios componentes: una hembra y hasta una docena de machos. ¡Qué sabiduría! Cortejan, copulan. Sin culpas. Demuestran que las leyes de la naturaleza son otras. Los machos compiten por la atención de la hembra. Así lo explica Robin, después de proyectar un video, haciendo un esfuerzo porque los términos científicos superen la ternura del momento: "Como pudieron apreciar, la hembra permitió que el macho se colocara en un ligero ángulo, deslizándose por detrás hasta que tocó el vientre. El macho puso una aleta pectoral sobre su flanco y la acarició con suavidad durante el acto. Después la pareja se separó y la hembra liberó una explosión de burbujas por la boca en lugar de hacerlo a través del espiráculo". Pornografía biológica, pienso, mientras el resto de los asistentes sigue aplaudiendo dentro de este salón cuyo aire acondicionado me hace cubrir mi espalda con una pashmina.

El sexo de la ballena jorobada es muy corto, pero muy dulce, ¿verdad?, pregunta afirmando o afirma preguntando una mujer joven. Los demás ríen. Robin me busca entre el público y me mira como él sabe mirarme cuando me desea. En realidad, siempre me desea. Por eso me siento tan plena a su lado.

Cuando el sexo trasciende el garantizar la continuidad de la especie, ¿es más sabio? Coger por placer, por amor, por el puro gozo. Sin ningún tipo de compromiso. Sin promesas. Porque no hay nada en este mundo que nos acerque más a un ser humano. Ninguna otra explosión que nos garantice este nivel de entendimiento. Ningún otro escenario que atestigüe lo que dos pieles pueden conseguir así, tan unidas, tan juntas, tan cercanas.

París

*Feliz aquel que pueda actuar
de acuerdo a sus deseos.*
PROVERBIO BEREBER

Porque sí, de la nada, o de alguno de esos resortes de la memoria que no logro explicarme y que activa, por ejemplo, un terremoto, terminan en mis recuerdos dos hombres. Uno nació en Argelia, de padres musulmanes. El otro, de padre español y mamá francesa, vio su primer rayo de luz en París. Los dos fueron mis novios a mis diecisiete años. Aclaro: no al mismo tiempo. Aclaro aún más: por haber sido noviazgos *virginales*, los dos me dejaron. Así funcionan los mecanismos del deseo y la impaciencia...

Para el interés de la ficción, al primero lo nombraré Kader Kalem. Nació en un muy pequeño poblado, en las faldas de la cordillera del Djurdjura, por ahí de 1950. Emigró a Francia, sin papeles, como tantos argelinos cuyas oportunidades fueron cooptadas por la colonización gala. Manda dinero cada vez que puede, a sus familiares que se quedaron en el pueblo. Mecánico de automóviles, en su tiempo libre toca música tradicional cabilia junto con tres amigos, en diversas plazas callejeras. Es el percusionista. Cuando lo conozco, en la explanada frente al Museo Pompidou, tiene un brazo roto pues una motocicleta le cayó encima, por lo que sus ingresos se han ido casi a cero; no puede arreglar coches ni tocar los tambores, aunque sus amigos del grupo musical siguen dándole la cuarta parte que le correspondería. Yo apenas cumplí diecisiete años, llevo menos de dos meses en París y estudio francés en la Sorbona. Mi pasatiempo, al que pretendo convertir en profesión, es la fotografía, así que soy dueña de una aceptable cámara Minolta, muchos filtros y una enorme telefoto que me acerca a unos ojos poderosamente tiernos. Me ve tomándole una foto (lo mío, es el retrato) y me sonríe. Está sentado sobre el pavimento de la plaza. Se levanta sin apoyar el brazo lastimado, se acerca y me saluda: *Salam Aleikum. Aleikum Salam*, respondo. Él continúa dirigiéndose a mí en árabe. *Je ne parle pas arabe*, aclaro, solo me sé la fórmula de cortesía. Kader, entonces, explica que me confundió: por mi cabello oscuro y mis ojos verdes, parezco cabileña, del grupo de los bereberes que se asientan al norte de su país de origen. Con el tiempo me entero que esta región montañosa se convirtió en el centro de la resistencia contra el colonialismo francés y, por lo tanto, fue la zona más reprimida. Como muchos jóvenes rebeldes, tuvo que huir, todavía adolescente, de la represión del gobierno colonial.

125

Mi francés no es perfecto; sin embargo, puedo comunicarme bastante bien, aunque gasto energía en encontrar la palabra adecuada y a veces me desespero por no decir con exactitud lo que deseo. Aun así, Kader y yo terminamos comiendo juntos en el restaurante universitario más cercano (tengo un boleto extra), y seguimos conversando durante horas, en una banca del jardín de las Tullerías. En la fuente que tenemos enfrente, nada una familia de patos y, de tiempo en tiempo, acuatizan un par de gaviotas.

Es Kader quien me lleva a la zona de la ciudad que, a mi llegada a París, un conocido del consulado mexicano me advirtió que era prohibida. No se te ocurra pasar por ese barrio: es peligroso, lleno de migrantes, sobre todo de países árabes. Pero aquí vive Kader y poco a poco hago mías estas calles. ¿Sabes que la mamá de Edith Piaf era bereber?, me pregunta, presumiendo. Sus vecinos comienzan a conocerme y a saludarme con amabilidad y respeto. Madame Djebar tiene un restaurante de comida típica: ahí pruebo tajine, burek y cuscús con cordero por primera vez. Y a la hora del café, se acerca a esta niña mexicana de ojos asustados, para leerme la fortuna. Quiero escuchar que seré una fotógrafa famosa y que expondré mis retratos en blanco y negro en museos europeos. En cambio, mientras interpreta las veredas que los pequeños gránulos oscuros dejaron en mi taza, me dice, aumentando mis temores: un musulmán de enormes ojos negros con largas pestañas será el amor de tu vida y el padre de tus hijos.

Kader quiere que seamos más que amigos. Me lo ha dejado en claro varias veces, pero mi educación conservadora y el miedo a hacer algo "irremediable", me obligan a negarme una y otra vez. Lo adoro, aunque realmente no me atrae. Antes de salir de México, terminando la preparatoria, mi madre me dijo que la única lección importante que debería aprender para vivir sola y no correr riesgos, era decir no. No, no, no, no, me obligaba a repetir en voz alta. Creo que le hago demasiado caso.

El peor intento sucede un día en que perdemos el último metro y no puedo regresar a mi cuarto rentado de la avenida Montparnasse. Ni Kader ni yo tenemos dinero para un taxi, así que me quedo en el estudio que comparte con dos amigos argelinos. Al abrir la puerta, nos damos cuenta de que uno está dormido. El otro se acurruca en un estrecho sillón con su novia francesa. Kader me dice que me duerma en su colchoneta, que en ese momento extiende sobre el piso; no hay camas. Me meto, vestida (ante su mirada sorprendida), bajo la sábana. Él se acuesta a mi lado, sobre la alfombra. Cuando comienza a acariciar mi mano que, junto con mi cara, es lo único que escapa de las mantas, le digo que no. No. No, por favor. Y en ese instante, como una broma planeada por algún hado de humor negro, nos llegan los murmullos, gemidos y, muy pronto, gritos de placer de la francesa a la que tengo a un metro de distancia. La luz que entra de la farola de la calle ilumina levemente la habitación y aumenta mi curiosidad voyerista; también mi incomodidad. Y mi *no* pronunciado hace unos minutos, se hace tan pesado, que nos asfixia. Quisiera abrir los ojos y explicarle a Kader, sin palabras, qué sinrazones me impiden aceptarlo. Quisiera también abrir los ojos para espiar la escena amorosa, una escena que nunca he visto más que en películas y siempre de manera velada. Pero no me atrevo. Me conformo con escuchar lo que, supongo, son dos orgasmos.

De Kader Kalem conservo el primer retrato que le hice, mi curiosidad por los inmigrantes y mi indignación hacia la manera en la que son tratados en el mundo entero, que terminó plasmada en mi novela *Jamás, nadie.* También un regalo que era muy valioso para él y que se ha convertido en una pieza central de mi colección de libros dedicados: un ejemplar de *Cartas desde la prisión,* firmado por el autor. Kader conoció a Ahmed Taleb Ibrahimi antes de salir de Argelia; lo admiraba, pues fue uno de los principales líderes del movimiento a favor de la independencia de su país. Entre otras cosas, fundó un periódico llamado *El joven musulmán,* que los lectores devoraban con mucho interés ya que trataba de restaurar su identidad después de años de colonialismo francés.

Regresando a México, cuando yo apenas era estudiante de la carrera de periodismo, aunque ya trabajaba en la televisión oficial, tuve mi primera oportunidad de ser algo más que asistente de producción gracias al francés que aprendí durante un año, pero también a mi conocimiento de la gente de Argelia. El entonces presidente, Chadli Bendjedid, hizo una visita oficial a México y a mí me encargaron su "seguimiento". Me tomé una foto con el mandatario y se la mandé a Kader, presumida de mí, junto con una carta. Pero un mes después me llegó el sobre cerrado con un sello que decía: el destinatario ya no vive en este domicilio. Nunca lo volví a ver ni he sabido de él. Lo he buscado en las redes sociales, sin éxito. ¿Habrá regresado a su pueblo, en esa región conocida como *Tamurt Idurar*, y sus ojos oscuros, de mirada comprensiva y tierna, disfrutarán a diario del pasaje de su *tierra de las montañas*?

De Ramón Correa Du Bois sí me enamoré: mucho. Lo conocí en un mercado sobre ruedas que, cada jueves, se instalaba cerca del metro Maubert Mutualité. Salía de mis clases de la Sorbona y buscaba alguna manera de pasar el rato curioseando en un mercado, aunque sabía que no me podría comprar nada: mi presupuesto era muy restringido. De hecho, primero conocí a su padre, un coqueto y sonriente español que, al saber que era mexicana, me regaló media docena de naranjas. ¡Sí que sois maja! Joder, seguro te hace falta el jugo fresco, me dijo, convenciéndome de que las aceptara. Su puesto se especializaba en productos importados de Andalucía y Valencia. Cuando supo mi edad, gritó el nombre de su hijo: teníamos que conocernos, decidió. En el momento en que llegó ese joven de unos veintitrés años, le di la razón: cabello castaño oscuro, rizado, pómulos pronunciados, ojos expresivos; rostro y cuerpo que le servían para salir en algunos anuncios de televisión, ganando un poco más de dinero. Hasta le dieron un pequeño papel en una película que protagonizaba Catherine Deneuve. ¿Cuál? No la recuerdo. *Le choix des armes*, tal vez?

Era posesivo, celoso y violento. Un día se peleó a puñetazos con un joven que "se me quedó viendo con demasiada intensidad", en la salida de alguna estación del metro. Supongo que yo quería perdonárselo todo porque era muy guapo. ¡Qué razón tan poderosa! En realidad, me sentía protegida. Y deseada. A él tampoco supe decirle que sí. Junto con su familia, vivía a las afueras de París a donde a veces me llevaba en la camioneta de carga con la que trasladaban los perecederos de uno a otro de los mercados parisinos. Y dormíamos juntos: sí, solo dormíamos. Imagino que los miembros de su familia (papá, mamá y hermano menor) pensaban que hacíamos el amor. Hubiera sido lo normal en Francia en esa época. Pero no. Y hasta siento vergüenza al reconocerlo.

Como el puesto del mercado podía ser atendido por sus padres, a quienes yo a veces ayudaba y, además, de su trabajo como modelo no tenía suficientes ofertas, se empleó vendiendo enciclopedias infantiles a domicilio. Alguna vez lo acompañé a Lucca, en Italia, junto con su jefe, que le había tomado cariño y lo estaba entrenando. Lamentablemente mis clases en la Sorbona me impidieron ir con él a otros viajes. De su estancia en Portugal, que duró apenas una semana, regresó con una portuguesa. Mayor que yo, muy guapa, mente abierta y con muchas ganas de tener pareja. ¿El resultado? Evidente: me dejó por ella. Pero nuestra amistad continuó.

Su familia y él me habían adoptado, así que también lo hizo aquella mujer nacida en Madeira. Cuando ya no pude seguir pagando la habitación de la avenida Montparnasse, pues mi padre dejó de mandarme dinero por culpa de la expropiación bancaria, durante el gobierno de José López Portillo, Ramón y aquella chica, a la que nombraré Susaninha, me consiguieron el departamento de un hombre muy mayor que había sido internado en el hospital y a quien le quedaban pocos días de vida. El edificio no estaba bien ubicado y la zona me daba miedo, pero era lo único que mis escasos ahorros podían pagar. Además, parecía que *jamás, nadie* lo hubiese limpiado. Así que entre Susaninha y yo nos dimos a la tarea de intentar, al menos, dejarlo en buenas condiciones higiénicas. Nos tardamos tres días, varias escobetas, fibras y litros de productos de limpieza; callos en las manos y dos cinturas adoloridas (la de ella, de varios centímetros menos que la mía). Pero el enfermo no falleció y regresó a una casa, para su sorpresa, impoluta. Yo, debo confesarlo, lamenté que no hubiera muerto y lamenté lamentarlo. Así que además del remordimiento, tuve que conformarme con un cuarto mínimo, sin baño ni regadera, en el último piso de un hotel cuya categoría no rozaba, siquiera, la mitad de una estrella. El inmueble no tenía elevador y se asentaba en una zona de París famosa (y muy visitada) por sus prostitutas. El encargado de la recepción, un somalí muy amable, me regalaba tres fichas (*jetons)* por cada una que pagaba, que me servían para tener dos minutos de agua caliente. Ahí aprendí a bañarme de manera rápida y eficaz.

El día que regresé a México, después de un año, a la portuguesa (cuyo verdadero nombre he olvidado, aunque no su nariz perfecta ni su color de cabello) le dejé mi plancha, un juego de toallas y otros objetos todavía muy útiles, que me resistí a cargar en mis maletas. Supe que se casaron, que tuvieron hijos y que fueron ellos quienes heredaron el puesto en el mercado.

No recuerdo cuánto tiempo duramos juntos Ramón Correa Du Bois y yo. Aún atesoro la carta que le escribí a mis padres, donde les avisaba que íbamos a casarnos. Susaninha llegó a tiempo; evitó que la enviara. De ese amor pasajero conservo un *cassette* con sus canciones francesas y españolas favoritas, que grabó especialmente para mí; su portafolios profesional de fotografías (en una sale empuñando un arma) y la sensación de aquellas noches de insomnio, cuando compartíamos su cama y, en lugar de conciliar el sueño, yo percibía su perturbadora desnudez a unos centímetros y mis negativas inverosímiles, todavía más cerca. Contundentes y pesadas.

Antes de antes

Leopoldina, la abuela materna de Irene, nació en la calle Cuatro árboles, Tacuba, en la Ciudad de México, aunque por razones que pocos saben pero nadie recuerda, su familia se trasladó al estado de Hidalgo cuando ella era muy pequeña.

Irene la invoca a veces, mientras escribe sus novelas. La relación entre abuela y nieta era especial; forrada de un entendimiento y una ternura basta y juguetona. Por ejemplo, durante su reciente viaje a un centro de esquí, sentada frente a su computadora, al observar por la ventana triangular, la nieve cubriendo montañas, Irene piensa en ella. Fue ella quien la llevó a conocer la nieve, hace ya muchos años, en un viaje exclusivo para abuela y nieta a una zona montañosa cercana a Bridgeport. Desde entonces, Iri ama el frío: la hace feliz. Salir de un lugar cálido y que el viento gélido frote su rostro, es uno de sus mayores placeres. Observar el bosque; los pinos decorados con grumos blancos que se quedaron sobre las ramas, con temor de seguir su viaje hacia abajo; el río tan congelado que ha quedado detenido, al menos en la superficie, porque se alcanza a escuchar el agua protegida por una capa de duro hielo, siguiendo su destino hacia un lago cercano para llegar, quién sabe en cuánto tiempo, al océano.

A su abuela también le gustaban las bajas temperaturas y rehuía del sol; quería ser una viejita sin arrugas. Irene y Leopoldina cumplían años el mismo día del mismo mes y les gustaba celebrarlo comiendo, las dos solas, en algún restaurante mexicano cercano a su casa de Coyoacán, a la que habían bautizado como "El Potrero". Un potrero es quien cuida a los potros cuando están en la dehesa, o bien, el lugar que acoge a los animales. Tal vez nombraron así a esa enorme residencia porque el abuelo Gonzalo cariñosamente llamaba "potrillos locos" a sus ocho hijos.

Durante la época de la Revolución mexicana, Polina y su familia vivían en la Hacienda de Dos Cerritos, en Pachuca. Ella era muy pequeña, pero se daba cuenta (o tal vez la nana se le dijo) de que su mamá tomaba Nembutal para tranquilizarse por tantos sustos que pasaba, tantas malas noticias que corrían, apresuradas, de hacienda en hacienda, y tantas amenazas. Cuando la pastilla cumplía su propósito, el ama de casa pasaba las mañanas dormida y las tardes en una mecedora de la terraza, tejiendo, con la mirada proyectada hacia los sembradíos. El padre de familia, en cambio, sabía conservar la calma sin medicamentos que lo ayudaran o lograba disimular su desasosiego, pero, eso sí, no salía del rancho sin una Luger 32 y una linterna sorda por si llegaban "los armados". Un día, mientras preparaban la mesa para merendar pan dulce y chocolate, los chiquillos, a través de los visillos, vieron al dueño de la hacienda frente a varios "pelados" que le mostraban los cañones de sus armas con una desfachatez casi lúdica.

—¡Vayan bajando sus riflecitos, que yo no soy de los que se asustan! —les gritó para distraerlos y alejarlos de su familia—. Tengo hartos costales con maíz y cebada allá abajito y unas botellitas de alipús que les van a caer a las mil bendiciones. Hagan el favor de acompañarme.

Sin hacerse los difíciles, los invasores descansaron sus armas y siguieron al padre de Leopoldina. En el granero, don Mónico, el administrador de la hacienda, sabía qué hacer cuando se supieran bajo amenaza, por lo que ya estaba sacando el alcohol de su escondite. ¿Qué ejército, formal o informal, se resiste a un buen trago?

Un sorbo de licor alivia casi cualquier infortunio. Irene, por ejemplo, es aficionada al whisky (imagino que ya se habrán dado cuenta). Cuando escribe, a eso de las seis de la tarde se sirve un vaso con hielos y tres dedos de un buen destilado de cebada, *single malt*. Pero regresemos a su abuela: Polina, adolescente, ya de regreso a la Ciudad de México, entre semana acostumbraba ir a tertulias o al cine Olimpia, siempre acompañada por alguno de sus hermanos. Los sábados, la familia completa se iba de día de campo a Ocoyoacac o asistía al Toreo; en esa época, ubicado donde ahora se asienta una enorme tienda departamental, en la calle de Durango. El dólar estaba al dos por uno y, sin embargo, viajar a Yanquilandia no era tan común. La ciudad presumía ser segura; los habitantes podían caminar sin pasar angustia. A las mujeres, eso sí, les recomendaban vigilar sus pertenencias pues a veces se aparecían rateritos con piernas ágiles, que les arrebataban la bolsa y salían corriendo. Un Chevrolet costaba seis mil quinientos pesos y un Willys de cuatro cilindros, cuatro mil cuatrocientos setenta y siete.

Ahora los automóviles de lujo son demasiado caros.

Ahora los pobres son más pobres.

Ahora, para la clase alta, viajar a Estados Unidos o Europa es más común que ir a Zacatecas o a Guanajuato. Además, les otorga un prestigio que todos desean o ¿necesitan?

Ahora, salir a las calles de la capital del país, donde conviven por obligación más de veintidós millones de habitantes, es arriesgar la vida.

Ahora a Irene le hacen falta las palabras y los consejos de Leopoldina. El cariño sencillo y siempre dispuesto de Ángela.

La relación de Iri con Ángela es otro punto negro en su lista de culpas. La madre de su padre siempre quiso ir a un crucero a Alaska. Cuando cumplió ochenta años, declaró que era el único viaje que le gustaría hacer antes de morir; que no deseaba irse de este mundo sin conocer ese lugar de hielo abundante y naturaleza desbordada. Tal vez hasta lograría ver un oso salvaje. Irene lo anotó en su lista de pendientes y prometió llevarla en cuanto ahorrara lo suficiente. Trabajaba en programas de televisión y radio, con un sueldo decente y sin mayores gastos, pero nunca invitó a su abuela a ese estado de la Unión Americana que limita al oeste con el mar de Bering; la viejita tuvo que conformarse con un fin de semana en San Miguel de Allende. Irene gastó el dinero en muchas cosas más, que en ese momento le parecían esenciales... y hoy todavía se arrepiente. Sí, siente una culpa leve, pero culpa al fin y al cabo. Y las culpas fueron inventadas para torturar a los seres humanos que las aceptan y las cargan.

Eso de la felicidad...

Llegamos al Iridium Jazz Club una hora antes del concierto para que nos toque una mesa de pista. Me gusta sentarme junto al escenario, y así, ver con detalle los rostros y gestos de los músicos. Amo el jazz por el ritmo, el fraseo y, sobre todo, por esa libertad que obsequia un amplio espacio a la improvisación. Mis dos compañeros también son jazzistas confesos. Así que aquí andamos, en un lugar privilegiado que nos permitirá observar los dedos del saxofonista acariciando las clavijas, y hasta las gotas de sudor en la frente de la bailarina de tap, Miss Letizzia Trinidad, una mulata que se ha hecho famosa por la velocidad con la que mueve piernas y manos, además de un rostro amable, piel de melanina generosa y ojos desenfadados, a la que Armando nos pidió conocer cuando vio el cartel, anunciándola, en una marquesina callejera de la Avenida de las Américas. La he admirado varias veces en videos, pero nunca en persona, comentó, rogándonos que lo acompañáramos a la función.

139

Marzo en Nueva York promete un clima perfecto para recorrer las calles a pie, sin sentir una agobiante canícula ni un frío que desanima. Es como andar por la vida haciendo malabares sobre la tenue línea que separa la nieve de los cerezos en flor. Ayer, Adriana, Armando y yo fuimos a dos tiendas de Soho a comprar un ukulele barítono que nuestro amigo músico andaba buscando para su nuevo show; uno creado especialmente para niños, en honor de su hijo Andrés. Lo explico, pues es la razón de lo fatigados que estamos: el Botello se quedó tocando su instrumento, en la sala del departamento que rentamos, hasta las cuatro de la mañana, con una emoción lúdica y contagiosa. Nosotras, en el sillón de enfrente, nos dedicamos a disfrutar su música y esa voz que raspa y acaricia, con una copa en la mano. A pesar de nuestro cansancio, no podíamos faltar a la cita con el jazz y con la morra de la que Armando se enamoró el día en que se enteró de su existencia.

Adriana ordena una garrafa de sake, pero no hay; se conforma con una copa de Chablis bien frío que, desobediente, llega tibio a la mesa. Armando elige vino tinto y yo, Macallan en las rocas. Al lado, agua mineral con mucho mucho mucho hielo. Junto con el alcohol, la mesera de minifalda negra y piernas largas pone sobre la mesa un plato de palomitas que los tres devoramos.

—Comer palomitas me hace tan feliz... —dice nuestra amiga—. Me recuerda a mi madre. Cuando nos llevaba al cine Ariel a mis dos hermanas y a mí, siempre pedíamos palomitas con mantequilla extra. Creo que comerlas a su lado me gustaba más que la película.

—Y a ti —le pregunto a Armando—, ¿qué te hace feliz?

—Depende qué entendamos por felicidad —responde, filosofando—: vivir esperando la felicidad puede decepcionarte. Acuérdate de Job: "Esperaba la felicidad y sobrevino el dolor. Esperaba la luz y vino la sombra...".

—Ahora resulta que te sabes pasajes bíblicos de memoria. ¡No inventes! —me burlo—. Para mí, la felicidad es bastante simple y terrena: amigos, hoy, ustedes, ahora; tener una familia como la mía, todos alivianados, chingones y sanos; un marido y una hija a los que adoro y con los que me llevo de maravilla; el dinero suficiente para resolver mis necesidades básicas y hasta mis pequeños gozos. Escribir, algunos viajes, buenos libros, cine, saberme libre. Estar enamorada...

—La suerte juega un gran papel en eso que llamamos felicidad —afirma Adriana, tomando el primer trago de vino.

—Pues sí, pero hay quienes no aprovechan lo que la suerte les ha dado. Bacha podría tener todo lo que tiene y estar amargada —completa Armando.

—Y hay personas que nada poseen, pero están bastante agradecidas con la vida. Puedes clavarte con tus carencias, o bien, con las bondades de lo que tienes frente a ti. Y esa decisión nada tiene que ver con la fortuna —responde mi amiga, como si tuviera que defenderme aunque, enseguida, me doy cuenta de que habla de ella misma—: Yo, desde que me dio vasculitis, me podía haber hundido en la desgracia, en mi riñón donado que un día dejará de funcionar, en que en cualquier momento este mal va a volver a atacar quién sabe qué parte de mi cuerpo... La felicidad está en cómo vives tu vida.

—Y jamás te has quejado —la interrumpo—. Al revés, desde que los zopilotes te sobrevolaron tan cerca, siento que gozas tu vida con mayor intensidad. Te has quedado con lo básico y disfrutas de una tranquilidad que contagia. Haces solo lo que se te da la gana.

—Salud por eso —dice Armando, y chocamos tres copas que comienzan a vaciarse. Entonces, confieso:

—A mí, ser atea me ayuda a ser feliz. Ya que nadie te promete la felicidad eterna, o eres feliz en esta vida, aquí, hoy mismo, o ya te chingaste.

—¿Acaso te defines como epicúrea? —me pregunta mi amigo, haciendo esos gestos extraños que se le dan con facilidad. Tuerce la boca, cierra un ojo, enchueca la quijada.

—Hoy de plano amaneciste muy filosófico. ¡No manches! ¿Tú crees que me acuerdo de mis lecciones de la prepa?

Adriana, que ama leer ensayos y tiene una gran memoria, me aclara:

—El epicureismo es, sobre todo y si no mal recuerdo, un arte de vivir. Es una sabiduría bastante sencilla: digamos que la muerte es la nada. Para Epicuro, así como lo ven, la idea es gozar y no sufrir.

—Suena demasiado lógico, es lo que cualquier persona desearía. ¿No? Gozar y no sufrir. Estar sanos y no enfermos. Tener dinero en lugar de...

—No te me aceleres —aclara Armando, interrumpiéndome—; aquí viene el secreto: para lograrlo, el chiste es limitar los deseos. Digamos que se trata de no desear más que lo que tienes. Gozar todo lo posible, deseando lo menos posible.

—Entonces es probable que yo sea medio epicúrea con tendencias hedonistas. Eso del placer se me da de manera muuuuuy natural...

Adriana intenta defender las ideas que Epicuro propagó hace muchos siglos:

—Si solo deseas lo que está en tus manos, no dejas tu felicidad al azar. Satisfacer tus deseos va a depender únicamente de uno mismo y eso está de maravilla. Más que una filosofía, es una sabiduría de la vida pues, además, creen que la muerte es la nada. Existencialismo puro.

—Igual que yo —digo—. De verdad creo que la muerte es el final y eso, la verdad, me hace disfrutar lo que tengo.

—Mi felicidad es menos placentera y más triste que la tuya —acepta Armando—. Tú eres muy racional, yo no tanto. Se me da eso de imaginar...

—Para Kant —interviene Adriana—, tú estás en ventaja, Armandito: él decía que la felicidad es un ideal, no de la razón sino de la imaginación. Y a ti lo que te sobra es talento, güey; creación e imaginación.

—Pero tal vez Kant no se andaba angustiando como yo. Por más que quiero, hay muchas cosas que debería disfrutar, ser feliz, pero no siempre lo consigo.

—¿Por ejemplo? —pregunto, mientras hago una seña para que alguien nos atienda. Siento un apetito atroz.

—Adoro a Andrés, me considero mejor persona desde que soy papá, es a quien más quiero en mi vida y, sin embargo, me da un pánico horrible no ser un buen padre, estarla regando. Me produce mucha ansiedad su futuro y saber si él es feliz, si sufre porque sus papás no viven juntos o porque yo viajo mucho o porque no le va bien en la escuela o porque no lo puedo llevar de viaje y esas cosas...

La mesera de minifalda se acerca a tomar nuestra orden. Pedimos para compartir: calamares fritos con alioli, *flatbread* de chorizo y ensalada de betabel y quinoa. ¿Otra ronda de bebidas? Armando y yo decimos que sí; Adriana ahora elige un Cosmopolitan. Antes de que la mesera se vaya, también le digo que nos traiga una orden de quesos: gorgonzola y brie. ¡Ah!, y un poco de pan, por favor.

—¡Qué hambre tengo! —exclamo, justificándome.

—Por ejemplo, ahorita —sigue nuestro amigo—. Estoy emocionado porque voy a conocer a Letizzia, pero entonces me va a encantar porque es una chava súper chida y me voy a enamorar y obvio no me voy a atrever a dirigirle la palabra porque además ni le hago bien al inglés y se va a ir sin saber que existo y en la noche me va a regresar la idea de que me hace mucha falta una pareja y eso me va a entristecer y así... —concluye, sin haber siquiera hecho una pausa para respirar.

—Bueno —interviene Adriana—, mejor dejemos de filosofar y disfrutemos estar juntos en esta ciudad, tomándonos una copa. A mí, pensar en la muerte me hace amar más la vida. Y desde que me di cuenta de que la felicidad no es la meta, sino el camino, me la paso muy bien en todo momento. Ahora no necesito ni tener pareja; estoy felichérrima sola. Así que en lugar de pensar en que la bailarina no te va a pelar, lo cual es bastante probable, mi queridísimo, mejor admírala en cuanto suba a escena y disfrútanos a nosotras: no bailamos tap y estamos más viejas, pero me cae que te queremos mucho.

—Tienes razón: hay que amar la vida tal cual, con sus milagros y también con sus cabronadas. Amarla por frágil y efímera —digo, animada por el alcohol que acaricia mi sangre—. Así como te amamos a ti, Armando. Y te amamos un buen.

El "un buen" parece una contraseña, pues en cuanto acabo de pronunciarlo, se encienden las luces del escenario y entran seis músicos, todos, menos el pianista, cargando sus instrumentos. El lugar, que estaba vacío cuando llegamos, ya está repleto. Con la plática, ni cuenta nos habíamos dado. Aplaudimos. Antes de que empiece el show, la minifalda negra trae la comida y, sin habérsela ordenado, la tercera ronda de tragos. A nuestro amigo le brillan los ojos; está emocionado. Supongo que le urge que Letizzia Trinidad aparezca y logre contagiar la magia de su zapateo. La felicidad también se da en la espera, en el deseo, pienso. De pronto, extiende su mano izquierda hacia Adriana y la derecha, hacia mí. Le correspondemos. Y así, con las manos anudadas, levantando la voz pues los músicos ya comenzaron a tocar *My baby just cares*, nos dice, con una sonrisa ufana y dichosa:

—Gracias por hacerme tan feliz, hoy, en este instante. Ya la tal Leticia, sin doble zeta, ¡que no mame!, se puede ir a chingar a su madre...

Fisura

—¿Qué hacemos? ¿Bajamos corriendo? —le pregunto cuando me doy cuenta de que mi miedo puede más que mi culpa. Morir aplastada no es una solución lógica para dejar de sentirme responsable.

Él se levanta y, por la ventana de su recámara, observa la ciudad. Sin decir nada, recoge mis pantalones y la blusa que quedaron sobre el suelo y me acerca las prendas con su mano derecha, mientras, desde un leve nerviosismo que ya se transparenta en su voz, responde:

—Bajemos, pero con calma.

Antes de antes

La mamá de Ángela, con su marido, iba y venía de la Ciudad de México a Mérida, Tampico o Zacatecas. A veces, cuando estaba en la capital del país, se sentía con la obligación de ver a su primogénita, aunque fuera un rato. ¿La culpa la forzaba? A regañadientes, un tibio día de octubre, la tatarabuela de Irene le dio permiso y le pidió a Fina que la llevara. Angelita eligió su vestido más elegante, aquel de popelina estampada, color rosa palisandro, el mismo que usó en su más reciente cumpleaños: ya nueve años. Se hizo acompañar por su muñeca favorita, de trapo, bautizada (a escondidas) con agua bendita de la capilla de su escuela, bajo el nombre de Dara.

Cuando llegó a la enorme casona en la que vivían su madre y su padrastro (un hombre amable y bondadoso), su mamá la saludó con un breve beso en la mejilla y, enseguida, con la excusa de vigilar el arroz que estaba preparando, escapó hacia la cocina. Entonces, su padrastro la llevó hacia el piso de arriba: Te tenemos una sorpresa, le dijo. Con sigilo, abrió la puerta de una habitación y, poniendo el dedo sobre sus labios, para que no hiciera ruido alguno, señaló una cuna.

Ángela se quedó en el quicio de la puerta. No se atrevía a acercarse. La mano cálida del hombre la guio. Tienes una hermanita, escuchó claro y fuerte, a pesar de que su padrastro apenas había susurrado.

Angelita la observó a la distancia; temía acercarse demasiado. Al vencer el miedo y acallar a su prudencia, dio unos pasos y se asomó al moisés. Entonces, lo entendió todo: esa niña era idéntica a su mamá. Tenía el mismo tono de piel, el mismo color de ojos, negro casi heráldico, e idéntica boca: los labios torcidos ligeramente hacia la derecha. Ángela, en cambio, poseía una piel blanca marfileña y un par de brillantes ojos verdeazulados, herencia de sus antepasados franceses. He aquí, murmuró su inconsciente, las razones del rechazo. Comenzó a odiar sus caireles rubios y deseó poder peinar su cabello para conseguir las mismas trenzas oscuras de su madre.

Después de comer, Ángela no se sentía a gusto, así que se ofreció para acompañar a la muchacha del servicio a la panadería: a su madre le urgía una docena de bolillos recién hechos que convertiría en molletes a la hora de la merienda. La niña cargó a Dara, le dio la mano a la sirvienta y salió de la casa. En la panadería, la joven trabajadora se distrajo coqueteando con el empleado o, tal vez, pensando cuántos bizcochos compraría para ella solita, si tuviera dinero. El caso es que Angelita salió a la calle para comprobar lo que sus ojos habían leído al entrar. El letrero que adornaba el comercio decía, orgulloso y en enormes letras verdes: Panadería de Pán. ¿Pues de qué otra cosa puede ser una panadería?, se preguntó. Pero, entonces, dio vuelta a la esquina y apareció la respuesta: filo López. Panadería de Pán…filo López. ¡Ah! Ya decía yo.

Y así, pensando en la magia de las letras y recordando la maldición de su piel tan blanca, comenzó a caminar por el barrio, sin rumbo, tal vez con ganas de encontrar su identidad y, por lo tanto, su posible destino.

No se dio cuenta de cuánto tiempo había pasado recorriendo banquetas, cruzando calles con precaución, deteniéndose frente a diversos aparadores, hasta que le dio hambre. Por fortuna, el olor de unos tacos de lengua del mercado cercano la guio. Y ahí se dirigió, a observar los puestos de frutas, verduras, gallinas colgantes, pescados de ojos apagados, cabritos con la lengua de fuera. Se detuvo frente a un vendedor de barbacoa y le pidió, de favorcito, que le regalara un pedazo. No entendió las burlas del hombre y le pareció demasiado ruda la manera en la que la largó. Así que no le quedó otra más que sentarse en la acera que daba a un enorme parque, poblado de palmeras y paseantes.

El tiempo volvió a transcurrir (nunca deja de transcurrir, de hecho). Oscurecía y el viento frío

150

le recordó que había olvidado su suéter. Para no asustarse más de lo que estaba, sentó a Dara sobre sus piernas y comenzó a contarle alguno de los cuentos que Fina le narraba por las noches, ya en la tibieza de la cama. Hasta que pasó un vecino de su madre, y por fortuna, logró reconocerla; tal vez gracias a sus ojos tan claros. Él la llevó a casa y atestiguó el regaño, a gritos e insultos, de la preocupada abuela María (que ya había sido alertada) a su irresponsable hija quien, como merecido castigo, aceptó que no era capaz de cuidar ni de procurar a su primogénita. Nunca he sido una buena madre y nunca lo seré, repitió diez veces, casi a manera de rezo, obedeciendo las órdenes de su furiosa progenitora.

Mientras tanto, una llorosa Ángela abrazaba a Dara y le confesaba, en un apagado murmullo: Creo que nunca volveré a ver a mamá... ni a la bebé que apenas conocí hace rato. Las voy a extrañar tanto.

París

Dos años después de haber dejado París, regresé durante el verano a tomar un curso intensivo de francés en la Sorbona; no quería perder el idioma. Una conocida de Ángela, mi abuela materna, que vivía en la capital francesa y cada agosto viajaba a la ciudad marítima de Arcachon, me prestó su pequeño estudio del barrio XIV, cerca del metro Vavin. En realidad, era una reducida habitación con pesadas vigas en el techo y paredes de piedra, en el último piso de un viejo edificio. El pequeño cuarto ni siquiera contaba con baño propio: a media noche y a media luz (como letra de un conocido tango), me veía obligada a bajar unas inclinadas escaleras de madera para llegar al WC comunitario. Pero yo tenía diecinueve años y me conformaba con muy poco.

En la universidad conocí a dos españoles: un él y una ella, que no eran pareja. Muy pronto hicimos un feliz trío de amigos; es cierto que el idioma hermana. Un día decidimos consentirnos y comer en un restaurante de carnes cuyos precios excedían nuestro presupuesto diario. Ahí que vamos. Aquí que estamos: sentados. Yo de un lado, viendo la puerta y los ventanales que dan a la calle; me gusta observar a los paseantes. Ellos, frente a mí. Hablando de la vida como extranjeros en Francia y saboreando unas deliciosas papas fritas que mojamos con salsa roquefort. De pronto, entra el hombre más guapo que he tenido enfrente (los actores de cine no cuentan). Vestido de lino: pantalones y camisa blanca, saco azul Francia. Su manera de moverse es la de un felino: despacio, con elegancia. La *hostess*, que lo ve con ojos de *nopuedocreerquéhombremásbello*, lo lleva hacia donde estamos. Por favor, ruego en voz baja, que lo siente muy cerca. El destino, como casi siempre, decide favorecerme y queda a mi lado, codo a codo y muslo con muslo (lo acepto, exagero un poco), en la mesa que hasta hace un minuto estaba vacía. Huele delicioso, a loción muy cara, pienso. Sin consultar el menú y en un francés que me suena impecable, pide ensalada, un filete sellado que todavía sangre y dos órdenes *des frites* muy delgadas y crujientes. Vuelve la vista y nos observa brevemente, enseguida, se pone a leer su ejemplar de la revista *Le Point*, ignorando nuestra presencia. Nosotros tres, e incluyo al español que afirma que ser heterosexual no le impide admirar lo estético, nos dedicamos a alabar la perfección de rostro y cuerpo. Sus antebrazos son celestiales. Los huesos de la mandíbula tienen las medidas perfectas y el tono de su piel dorada, cumple con cada uno de los requisitos. Al principio apenas murmuramos nuestros comentarios; después, escudados en el anonimato que, creemos, nos da el idioma castellano, lo hacemos de manera más evidente. Qué buenorro que está este tío, dice él. Y ella, para no pecar de tibia, aumenta: Está de rechupete, está como un tren, ¡qué va!, está como para mojar pan. Al llegar mi turno, pues ambos se me quedan viendo, esperando una última opinión, confieso: Yo, con este tipo me iría a la cama ahorititita. Cuando nuestro vecino termina de comer, pide un café corto y la cuenta, cierra su revista y, girando su rostro, en un perfecto español nos pregunta:

—¿De dónde sois?

Los tres nos petrificamos. Entendió todo lo que dijimos, pensamos, enrojeciendo. Evidentemente él se ha divertido con nuestras alabanzas. Ellos responden por mí, pues me he quedado muda... y no es metáfora: Méjico, ella es mejicana. Sí, comenta él, lo imaginé por el "ahoritita"; jamás he entendido esa expresión tan guay. Nosotros venimos de España, aclara mi amigo y enseguida le pregunta: ¿Y usted? Pedimos un café y otro. Otros más. Encima de ser un hombre muy atractivo —no me cansaré de repetirlo—, tiene una plática interesante y agradable. Charlamos hasta la hora de la cena y si los meseros no nos observan con incomodidad, es porque la presencia de Bruno (imponente) los mantiene a raya.

154

Cuando el atardecer lo indica, el recién conocido paga nuestra cuenta y nos ofrece un aventón. Ellos viven muy cerca, en una residencia universitaria a menos de cinco cuadras. Así que después de despedirnos y de ser la receptora de unas miradas muy comprometedoras y lúdicas de parte de mis amigos españoles, camino junto a este hombre rumbo a su coche. ¡Tiene coche! Para terminar el cuadro de privilegio, es dueño de un BMW reluciente y azul marino. Y no, no me lleva a mi casa, me invita a tomar una copa a un bar que tiene, claro está, vista al Sena y a los contrafuertes de la Catedral de Nôtre Dame, todavía iluminados. Ya están los personajes y el escenario adecuados para el comienzo de un idilio. Sobra aclarar que la catedral todavía no se ha incendiado...

Conversamos mientras acaricia mi mano derecha frente a una botella del vino que se convirtió, durante mucho tiempo (gracias a Bruno y a Napoleón Bonaparte), en mi tinto favorito: Gevrey-Chambertin. Se llama Bruno Jakowleff Clavel, de padre ruso y madre francesa. Nació en Argelia (pienso en Kader) y desde los diez años se trasladó, junto con sus padres, a la Francia continental. No le gusta confesar su edad, pero andará por los treinta años.

Me cuenta que aprendió español porque vivió en Madrid cuatro años. Que es un gran amigo de Julio Iglesias. Que es arquitecto (guau, ¡siempre quise casarme con un arquitecto!) y que precisamente está diseñando una tienda de ropa que se llama Emiliano Zapata; la primera de muchas. Para demostrarme su amistad con el cantante español, me promete enseñarme una fotografía; para que compruebe que es arquitecto, me invita, la mañana siguiente, a conocer la tienda, y para terminar de seducirme, me pide que pasemos la noche juntos. Esa noche y todas las demás que lleguen, sin obligarlas.

Si a los diecisiete años decía que *no* con la misma eficacia de una estudiante que aprendió su lección de memoria, a los diecinueve el *sí* me llega con una facilidad sorprendente, pero bien-venida. Su BMW nos lleva al 13 de la calle de Beaux-Arts, en el Barrio Latino.

L´Hotel nos recibe con una placa que todavía presume en su entrada y que deja claro, a cualquier transeúnte que se tome la molestia de leerla, que aquí vivió y murió Oscar Wilde. Bruno se confiesa admirador de la agudeza del escritor irlandés y me susurra, al oído, su frase favorita: "Un hombre puede ser feliz con cualquier mujer mientras no la ame". Estoy a punto de responderle algo que suene agudo y contundente, cuando el portero abre la puerta y nos señala la recepción.

Tenemos suerte: una de las veinte habitaciones no ha sido reservada. No es la más grande, tam-

156

poco la que aloja, con orgullo, al fantasma del genial escritor. Odiaría hacer el amor con el espíritu de Oscar Fingal O´Flahertie Wills Wilde observándome; seguro me envidiaría y yo no quisiera convertirme en el objeto de los celos de un escritor que "no desperdiciaba ninguna ocasión de soltar una maldad ingeniosa", Zschirnt *dixit*.

Antes de subir, tomamos otra copa en Le Bar. Creo que es mi décimo trago de la noche, aun así, estoy suficientemente sobria para darme cuenta de que las maneras de Monsieur Jakowleff —y su divino cuerpo—, fuera y dentro de la cama, son exquisitas. *Tu as jouie?*, me pregunta en repetidas ocasiones, preocupado porque yo goce antes que él. Al principio, amo su entrega total y sus habilidades casi atléticas. Después de un rato me doy cuenta de que no es más que un profundo acto de vanidad: si le garantizo mi placer, es porque él ha demostrado su talento, su *expertise* con tantos ensayos adquirida. Y su fortaleza...

A pesar de que esa perfección me parece al menos sospechosa, decido disfrutar el momento y lo que mi karma me regala: L´Hotel nos recibe cuatro veces a la semana, con idéntico aroma a lavanda y canela. En ese mismo hotel algún día se hospedaron Grace Kelly, Elizabeth Taylor con Richard Burton y, lo mejor de lo mejor, Jim Morrison. *J´ai jouie?* Supongo que sí. Supongo que muchas veces. De hecho, me miraba en el espejo preguntándome qué demonios veía en mí un hombre insuperable. Cada vez que entrábamos a un restaurante yo, con orgullo, hacía anotaciones mentales de cuántas mujeres lo revisaban de arriba a abajo, con deseo.

Antes de finalizar mi curso en la Sorbona, mi madre llega a París. Le cuento de Bruno (obviamente no le doy detalles) y le digo que nos invitó a comer al día siguiente. Cuando las escaleras eléctricas de la estación del metro más cercana al local de Emiliano Zapata nos impulsan hacia la superficie y le señalo a Bruno, ella no lo puede creer: es demasiado guapo. Nos sentamos en un restaurante en el que él es cliente asiduo. Ordena por nosotras y pide una botella de vino que se convirtió en mi segundo vino favorito: Château Pavie. Mi mamá también es seducida por esa gentileza y caballerosidad que caracterizan a este portador de genes rusos y franceses. Además, conversar con él es una delicia. De pronto pienso que es demasiado perfecto y eso comienza a ser sospechoso pero, en realidad, ¿qué me importa? He decidido disfrutarlo mientras dure lo que tenga que durar.

Finales de agosto: el curso de Lengua y Civilización Francesa termina; de mis amigos españoles ya ni me acuerdo: el sexo borra cualquier interés alterno. Mi padre alcanza a mamá en París para, después, emprender un viaje juntos, solo ellos dos, por otras ciudades europeas. Bruno nos invita a Giverny para el *hasta luego*: quiere enseñarnos la casa de Monet e invitarnos a comer a un restaurante cercano que porta, orgulloso, dos estrellas de la guía Michelin. La obra está muy bien montada: nos seduce a los tres, a pesar de su comportamiento incierto por impecable. Los muebles japoneses que el pintor impresionista coleccionaba y el puente sobre un estanque lleno de nenúfares flotando, plácidos y despreocupados, ayudan a la recreación del escenario.

Ya en México, de vuelta a la vida cotidiana que puede ser aburrida, pero te hace poner los pies en piso firme, mi *novio* francés me habla regularmente por teléfono, tomando en cuenta que en esta época las llamadas son caras. En enero iré a verte, me dice una tarde lluviosa. Lo prometo. Yo estudio el tercer semestre de las dos carreras que he elegido: periodismo (por las tardes) y derecho (en las mañanas). No puedo ocultar que, aunque sigo sin creer la historia, me emociono. Me entusiasma, sobre todo, saber que habré de presumirlo: caminar del brazo de un hombre tan atractivo, infla la autoestima. Presentárselo a mis amigas y amigos, me hará más segura.

Voy a los principales hoteles de la ciudad para pedir precios: por experiencia sé que le gustan aquellos pequeños y discretos, aunque todavía no estaban de moda los *boutique*. Elijo uno en la Zona Rosa.

Y entonces, los primeros días de diciembre, cuando la ciudad comienza a pavonear la cercanía de la Navidad y el frío impulsa a las chamarras a salir de sus refugios, recibo una carta escrita a mano: la letra es evidentemente francesa y femenina. El remitente aclara que quien la escribe, es doctora en Letras por la Universidad de Paris IV, de la Sorbona.

Ma très chère amie, comienza. Yo sé que usted es una mujer joven y supongo su inocencia. Debo decirle que soy la esposa de Bruno Jakowleff y que tenemos dos hijos pequeños... Sigo leyendo. Leo la misiva al menos nueve veces: nueve, mi número de la suerte y del día en que nací. Con una propiedad y una redacción impecable, me explica que su esposo es un seductor profesional y que en su haber hay una larga lista de mujeres como yo: muy jóvenes e inexpertas. En ese entonces no me pregunté por qué esta amable señora no le había pedido el divorcio. ¿Qué la lleva a aceptar una infidelidad tras otra? Tampoco me importó averiguar por qué un hombre se hace dependiente de gustarle a las mujeres.

Decido no sentir culpa ni responsabilidad alguna, pero sí lo encaro, fría, tranquila. En su siguiente llamada, le leo a Bruno las primeras líneas de esa carta que conservé como un tesoro hasta

160

que la perdí, y lo lamento. No recuerdo la lista de explicaciones inverosímiles que me dio. Sigo saboreando su trastabillar al tratar de excusarse y su promesa de que muy pronto me aclararía la vergonzosa situación. Supongo que pensaba hacer lo que la mayoría: hablar pésimo de su esposa y garantizarme que muy pronto se separarían. Pero prefirió el silencio y escudarse en la distancia: es obvio que no volví a saber nada de él.

Unos días antes de su supuesta llegada a México, fui al hotel reservado para cancelar su habitación. No lo lamenté, todo lo contrario, archivé esta relación amorosa sabiendo que algún día escribiría sobre ella y que lo que plasmara en el papel sería una muy desabrida versión de lo vivido.

Reencarnar

Ya lo he dicho suficientes veces: voy por la vida de forma tan irresponsable, que no me queda más que ser atea, o, puliendo el término (para no levantar olas), agnóstica. El mundo de la ficción alimenta mis fantasías y mi necesidad de creer. Y, sin embargo, hay relaciones acariciadas por un halo mágico que me invitan (solo en ocasiones) a pensar que es posible que algo especial exista.

Mi abuela Leopoldina y yo teníamos una relación muy singular. Fui su nieta preferida y, conmigo, su carácter duro y su forma de ser, tan estricta, se suavizaban. Mi madre afirmaba que era milagrosa la forma en la que nos llevábamos, la manera en la que ella se transformaba al estar juntas, como si nos hubiésemos conocido en otra vida. Tal vez, decía, mi mamá y tú eran hermanas en la Edad Media o mejores amigas en plena Ilustración y ahora se han reencontrado.

La casona de mis abuelos en Coyoacán funcionaba con precisión. Como buena contadora, Leopoldina hacía gráficas, tablas, listas y cálculos para todo: las compras, los menús semanales, las actividades de lunes a domingo, los deberes de sus ocho hijos. Le gustaba tener las actividades bajo control (en eso y en más cosas nos parecemos). No mostraba sus vulnerabilidades, jamás lloraba si estaba acompañada y ser sensible, para ella, significaba flaqueza.

Cada habitación de la casa tenía que estar en perfecto orden. ¡Y las revisaba con periodicidad! Cuando llegaba a la recámara de mi mamá-adolescente, abría su armario, y si veía una o dos prendas mal dobladas o fuera del lugar asignado, sin perder la calma, vaciaba toda la ropa sobre la cama y obligaba a mi madre a volver a doblar y acomodar toda su ropa. Esa rigidez la hizo legendaria. A mí, en cambio, en las visitas que hacíamos los sábados, después de comer me permitía abandonar mis juguetes por doquier, sacar los hilos de colores de los pequeños cajones del cuarto de costura para construir ciudades en el jardín, acomodar los platos como si fueran edificios y olvidar la guitarra de mi abuelo en la cochera... o donde se me diera la gana.

Le gustaba guardar la compostura y yo, finalmente una niña, no siempre la dejaba bien parada. Pero jamás se enojó. El recuerdo que tienen mis hermanos es muy distinto: les daba pánico.

Leopoldina era generosa, y semana tras semana, cargaba sacos de manta con lentejas, frijoles, trigo y arroz en su coche, para llevarlos a un orfanato cercano. El lugar era administrado por una congregación de monjas rollizas, simpáticas y, supongo que como todas, bastante conservadoras. Un sábado, la acompañé. Yo tendría seis años. La madre superiora, en cuanto recibió los granos y las leguminosas para alimentar a más de ciento treinta chiquillos, nos pidió que fuésemos con ella a dar una vuelta por el Jardín Centenario, pues quería conversar con Leopoldina y a ambas les gustaba platicar mientras caminaban. Yo corría, me detenía para mirar una fila de hormigas negras o arrastraba una rama de un árbol, pero siempre cerca de ellas. Después de un rato, decidieron sentarse en una banca, frente a una fuente. Y yo, que encontraba la conversación demasiado aburrida, me acerqué a observar el agua, esperando ver un pez, algunas ranas o, al menos, mi reflejo.

—Abuelita, abuelita, ¡corre, ven! —grité de pronto—. ¡Mira! —le dije cuando ella y la madre superiora ya estaban a mi lado—: Hay muchos espermatozoides nadando.

La monja miró hacia arriba y volvió la cara (¿estaría sonriendo o se sentiría indignada?) y Leopoldina, con el rostro del color de los geranios colorados de su ventana, me explicó:

—No, Iri, no son espermatozoides sino renacuajos.

—¡Son espermatozoides! —grité—. Hay que llevarnos algunos en un frasco con agua. Para tener un bebé...

—Son renacuajos —insistió, rogando con la mirada que bajara la voz.

—¿Renacuajos? —pregunté, con desilusión.

En ese momento, la religiosa se despidió apresurada.

Desde que vi un espermatozoide, con ojitos juguetones y sonrisa, en un libro con ilustraciones que mi madre me leía, *¿De dónde venimos?*, decidí que me era urgente conocerlos. Saber que existían, pero que era imposible observarlos sin un microscopio (eso me lo explicó mi abuela, ya en el coche, después de haberse disculpado varias veces con la monja) le quitó la magia a mis deseos.

Si tu suegra, defensora de guardar las formas antes que nada, perdonó su atrevimiento, le va a perdonar todo a Irene, le dijo mi mamá a mi padre cuando le contó la anécdota. Papá no podía dejar de reír solo con imaginar la cara, siempre adusta, de mi abuelita, y su necesidad perenne de rigor.

Hay vínculos prodigiosos, pero ¿realmente existen los milagros? Espero que sí: si la existencia no se compone de asombros, ¿cuál es la necesidad de volver a vivirla?

Algo tiene que haber más allá de los deberes cotidianos o la especie humana no se concentraría tanto en la supervivencia y, además, nos negaríamos a reencarnar. Estamos hechos para temerle a la muerte y escapar del sufrimiento. Tal vez también para reencontrarnos con gente de nuestro pasado, de otra dimensión, de un universo alterno… o la explicación que a ustedes mejor convenga. Hay relaciones familiares, amistosas o románticas que no se entienden de manera distinta.

¿Tendrían que ver la química, los gustos, intereses, la forma en la que Leopoldina y yo percibíamos el mundo? No, había algo más. Estoy segura. Como si un etéreo cordón umbilical nos uniera desde hace siglos.

Eso mismo me pasa con mi hija. Por eso temo tanto su ausencia (hasta temo escribir sobre la mera posibilidad de respirar sin ella). Como temo la ausencia de mis padres, aunque nunca se irán del todo. Los sombreros que mi papá usa para protegerse del cáncer de piel y los vistosos collares que mamá acostumbra combinarse con su atuendo. Cuentos en la mesa y silbidos al regresar a casa. *Abatardeceres* (combinación de aba, como le dicen a mi mamá sus nietos, y atardeceres) y una colección de jabones de hoteles, entre otras cosas cotidianas, llegarán a mi memoria.

Ese cordón umbilical sutil y milagroso también lo siento con ciertos amigos. La amistad convierte al mundo en un mejor sitio para estar vivo. Nos completa. Siempre he sido mujer de muchas amistades: las busco, las convoco, las organizo. Las frecuento entre botanas y vino. En casas y cantinas. Viajes breves o largos. Soy solidaria (eso, al menos, me han dicho). Platico, aunque prefiero escuchar. Recordar anécdotas tan desgastadas, que hasta se transforman: cambian de actores y escenarios. No importa.

¿De qué dependen las amistades y los encuentros? ¿Son almas gemelas, de tiempos sin memoria, que vuelven a convivir aquí y ahora? ¿Similitudes de intereses? ¿Química sanguínea y hormonal? ¿O mera coincidencia?

Hay encuentros menos gratos, incluso extraños, pero interesantes. El otro día, en el metro, me senté frente a un vagabundo. En realidad, no me di cuenta hasta que ya estaba delante de él: no se había bañado en mucho tiempo, tenía capas de ropa, una encima de otra, rasgadas debido a los años de uso continuo. Las arrugas de su frente estaban ennegrecidas por la mugre ahí acumulada. Entonces me expliqué por qué, a pesar de que el vagón estaba muy lleno, alrededor del hombre había asientos vacíos. Lo de menos era el olor, lo de más: su evidente locura. Hablaba solo y discutía con él mismo, a veces mezclando palabras de otra lengua que, con probabilidad, había inventado. Se rascaba, se movía de manera errática, cruzaba y descruzaba las piernas cada diez segundos. De la nada, se puso a gritar y gesticular de manera agresiva. Las personas volvían la vista para verlo y, enseguida, posaban sus ojos en los míos, como preguntándome qué demonios hacía en ese asiento. Una mujer mayor me hizo una seña sugiriendo que me levantara. Yo trataba de sopesar qué me convenía más: si pararme y alejarme o permanecer ahí. ¿Para él, qué sería menos agresivo? ¿Mi presencia cercana o huirle y, por lo tanto, rechazarlo? Decidí quedarme y simular que estaba leyendo el libro que había sacado de mi bolsa al sentarme. Entonces, se calmó. Dejó de hablar y gritar, pero se llevó las manos a su pantalón, justo por arriba de sus genitales. Supuse que la escena se haría todavía más incómoda, aunque en lugar de masturbarse, acarició un objeto rígido, demasiado duro y alargado. Eso me dio terror: pensé en un cuchillo o una navaja. Como mostrarme débil o vulnerable me cuesta trabajo, igual que a mi abuela, seguí sentada. Me mantuve quieta, sin ponerme a salvo. Lo miraba cuando él no me veía (en realidad, desde que me senté nunca me había dirigido la mirada); no quería que el miedo que seguramente se reflejaba en mis ojos lo impulsara a hacer algo arrebatado. De pronto, aflojó un poco el mecate que sostenía su pantalón, metió la mano y sacó una flauta dulce. Con un movimiento que se me antojó demasiado lento, puso la boquilla entre sus labios y comenzó a tocar. Las uñas tan sucias hacían un extraño contraste con la madera clara. Casi puedo asegurar que era Bach. Al menos, sonaba a Bach y las notas que escapaban, como quien huye de la cárcel, hacia mis oídos, eran prodigiosas. Es posible que yo no sepa mucho de música, pero también era evidente que el hombre había sido un buen concertista o que, al menos, pasaba varias horas-vagabundo ensayando hasta conseguir el ritmo y la cadencia exacta. Al terminar la sonata, aplaudí de manera discreta, como si mis manos hubiesen susurrado. El *sintecho,* ignorándome, volvió a meter la flauta dentro del pantalón (no entiendo cómo se sostenía o en dónde la guardaba exactamente) y regresó a su estado de enajenación. Movía demasiado las manos y lanzaba gritos groseros, ahora, contra dios. Con la cabeza hacia arriba, como si mirase a un ser celestial instalado en el techo del vagón, le reclamaba quién sabe cuánta cosa; pocas palabras se le entendían, aunque había una que repetía: Nietzsche. Al menos, eso creí. No sé si lo citaba o era su nombre. ¿Acaso Federico Nietzsche había reencarnado en un *homeless*? Inverosímil, pero no imposible. Y mientras eso pensaba y trataba de imaginar su historia y las causas que lo habían llevado a vivir en las calles, llegamos a Pantitlán. Mi parada había pasado hace rato. El hombre me miró, se levantó, me cedió el paso con un movimiento parecido a una genuflexión y ya en el andén, me dijo, adivinando mi destino: "Isabel la Católica quedó muy atrás, señora. Ahora no le queda más que desandar el camino... ¿Sabe? Sin arte, la vida también sería un error". Inclinó la cabeza y murmuró:

169

"Cuando llegue el sufrimiento, mírelo a la cara y enfréntese a él".

"¿Es el hombre un fallo de Dios, o Dios un fallo del hombre?", gritaba al alejarse, caminando de forma errática hacia la salida, antes de desaparecer entre la gente que apuraba el paso hacia su destino.

Despegues y aterrizajes

Nuestro destino de viaje nunca es un lugar,
sino una nueva forma de ver las cosas.
HENRY MILLER

Algún día mi mamá me dijo que si al dejar una ciudad, vuelvo la vista hacia atrás desde el taxi que me lleva al aeropuerto, y lanzo besos al aire, tengo garantizado el regreso. Ahora, cada vez que despego en una aeronave rumbo a cualquier lugar del globo terráqueo, desde la ventana del avión beso la tierra a la que deseo regresar, es decir, mi tierra de origen (no me da la gana dejar huérfana a Maryam), como una extraña manera de asegurar que volveré sana y salva. Yo, que me burlo (en silencio, eso sí) de quienes se persignan antes de despegar... hago lo mismo que ellos en una suerte de ritual agnóstico. Eso confirma, una vez más, que los seres humanos necesitamos creer en algo; en lo que sea. En una fuerza superior, mágica y personal, que se encargará de la seguridad, salud y bienestar de nosotros y los nuestros. Que nos regalará un pequeño y práctico milagro. El raciocinio poco importa, pues no nos ayuda a darnos ese apapacho necesario para sabernos a salvo. La única salida es la magia: de la ficción, de un ritual heredado de nuestros antepasados, de la certeza de un ser superior que nos protege o de algún santo que nos hará el milagro, pues siempre hemos sido sus fieles seguidores.

Recuerdo el día en que alguien (¿cuál de mis hermanos?) me llamó para decirme que mi papá estaba ingresando al Instituto Nacional de Cardiología, víctima de un infarto. En ese momento, sin nada a qué aferrarme, no me quedó más que pedirle a Dios, ahora sí en mayúsculas, que no permitiera que nada malo le pasara. "Por favor, que no se muera, por favor que...", me repetía, murmurando en el coche, mientras me dirigía a toda velocidad hacia el sur, sobre el periférico, para llegar a tiempo. Necesitaba verlo vivo, aunque fuese su último respiro. Y así, manejando y rezando, me di cuenta del poder de la ficción que la religión regala. De la enorme esperanza y consuelo que nos es imposible encontrar en otra parte. ¿Será cierto?

Unos años después, mi padre me regaló un pequeño *cactus lophophora*. Al dármelo, advirtió: cuídalo mucho, pues el día que se muera, me voy a morir yo. Mi razón dice que aunque la cactácea se caiga del piso cincuenta y se deshaga en pedazos, la salud de mi padre no se afectaría: es evidente que no tiene nada qué ver una cosa con la otra, y sin embargo, lo cuido muchísimo (al cactus, pues resulta más fácil que cuidar a mi padre...). Las historias que nos creemos tienen una "jurisdicción" enorme sobre la mente.

Como ver el mundo a través de una cámara. Sé que aparentemente no tiene relación con el tema. Pero un día, en un viaje a Las Vegas con mi exmarido, decidimos hacer una excursión en avioneta al Cañón del Colorado. Esa precisa mañana las condiciones meteorológicas no eran ideales; sin embargo, el encargado de la torre de control permitió que despegáramos. La avioneta era pequeña, perfecta para cinco parejas. Cada persona iba sentada en una ventanilla para admirar el paisaje, esas heridas que dibujan las capas terrestres, fiel testimonio del poderoso paso del tiempo. De pronto, el aeroplano comenzó a moverse demasiado. De verdad: demasiado. El vigoroso viento en contra provocaba inesperados sobresaltos; la avioneta dio un brinco que provocó que los lentes que traía puestos salieran volando hacia atrás sin que nadie alcanzara a cacharlos. Comenzaron los gritos, el nerviosismo de todos, incluyendo, para nuestro pesar, el del piloto y copiloto: no lograron disimularlo. Los pasajeros vociferaban y, de un momento a otro, mi exmarido, levantando la voz, le ordenó al piloto que aterrizara en el primer lugar seguro. Otros pasajeros lo contradecían. La señora de adelante rezaba en algún idioma desconocido y no dejaba de persignarse con una velocidad inusitada, como si de la rapidez de su mano dependiera conseguir un milagro. La de atrás lloraba y, llorando, le reclamaba a su

173

pareja por haberla obligado a tomar esa *fucking* excursión. Mi exesposo se puso tan necio, que el piloto decidió buscar una pista cercana. Presintió —imagino— que traer un pasajero tan enojado y fuera de control era más peligroso que las recias ráfagas de viento.

Yo decidí calmarme observando lo que sucedía a través de una cámara. Sentirme protegida por la lente. Guardar la distancia para imaginar que observaba una simple ficción, una de las tantas películas que se producen sobre accidentes aéreos. Sin pedirle permiso a mi furiosa y angustiada pareja, tomé su cámara de video y comencé a filmar, desde la ventana, unas montañas cortadas de tajo, que se acercaban y se acercaban. No es que el pulso me temblara, es que el repentino subir y bajar de la avioneta hacía parecer que no controlaba el movimiento de mis manos. Pero yo estaba tranquila, pues tener la pequeña cámara entre mi mirada y lo que sucedía, me daba esa ilusión de distancia, frialdad, separación.

Terminamos aterrizando de manera improvisada en una pista de grava, en medio de una reserva de indios shoshones. Esa reserva, palabra que suena paradisíaca, era un conjunto de *motor homes* viejas y oxidadas, en pleno desierto. Piloto y pasajeros seguían discutiendo. Yo no quería bajarme, pero mi exesposo tomó la decisión y preferí seguir sus instrucciones. Aquí nos quedamos, ordenó, sin dar lugar a cualquier opinión que lo contradijera. Piloto y copiloto lucían aliviados de dejar en tierra a un peligro en potencia. Así que terminamos dentro de una *motor home* muy pequeña, decorada al estilo de los sesenta (pero de mal gusto y bastante poco higiénica). Sus ocupantes eran hombres y veían una pelea de box sobre un sillón viejo de tapiz verde mugre, cuyos resortes rechinaban cada vez que se levantaban para animar al boxeador de su preferencia. Tomaban cerveza y gritaban, cual rito ancestral de su tribu, pidiendo más golpes y más sangre, mucha más sangre por favor. Debo reconocer que fueron amables: nos ofrecieron carne de coyote seca, una lata de chiles jalapeños importada de México, refresco de manzana sin hielos y nos indicaron que, si queríamos regresar a Las Vegas, teníamos que esperar a la siguiente excursión terrestre, que llegaría en dos horas y media. Yo acabé echándole porras, en español, a Hulk Hogan, el favorito de nuestros anfitriones, y brindando con ellos con una cerveza Nevada Pale Ale que milagrosamente estaba bien fría, pues la sacaron de una caja de cartón.

Terminamos en los asientos posteriores de un viejo autobús, junto al aroma que solo los baños públicos saben emanar, haciendo no sé cuántas horas rumbo a la ciudad de la perdición y, obviamente, pagando extra. Volvimos al hotel agotados, sucios y enojados. El tiempo de carretera polvosa

175

sirvió para que nuestra ya lastimada relación matrimonial terminara de poner en claro sus diferencias.

Todavía duramos casados un año o dos. Ese fue el milagro, como lo son muchas cosas que nada tienen que ver con la religión ni las creencias en seres superiores, santos o ángeles.

Milagros

En la ciudad que habito, es un milagro abrir la llave del agua... y que siga saliendo ese preciado líquido. Como lo es salir a la calle, en automóvil o transporte público, y no quedarse varado en la misma cuadra durante cuatro horas; llegar de un punto cardinal al otro, en esta megalópolis con millones de habitantes, es un verdadero portento. Apretar un botón sobre la pared y que se ilumine la habitación: otro prodigio. Subirse a un pesado y enorme armatoste alado, lleno de pasajeros con sobrepeso y maletas gordas, y despegar... observar el mundo por arriba de las nubes, también es milagroso. Igual que abrir los ojos, día tras día, y seguir respirando. La anestesia, los rayos X y demás métodos para espiar al cuerpo, los antibióticos, el fuego y la rueda, el aire acondicionado, son asombros cotidianos que ya no agradecemos. El WhatsApp es un delicioso milagro para quienes odiamos hablar por teléfono. Lograr que el amor sobreviva, por más químico que sea su origen, es el mayor de los prodigios. Como ver crecer a los hijos y saberlos enamorados. Una pintura de Egon Schiele o Bacon, una sinfonía de Beethoven o escuchar los Juegos de agua de Häendel, el movimiento de los cuerpos delgados y musculosos de una bailarina del Bolshoi o del Alvin Ailey y ¿qué decir del melancólico sonido de la trompeta de Marsalis? La voz de Ana Netrebko y la potente mirada de Helen Mirren tras las cámaras. El poder de un volcán o de una cascada islandesa, el olor de las crepas callejeras parisinas, el mercado navideño de Central Park con su vino caliente. Los tacos al pastor con piña (pero sin cebolla), el cariño de una mascota cuando los dueños regresan, el alivio de olvidar el dolor gracias a una pastilla, el sabor de una pasta al dente con aceite de trufa. Observar, protegida por una sombra, el ir y venir de las olas que a veces acarician la arena y, otras, la despeinan. Llevarme tan bien con mis hermanos, dueños de un optimismo y una sensibilidad contagiosas. Una novela que nos llena de cuestionamientos o una película que nos hace llorar, aunque nos resistamos. Los besos de mi hija.

La vida regala milagros a diario, pero nos acostumbramos a no percibirlos. Y así, ciegos, nos dirigimos a sinagogas, mezquitas, templos e iglesias, a rogarle a nuestro dios pasajero por un milagro que no atinamos a reconocer a tiempo ni sabemos agradecer.

Fecha de caducidad

Muchas veces las palabras que tendríamos que haber dicho,
no se presentan ante nuestro espíritu
hasta que ya es demasiado tarde.
ANDRÉ GIDE

¿El amor tiene fecha de caducidad?, pregunté un día en Facebook, y de la larga discusión que ahí se armó, resultó una novela escrita a seis manos. Armando Vega Gil escribió la parte de Mateo, Eileen Truax la de Ágata, y yo le di vida a Natalia, una violinista que desea permanecer eternamente enamorada.

Armando y yo hemos venido a una Feria Literaria en San Miguel de Allende. Nos tocó hospedarnos, junto con otros escritores, en un pequeño hotel que se llama Las Amantes y que, en realidad, es una enorme casa. Estamos terminando de redactar *Fecha de caducidad*. Acostumbramos escribir en una mesa, uno frente al otro; hoy nos apeteció más la sala. Hace frío y la chimenea encendida nos da la calidez necesaria. La diversidad de tonos naranjas y azules que surgen de la leña crepitando, nos mantuvo entretenidos durante, al menos, quince minutos, pero ahora estamos cada uno frente a su computadora. La dueña del hotel, al vernos concentrados, no nos dice nada, pero deja dos copas de vino blanco sobre la mesa de centro.

—¿Entonces, Bacha, qué crees: sí o no tiene fecha de caducidad el amor?

—Para eso estamos escribiendo este libro: para averiguarlo.

—Los libros no dan respuestas; plantean inquietudes —dice Armando, con las manos todavía sobre el teclado de su *laptop*.

—A mí sí me responden. De hecho, me contestan exactamente lo que necesito saber en un momento preciso. Como el I Ching. Por ejemplo, ahora sé que tal vez el amor sí tiene fecha de caducidad, en cambio, nuestra amistad no la tendrá nunca.

—¿Ni aunque me quede tieso, como Mateo? —pregunta.

—No entiendo por qué lo tienes que matar. Siento horrible. Amo a tu personaje.

—Pues sí, pero aquí los personajes mandan. Ya ni modo. Acuérdate que la pasión debe arrastrar a la técnica. Escucha, a ver si te cuadra cómo va quedando, no sea que me esté azotando demasiado: "La luz se extingue en el mar inagotable del universo. El mar. La noche profunda. El abismo. Silencio interestelar".

—Está chingón. ¿En qué parte va a entrar?

—Cuando Mateo ya está bien *morido*. Estoy describiendo su muerte y su funeral tal como me gustaría que fuera el mío.

—¿Y cómo es eso? —pregunto, probando el vino blanco que, para mi gusto, debería estar más frío.

Las risas de dos escritores que acaban de regresar, después de dar su plática, nos interrumpen. Qué trabajadores andan, comentan desde la puerta. ¡Y con vinito! ¿Invitan? A pesar de que aceptamos, algo ven en nuestros rostros que, en lugar de entrar a la sala a departir con nosotros, prefieren salir al patio, una especie de terraza central llena de plantas y macetas con geranios rojos.

—¿En qué nos quedamos? —digo, mientras hago una seña de despedida.

—Ay, mi amor, pues me encantaría una ceremonia con mis amigos más queridos y todas mis novias —sonríe, travieso—, para que echen mis cenizas a un río. Lo ideal sería la cima de una montaña... pero no los voy a hacer subir. ¡Me pueden aventar al agua *jedionda* de los canales de Xochimilco! —me sugiere, guiñando el ojo—. Mientras brindan con mezcal Madre Cuishe, que una marimba toque *Dios nunca muere*. Y a la mera hora, si llevan una bocina, ponen a Sigur Rós. Después, que los Botellos se echen unas rolitas con la guitarra. Estaría chido que mezclen mis cenizas con las de mi papá; las conservo en una urna de barro en mi depa.

—Lo tienes todo muy planeado...

—No lo tenía. Hasta que imaginé lo que Mateo querría, me di cuenta de que eso es lo que yo quiero. Voy por más vino, ¿te lleno la copa?

—Sí... pero me vas a matar...

—Quieres que le ponga hielos. Ya te conozco.

—Sí, caray, me gusta bien frío. Aunque sea políticamente incorrecto.

Armando se levanta y sale hacia la cocina. Entonces, yo no puedo evitar espiar, en su computadora, el texto en el que estaba trabajando hace un rato:

"Papá, ¿dónde dejé tus cenizas? ¿Las van a arrojar junto con las mías a las acequias de Xochimilco escuchando la música de las esferas, la proporción perfecta, la zona áurea?

Voy a morir, estoy muriendo. ¡Qué inmensa dicha! ¡Qué felicidad insoportable!

Pero ya, ya recuerdo: Antes de que nos olviden haremos historia. No andaremos de rodillas, el alma no tiene la culpa..."

Cuando mi amigo regresa con dos copas de vino —tinto para él, blanco con hielos para mí—, disimulo mis lágrimas. Detrás de él viene la dueña del hotel, cargando un platito de pistaches y otro con rebanadas de queso manchego y cerezas.

—Déjenme consentirlos para que sigan escribiendo —dice la mujer.

Las campanas del convento vecino lanzan un tañido circunspecto, llamando a misa de siete. Armando comenta algo sobre la sonoridad y el eco ligero que produce el techo tan alto. La dueña del hotel mira hacia arriba y asiente.

Yo no quiero levantar el rostro para que no vean estos ojos que se esfuerzan en permanecer impasibles. Armando se da cuenta y, al entregarme la copa, acaricia mi mejilla.

¿Por qué estoy tan triste, si Mateo es solo un personaje?

Dos volcanes

Estamos todos rotos,
así es como entra la luz.
ERNEST HEMINGWAY

Las colinas del otro lado del Valle de México no son colinas, sino volcanes. Apenas logran distinguirse porque la contaminación las esconde; sin embargo, todos los que aquí habitan, saben que existen. Y eso les basta.

En un restaurante de mariscos de la colonia Roma, están Ella y ella, cada una concentrada en su lectura. Comparten mesa, un plato de ostiones y una cerveza. Como les gusta muy fría, prefieren beber una entre las dos, para evitar que se caliente. Cuando tan solo queda un trago que acaricia la tibieza, ordenan otra.

—¿Qué estás leyendo? —pregunta ella.

—*Fecha de caducidad* —responde Ella, dejando un dedo entre el libro, para no perder la página.

—Eso es obvio; puedo ver la portada. Pero quiero que leas en voz alta las líneas que te atraparon.

—Ahorita, a mi mirada la atrapan tus ojos. Estoy viéndote a la cara, por si no lo habías notado.

—Olvidaste dejar tu ironía allá afuera. Anda, lee lo que estabas leyendo.

—"...y ahora siento la fragilidad de Mateo en mis manos. Su sensibilidad tan sensible. Su llanto tan disponible. Y de pronto, me creo la responsable única de apapacharlo, consolarlo. Salvarlo. ¿De qué? De sí mismo y de su melancolía..."

—Él era Mateo —afirma ella, interrumpiéndola.

—Cierto. Armando era Mateo. Y también no lo era.

—¿Era y no era?

—Exacto.

Ella le da un trago a la cerveza y pone unas gotas de salsa Valentina en el último ostión del plato. Pero no se lo come. Prefiere sacar un pañuelo de la bolsa para tratar de esconder una lágrima.

—¿Por qué lloras?

—Porque no pude... No logré salvarlo.

—Es el gran problema de la literatura y las famosas neuronas espejo. La *poiesis*, la *catharsis*, la *Poética* de Aristóteles, la mimesis de Ricoeur, la estética de la recepción de Ingarden y demás términos teóricos y mamones. Acuérdate, querida, porque tú misma me lo has aclarado mil veces, que en tus páginas no hay más que ficción. Que lo que escribes es pura mentira. Este pequeño texto, incluido.

—Sí, eso dije.

—Entonces, ¿por qué lloras?

—Por esa precisa razón —contesta Ella, contundente y todavía triste.

Las dos mujeres se miran. Tienen el mismo color de cabello y pecas idénticas en el pecho. Piden una tercera cerveza, pero ahora, acompañada de un mezcal. Se acerca el mesero con un caballito vacío. Sin un dejo de delicadeza, deposita vaso y botella encima de la mesa y corre a atender a un cliente que le ha gritado. Dos elefantes blancos, que no parecen volcanes sino suaves colinas, ilustran la etiqueta del envase.

Ella ha secado sus lágrimas. Solo las cuatro que se le escaparon. Más tranquila, aprovecha su turno y pregunta:

—¿Y tú qué lees?

—Obvio: lo mismo que tú. ¿Acaso no ves la portada? —responde ella, rascándose la oreja.

—Ya, no seas vengativa. Lee en voz alta.

— "Toca el violín y llora y toca y llora y sigue tocando y sigue llorando y se siente feliz, feliz de asumir su tristeza como algo muy suyo. Feliz de abrazar su vacío. Feliz porque el dolor la está obligando a volver la vista. A mirarse de otra manera. Como la veía Mateo. Sí, ahora Natalia se ve a través de la mirada de un muerto."

—¿Y ahora, tú por qué lloras?

—Porque todo es mentira. Una gran mentira.

Es mentira que, detrás de la polución, todavía existan los volcanes. Es mentira, sobre todo, que la ficción sea tan solo una mentira. Es mentira que la culpa sea olvidable.

El mesero pone un tiradito de atún junto a la canasta de pan, intacta. Deja un plato con limones y se lleva la botella de mezcal con todo y elefantes. Entonces, después de cinco minutos de guardar silencio, Ella pregunta:

—Eres Natalia... somos Natalia. ¿Cierto?

—Sí... y no.

—¿Te sientes mejor?

—Estoy bien —contesta ella—. No tengo nada. Estoy bien... Aunque no dejo de preguntarme, ¿y si hubiera hecho esa llamada, él seguiría vivo? Ni le llamé ni le contesté...

—Es una pregunta sin respuesta.

—En realidad estoy mal.

—Estamos mal. Pero no importa. A los personajes de ficción, aunque nos pase todo, no nos pasa nada.

Libros

*La literatura es siempre
una expedición a la verdad.*
Franz Kafka

Maryam se enamoró de *El salvaje*. A sus dieciocho años es una gran lectora y leyó las más de seiscientas páginas en tres días de vacaciones invernales en Acapulco. Cuando iba a la mitad, me cuestionó: ¿por qué es tan buen narrador Arriaga? Y antes de que yo pudiera (o quisiera) responderle, ella misma encontró la razón. Tal vez tiene que ver con lo que algún día el escritor dijo en una plática: "Yo escribo chueco, no soy poético, no quiero causar placer: quiero que mi palabra salga y te muerda". Entonces, sin ningún tipo de autocensura (para eso sirven los hijos), Maryam me preguntó: ¿No puedes tratar de escribir como él?

Durante tres días no supe de ella. Fui testigo del poder de la ficción. Y, después, del poder de la depresión que provoca un gran libro cuando ya lo terminaste. Se sentía en duelo. Yo acostumbro viajar con, al menos, cuatro novelas. Dos de ellas eran de la premio Nobel de literatura del 2019 y se las ofrecí a mi hija... pero estaba tan desconsolada de que *El salvaje* no tuviera más páginas, que se negó. Y como digo en algún otro lugar de este texto que quisiera ser novela, las ausencias no se llenan con lo que se tiene a la mano. Las ausencias reales, de hecho, no se llenan con nada.

Le mando un WhatsApp a Guillermo Arriaga contándole que mi hija acaba de declarar que su novela se ha convertido en su libro favorito y, además, quiere poner jaulas con chinchillas en la azotea del edificio en el que habitamos. Jajaja, escribe. Y aumenta: Ya hiciste mi año. Conversamos. Me sugiere que le regale un lobo a Maryam. No es mala idea. Le digo que yo prefiero a los felinos y le mando una foto mía, con un tigre sobre mis piernas. La fotografía me la tomó Armando, en Chiang Mai. El tigre todavía no es adulto y, sin embargo, es enorme y ya pesa muchos kilos. Tantos, que cuando decide recargarse en mi cuerpo, las rodillas pagan las consecuencias.

Arriaga me envía la foto de un tigre blanco y una *selfie* con un camello. Entonces, busco una foto mía y de Maryam, montadas en camellos, en el desierto Marzouga, de Marruecos, y se la mando.

La ficción invadiendo el mundo de todos los días. ¿Realmente es el escritor y cineasta mexicano quien me responde o lo estoy imaginando todo? ¿El protagonista de la novela y Maryam podrían transitar por un mundo en el que fueran pareja? ¿Acaso quienes firman los libros son los mismos seres, de carne y hueso, dispuestos a responder a las imprudencias de las madres de sus lectoras?

El salvaje, esa novela cuya portada roja no puede ser ignorada, se convierte en una razón que me une, y al mismo tiempo me separa, de mi hija. Quienes dicen que los cuentos solo son cuentos, que las historias inventadas solo son eso, inventos, se equivocan. A veces, tienen más peso que la realidad misma. Maryam, sin saberlo del todo, ya siente el impulso de la ficción, de las vidas posibles.

Al leer, coloco el libro entre el vacío y yo misma. Entre mis miedos y la persona que creo ser. Mediante la lectura hago conjuros, alivio mis omisiones, me reconstruyo. Leo como quien va de cacería; un predador en busca de algo, tan solo una frase o varias cuartillas que me alimenten, salvándome de morir hambrienta.

La ficción nos encadena a los cuestionamientos que siempre hemos temido. Nos agarra de las solapas (aunque yo no tenga solapas) y nos obliga a reaccionar. Nada de sutilezas: una buena novela cambia nuestra manera de concebir al mundo con un *knock out*; sin un asomo de misericordia. Leer transforma vidas. Salva vidas. Agita, turba, conmueve y sobresalta vidas. Tal vez por eso, si no tengo un libro a mi lado, me siento insegura. Lo primero que guardo en mi maleta cuando voy a viajar, es una novela. En mi bolso de mano, siempre cargo una. Caminar por este planeta sin un conjunto de letras desmesuradas a mi alcance, me provoca zozobra.

Anochece. Maryam me da un beso en la mejilla antes de irse a dormir. Su habitación está junto a la mía; ambas ubicadas en el ala poniente del departamento. Por lo tanto, las dos alcanzamos a ver, desde nuestras almohadas, el océano Pacífico que nunca descansa. La luna casi llena iluminando el vaivén de sus olas. La espuma que se genera al golpear el agua contra las minúsculas arenillas.

A la medianoche en punto, una nube cubre la luna henchida. Todo se oscurece. De pronto se escucha, fuerte y claro, el aullido del lobo. No cualquier lobo. Maryam y yo lo reconocemos. Es un aullido largo y sostenido de un macho alfa. Lo imagino con las orejas erectas hacia adelante. Un ejemplar de ojos dorados y voluminoso pelaje gris marrón, que defiende su territorio y a su manada. Aúlla de nuevo y, después, se retira.

Maryam y yo sonreímos, estoy segura. Nos cubrimos con las sábanas y entramos en ese sueño profundo que solo quienes saben imaginar, conocen.

París

De mi París particular debo darle las gracias o culpar al gobierno de José López Portillo. Sí, con su decisión de expropiar la banca cambió el destino de la mayoría de los mexicanos: el mío también. Cuando llegué a vivir a esa ciudad, abrí una cuenta bancaria en la que mi padre me depositaría cierta cantidad mensual. No era demasiado, pero me alcanzaba para pagar la renta de mi recámara (compartida) en la pensión Le Kagou, las comidas y los extras, incluyendo algunos viajes a muy buen precio, especiales para estudiantes. Por ejemplo, una excursión de fin de semana en autobús —no recuerdo cuántas horas hicimos— a Praga, cuyos edificios exhibían enormes moños negros a manera de duelo, pues acababa de fallecer Brejnev, el mandatario ruso. Me enamoré de la ciudad y, sobre todo, de su gente. En las calles se respiraba una cierta armonía, paz y mucha cultura. Todavía vivían bajo el comunismo, pero de manera distinta a mi experiencia en Moscú y Leningrado, el año anterior, ciudades en las que sentí miedo y percibí una profunda tristeza y "grisitud" en los pobladores. Praga estaba llena de vida.

Cuando López Portillo anunció la expropiación, mi papá ya no pudo comprar divisas para enviarme, y si llegaba a conseguir, por ejemplo, un billete de cien dólares, no encontraba la manera de hacérmelo llegar. De hecho, la tarjeta de crédito que me había dado solo para usarla en caso de urgencia, me la quitaron en el primer intento de pagar unos libros y me la regresaron cortada en seis partes, por indicaciones, al menos eso me explicaron, del gobierno mexicano. La cara de triunfo de la despachadora, al sacar sus tijeras y hacerla pedazos, me hizo sentir una furia que no pude descargar pues no encontré, en francés, el insulto correcto. Así que de un día a otro me quedé sin francos. Afortunadamente, habíamos pagado el año de la Sorbona con anticipación, pero me vi obligada a dejar mis cursos de fotografía y dibujo en una academia y comencé a averiguar si había un hospedaje acorde a mi nueva condición. También busqué trabajo y, a pesar de que cuidar niños (siempre odié a cualquier ser humano menor a los diez años) no estaba en mis planes, tuve que hacerlo. Como requisito les pedía a los papás que, de ser posible, sus pequeñas bestias estuvieran dormidas cuando yo llegara. De esa manera mi nueva chamba era disfrutable, pues me dejaban algo rico de cenar y si regresaban después de las doce de la noche, hasta el taxi me pagaban. Cuando era afortunada y los infantes no se despertaban, gozaba de dos o tres horas en santa calma para leer y escribir cartas.

Escribir se convirtió en mi pasatiempo favorito en una época en la que no había internet y menos aún redes sociales. Los precios de una llamada telefónica eran prohibitivos. En todo el año, solo marqué dos veces a México, así que la única manera de comunicarme con familia y amigos, fue por carta, con mi letra en negro sobre hojas delgadísimas, especiales para no pagar demasiado en el correo. Es probable que ese fuera mi primer acercamiento real con la literatura, junto con el hecho de haber conocido a Daniel Paz en una de las orillas del Sena, un profesor uruguayo que tendría veintiocho años y daba clases de literatura latinoamericana en la Sorbona. El boom latinoamericano estaba de moda, y si tenías suerte, podías encontrarte a Julio Cortázar atravesando el Pont Neuf del brazo de la Maga... Yo nunca logré verlo, ni a él, ni a Simone de Beauvoir ni a Amélie Nothomb, a quien le faltaban diez años para publicar su primera novela y todavía no vivía en Francia. Fue Daniel quien me regaló *Rayuela* en español y me explicó cómo leer esa novela tan "anormal". Y fue *Rayuela* el texto que me hizo darme cuenta del poder de la literatura y de que lo más importante no era la anécdota narrada si no de qué manera se contaba... lo que estoy escribiendo ya nada tiene que ver con López Portillo. Mejor regreso al tema del capítulo:

el expresidente que prometió defender al peso como un perro (y que, por cierto, es personaje de mi novela *Distancia,* que me llevó a ser vituperada por uno de sus nietos), me hizo vivir un París no planeado: cambio de casa, encontrar trabajo y, también, cantar en la calle. Había que ganar francos para pagar la comida por lo que, junto con Greg, un gringo con buena voz y mejor aspecto, y con Germán, un mexicano que tocaba la guitarra como si hubiera nacido con ella, Elena y yo (mi amiga desde la primaria) armamos un improvisado grupo con el que interpretábamos a los Beatles. Nuestro público aplaudía y nos regalaba unas monedas en la plaza que se extiende frente al museo Pompidou y, a veces, en los vagones del metro.

Siempre soñé con ser cantante, estilo Janis Joplin, Patti Smith o hasta Cher (con todo y sus cirugías), pero si bien mi voz me permitió pertenecer al coro de la escuela, no era suficientemente buena ni original para atreverme a soñar con una carrera sobre los escenarios. ¿Cómo me hubiera desenvuelto frente al público? ¿Sabría manejar la fama o habría terminado bañándome en alcohol y heroína, por dentro y por fuera? Sí, soy una vocalista frustrada. A lo más que llegué, en esa búsqueda por dedicar mi vida a la música, fue a imaginarme como pareja de Jim Morrison (que estuviera muerto era un detalle menor, ya encontraría la manera de subsanar su ausencia), George

195

Harrison, Rod Stewart (para ser la depositaria de su voz rasposa) y Mick Jagger. En mis sueños, para los que no era necesario estar dormida, ellos me veían en la primera fila de un concierto y de inmediato se enamoraban de mí. Les atraían mis ojos y mi juventud. Al poco tiempo ya vivíamos juntos en una impresionante casa estilo Tudor, a las afueras de Londres, rodeada de bosques y jardines con un pasto muy verde. Y yo ahí andaba, con un vestido de algodón blanco, oaxaqueño o de la India, paseándome por el estudio de grabación, saludando al ingeniero de sonido mientras mi esposo se ponía de acuerdo en algún acorde, tal vez con Jimi Hendrix.

En París me encontré con otra gran amiga que, con el tiempo, llegó a ser una conocida comentarista de televisión y radio, una mujer mediática, muy astuta para las entrevistas y dueña de carcajadas que siempre me ha contagiado. La llamaré Alessandra. Con ella viajé a España. ¿Viajar sin dinero, en plena crisis mexicana? Sí, porque habíamos conocido al embajador de España en Bélgica y nos prometió aventón de regreso a su tierra, así que el transporte fue gratis. Los disgustos, también. Escuchó la misma cinta de Julio Iglesias todo el camino, no dejaba que Alessandra fumara y cuando llegamos a San Juan de Luz y nos alojamos en la casa de una conocida suya, una supuesta condesa, trató de entrar a nuestra habitación durante la noche. Si nosotras lo odiábamos, él nos odió más cuando, a un kilómetro de la frontera, Ale se dio cuenta de que había olvidado su pasaporte en París. Como las placas del coche eran diplomáticas, no nos pidieron nuestros documentos y gritamos victoria, sin pensar de qué manera regresaríamos a Francia. La Comunidad Económica Europea no se había fundado y agentes migratorios vigilaban cada puesto fronterizo. El caso es que el viejito (así lo veíamos, aunque calculo que tendría la edad que yo tengo ahora) nos botó del coche en cuanto pudo, en una ciudad al lado del mar, invadida por alemanes y noruegos que buscaban exhibir sus pieles lechosas al ardiente sol hispano.

En esas calles volvimos a tener suerte: mientras comprábamos cerezas frescas en un puesto callejero, conocimos a un canadiense llamado Kevin Gillis, a quien bautizamos como El Puri, manager de un nuevo grupo musical. Con los años, se convirtió en un conocido productor, escritor, compositor, cantante, director y hasta actor de programas de televisión. Él nos llevó a Ibiza (pagó nuestros boletos del ferry y nos dio posada en su albergue) y así, casi sin pesetas en la bolsa, pasamos un par de días en una isla especializada en el reventón y hasta fuimos a la famosa discoteca Pachá. Alessandra tenía diecinueve años, pero yo seguía siendo menor de edad... aunque sentía que dominaba el mundo.

Visitamos el mercado, tomamos sol en las playas, conseguimos una amiga inglesa, lesbiana, que se enamoró de Ale y disfrutamos de nuestra medida libertad en la tierra del libertinaje.

De Ibiza regresamos a Barcelona y nos dirigimos, apresuradas, a la oficina del cónsul mexicano, la misma que ocuparía seis años después el hombre que ahora hace las funciones de mi marido. No recuerdo quién era el impaciente diplomático, pero sí la regañada que nos dio. ¡Niñas irresponsables y consentidas!, dijo, mientras nos daba, de mala gana, un sobre con algunos dólares que había logrado enviar el enojado papá de Alessandra. Su nuevo pasaporte estaría listo en tres días más, así que volvimos a nuestra oscura y polvosa pensión en pleno barrio gótico. El barrio gótico de Barcelona puede llegar a ser muy sombrío... A la mañana siguiente, en mi cumpleaños, Ale amaneció enferma. El día también: no dejaba de llover; soplaba un viento húmedo y triste. Por la ventana que no logramos cerrar del todo, se filtraba un aroma lúgubre que deslavó nuestra habitación. La dueña, amable, hizo venir a un doctor que llegó con su maletín negro y un traje que seguramente estaba de moda en 1857, como si le hubiera pertenecido a Charles Bovary. No recuerdo el diagnóstico, al parecer era algo viral y Alessandra solo necesitaba descanso, tisanas y algunos medicamentos, pero lucía desmejorada.

Sintiendo un poco de culpa, la dejé dormitando y bajé a caminar por las estrechas calles en busca de una placita iluminada. Pasé el resto del día celebrando mi entrada oficial a la vida adulta, sentada en un cafetín de las Ramblas, bajo un cielo que no dejó de ser plomizo. Observando a la gente pasar. Pedí dos copas de vino tinto y una orden de croquetas de jamón serrano que me supieron a aserrín, pero calmaron mi hambre… aunque no mi soledad.

Al día siguiente, le dije a Ale que debía regresar a París; en menos de cuarenta y ocho horas presentaba mi examen final de Lengua y Civilización Francesa, requisito indispensable para obtener el diploma. Dejé sola a mi amiga —tuve que dejarla— en Barcelona, enferma, en esa espantosa pensión llena de gatos vivos y de gatos muertos, a los que su dueña había hecho disecar porque era evidente que no podía prescindir de ellos. Tal vez la ahora muy famosa y extravagante comunicadora, todavía no me lo perdona. ¡Ay! Una culpa más en mi colección de remordimientos. Otro "hubiera" tirado a la basura.

Antes de antes

Ángela estudió en un instituto comercial, ubicado en la calle de Hidalgo, en el centro de la Ciudad de México. Su profesora era la señorita Ernestina Iglesias (en esa época las *señoritas* presumían de ser *señoritas*, aunque tuvieran sesenta años). ¿Las materias que cursaba de lunes a jueves? Mecanografía, redacción, ortografía y taquigrafía. Desde sus dedos tiesos como ramas de arbusto, los ejercicios obligados se plagaban de errores, pero la jovencita de dieciséis años no se daba por vencida. Con más esfuerzo que habilidad, logró conseguir su diploma después de presentar el examen final en la Academia Pitman de México. La tensa relación con una abuela demasiado rígida la motivó a estudiar algo con lo que pudiera ganarse la vida.

Pero lo que realmente entusiasmaba a Ángela era la lectura. Imaginar escenas de aventuras en países exóticos de tan lejanos y distintos. Suponer lo que pasaba con las parejas enamoradas después de la frase "y fueron felices para siempre". Brincar, junto con ella, los obstáculos que enfrentaba, valerosa, alguna protagonista. Conocer la vida de personajes históricos, sobre todo de la realeza.

Samarkanda se convirtió en la ciudad de sus sueños; un nombre con sabor insólito y geografía que predecía estrambótica e imponente. Con eso en sus ganas, saliendo del centro escolar recorría la calle buscando libros de segunda mano. Se tardaba en elegirlos, pues escaseaban aquellos en buenas condiciones. Prefería a Salgari y a Dumas. También, sintiéndose algo culpable, encontraba novelitas rosas, románticas, que leía apasionada y a escondidas. Nunca pagaba más de setenta y cinco centavos por ejemplar porque su abuela era experta en contar el cambio y controlar sus gastos.

Aunque deseaba ser maestra particular de mecanografía y, de esa manera, tener la oportunidad de entrar en los hogares de familias desconocidas para equilibrar la nula vida social que tenía, su abuela la convenció de buscar un empleo que generara más dinero. Así, en 1929 consiguió una plaza en la Asociación de Protección a la Infancia. La había recomendado la secretaria particular de la señora Ortiz Rubio, María Duarte, amiga de la familia. La asociación, que más tarde se convertiría en el DIF, se encargaba de las Escuelas Hogar, guarderías para las madres trabajadoras. A veces la primera dama iba a visitarlas. Ángela recuerda que en esa época no se acostumbraban los guaruras: la señora llegaba vestida con un elegante traje sastre, siempre en tonos oscuros, en un coche muy bueno, pero tan solo con su chofer de confianza. Era amable y sencilla con los empleados y mostraba genuino interés por aquello que le explicaban.

En casa, las cosas no habían cambiado. Su abuela (eso sí, más vieja) seguía imponiéndose y se negaba a consentir que su nieta se divirtiera. Era casi imposible obtener un permiso. No la dejaba sola. La acompañaba a la parada del camión a las seis y media de la mañana y la recogía en su oficina en la tarde. Así que coquetear con algún muchacho o asistir a fiestas sin alguien que la vigilara, era tarea ardua.

Ángela ya es una señorita de dieciocho años y varios muchachos de su círculo comienzan a fijarse en ella; sobre todo en sus ojos, que a veces lucen un color verde helecho y, otras, ese tono de azul lapislázuli que ya quisieran presumir las olas. Hay un joven, solo dos meses mayor, que se ha fijado en su mirada y en las cejas que la resaltan. Uriel, seguro de sí mismo sin ser un hombre particularmente atractivo, y a pesar del carácter agrio de la abuela de Ángela, se las arregla para visitarla después de haberla conocido, a través de familias amigas, en el Baile de los Compadres. Sabe que, para conquistar a la joven, deberá primero seducir a su abuela, con quien comparte morada. Por lo tanto, llega con frascos de duraznos y cerezas en almíbar, chocolates o pañuelitos bordados, y se esmera en ser amable y educado. En seguir las reglas de etiqueta, obligatorias para las personas "de buena cuna". A veces convencen a doña María de salir de casa y, los tres juntos, van a la fuente de sodas Gorches, donde obviamente Uriel paga la cuenta, o a la función popular del cine Royal: la viejita, demasiado ahorradora, ama presumir que, por tan solo quince centavos, pueden ver cuatro películas.

Una noche de verano, después de haberle llevado serenata, logra que Ángela lo acepte como su novio. Uriel es hijo único, huérfano de madre, inteligente y con un gran sentido del humor. A los trece años su padre lo llevó a Europa, donde pasó casi doce meses conociendo varias ciudades; de ahí su amplia cultura, que presume, y esa seguridad que otorga saberse más viajado que otras personas. Hasta algunas palabras en francés masculla. ¡En francés! Angelita le confiesa su deseo más ansiado: conocer París, el lugar donde nació su papá.

Con la certeza de haber encontrado a quien desea como pareja el resto de su vida (o, al menos, eso supone), después de algunos meses (los que él consideró prudentes), Uriel acude a casa de su enamorada, acompañado por su padre, para pedir la mano. María, de contenido rostro colérico, exige tiempo para mesurar una decisión tan delicada. Sabe que, de aceptar, acabará sola. Pero también sabe que su salud le ha dado problemas últimamente y que no vivirá más años de los que el Señor, en su inmensa sabiduría, disponga. Adora a su nieta y no quiere que se quede aislada, sin la posibilidad de encontrar pareja más tarde. Así que, refunfuñando y con bastante dolor en las tripas, termina por ceder.

Los prometidos se casan un mes después, bajo las leyes del hombre y, en agosto de 1935, por los ritos católicos, en la Parroquia de la Coronación. Para celebrar, se organiza una pequeña comida en casa del novio. Arroz poblano, mole negro de Oaxaca con guajolote, frijoles de olla, gorditas de requesón y chicharrón son los platillos que se sirven con tequila o cervezas. Para Angelita, que no disfruta el alcohol, hay agua de jamaica. También para ella, que ama lo dulce, seis postres: sus favoritos. Al final, un brindis con *champagne* francés. Mientras los invitados levantan sus copas, Fernando, el padre de Uriel, dice unas palabras, demasiado breves tal vez. La mamá de Ángela, aunque llega tarde, hace acto de presencia. Para la novia, es el mejor de los regalos.

Al día siguiente, en el coche del novio, un fordcito convertible de dos asientos, salen rumbo a Cuernavaca, al hotel Casino de la Selva, para disfrutar una corta luna de miel. Ángela hubiese querido ir hasta Acapulco, pero los vuelos apenas habían comenzado hacía un año y su presupuesto no les alcanza. Para ir en coche tienen que cruzar el río Mezcala en panga. Además, el viaje dura unas catorce horas y Uriel se niega. Ni modo: la abuela de Irene se queda con las ganas de conocer el mar.

Después de registrarse, dejan las maletas en la habitación y el recién casado, para que su esposa domine los nervios, tomándola del brazo la lleva al jardín a caminar un rato y contar cocuyos. Ángela logra atrapar uno entre sus manos: ese pequeño animalito, con su bioluminiscencia, tranquiliza los temores de una noche de bodas ya inevitable.

Regresando a la Ciudad de México, estrenan un departamento rentado en la Avenida de los Insurgentes. Después lograrían ahorrar para comprarse un terreno, a diez pesos el metro cuadrado. Lo que Ángela recuerda como su mayor felicidad y confort, es que tenía estufa de gas: toda una modernidad. Se tardarían algunos años en adquirir su segunda conquista tecnológica: un pequeño pero funcional refrigerador General Electric. Aunque el mayor lujo, para ella, fue saborear su libertad. Finalmente lograba deshacerse de la opresión de una abuela manipuladora y celosa. La recién casada no imaginaba que en esa época y con ese marido, ser esposa de alguien significaba renunciar, todavía más, a una libertad que siempre había deseado.

Años después, las dos abuelas de Irene cumplieron su destino: una, se trató de suicidar... pero murió en el intento. La otra, al quedarse viuda poco antes de cumplir setenta años, y finalmente emancipada, disfrutó bastante del resto de su vida desde sus ojos "escupitina de sastre".

Fisura

Después de ponerme pantalones, blusa y zapatos, me levanto apresurada para dirigirme hacia
la salida, donde el hombre quedó de esperarme
(él se vistió muy rápido), pero, entonces, lo veo
regresar a su habitación. Se detiene en el quicio
de la puerta y me dice, tratando de mantener un
tono tranquilo en su voz:

—Olvídalo: se cayó una viga o una placa de
cemento o lo que sea que está bloqueando las
escaleras.

—¿Que qué? ¿Cómo? ¿Y ahora qué hacemos?
—pregunto en el instante que un intenso zumbido
invade mis oídos. Necesito sentarme; mis músculos
perdieron su fuerza de un segundo al otro.

—Así como lo oyes: por las escaleras no po-
dremos bajar.

—¿Ese fue el estruendo que escuchamos hace
rato? —lo cuestiono, por decir algo. Cualquier
cosa.

—Sí, caray. ¡Y yo que te dije que el ruido venía del edificio de al lado!

—¿Y si de plano usamos el elevador?

—Ya intenté. Está atorado en la planta baja.

—¡Carajo! —grito. Y, ahora sí, no puedo contener el llanto.

Él se aproxima con pasos lentos y me abraza. Acaricia mi cabeza con su mano para tranquilizarme; me susurra palabras que no logro entender. Tal vez el pánico me ha dejado un poco sorda. Tal vez ya no quiero seguir escuchando.

Imaginerías

Imagino que voy en un barco, bordeando la costa española. El capitán está dando su anuncio cotidiano de las doce del día en punto. Nos informa sobre la velocidad del navío que dirige y el clima que nos espera.

Imagino que tomar de más en los barcos no es problema: no solo porque hay alcohol de sobra, sino porque caminar en zigzag puede parecer el resultado del bamboleo natural que producen las olas al golpear la embarcación. En realidad, las copas ayudan a equilibrar el mareo. Abajo del barco también ayudan a equilibrar otras cosas; por ejemplo, a tratar de olvidar esa llamada urgente, pero nunca realizada.

Sobre estos buques, laboratorios humanos que se trasladan de una ciudad marítima a la siguiente, conoces gente como Arunny, la camboyana que limpia nuestra cabina. Madre soltera, trabaja ocho meses a bordo sin ver a su hijo de cinco años, al que cuida su madre. O a Zharko, un mesero de origen macedonio que me sonríe al servirme mi sexta copa de vino blanco, mientras me cuenta, cuando se entera de que soy mexicana, que habla un poco de español, como muchos

otros macedonios y serbios, gracias a las teleno-
velas mexicanas. Recuerda a su abuela, una mujer
exhausta y casi ciega, campesina retirada y amante de la televisión, a la que adoraba, pues su madre había muerto por culpa del estallido de una
bomba. Fue su abuela quien se hizo cargo de él
desde pequeño. Al perder la vista definitivamente, un año antes de morir, Zharko le leía los sub-
títulos de alguna telenovela cada tarde. Nunca se
cansó de hacerlo; era la hora del día que más
disfrutaban juntos. El mesero macedonio también
me platica que en la época de la guerra bosnio-
herzegovina, los bombardeos y batallas se dete-
nían, por común acuerdo, a la hora en que se
transmitía la telenovela de moda que más *rating*
tuvo: Kassandra.

También necesito mencionar a Aldo Herrera,
un chef peruano que calcula trabajar día y noche
durante otros diez años en la naviera y ahorrar lo
suficiente para regresar a Polonia (se casó con una
polaca) para abrir su cevichería. Aldo me dice
paisana, y cuando le recuerdo que yo soy mexicana, me responde *"same same"*. Al terminar su
turno en el puesto de hamburguesas junto a la
alberca, me revela su admiración por su verdadero paisano, Mario Vargas Llosa.

—Todos tenemos historias que contar —confiesa, después de narrarme la suya, desde su salida
de Lima hasta su matrimonio con la bella polaca.

Y con esa sabiduría que otorga tener los pies bien colocados, continúa:

—El problema no es tener historias, sino saber contarlas... y es lo que Vargas Llosa ha hecho, por ejemplo, en *La ciudad y los perros*. ¿Usted sabía que lo que dice en ese libro es real y simplemente reproduce lo que sucedía en su "segundaria"?

—Sí —contesto, dándole la última mordida a mi "mexican burger".

—En Polonia, los latinos nos juntamos con frecuencia. Hay un español, casado con la mejor amiga de mi mujer. Es profesor de lengua castellana, y cuando escucha nuestras anécdotas, nos dice: "Lo que escribe Vargas Llosa no es más que una imitación de lo que ocurre en sus países. ¡Son increíbles las cosas que suceden en su tierra!".

—Coincido con eso —acepto. Y agrego, para que nos quede claro a ambos—: Pero el arte es saber de qué manera contarlo.

Aldo, dueño de un nombre digno de novela (Aldo Kevin Herrera Cuba), además de un gran cocinero, es un poeta a la hora de describir los platillos que, esta noche, la última de la travesía, me recomienda. Si yo lograra reseñar la preparación del salmón con *coulis* de alcaparra como él acaba de hacerlo, sería merecedora del premio Nobel. El chef peruano es un hombre feliz, que lucha y me presume, orgulloso, la foto de su esposa y las sonrisas de sus pequeños hijos que lo esperan en Varsovia.

O el indio Kamlesh, un barman quien, con un parecido asombroso a Omar Sharif, y desde sus ojos negros de pestañas largas, me cuenta que conoce muchas torres, la de Pisa, la Eiffel, la Burj Khalifa y las Petronas, pero jamás ha ido a Varanasi, a Nueva Delhi ni ha visitado el Taj Mahal.

¿Cuántas vidas más, como estas y las de los pasajeros, cada una con sus maletas cargando éxitos, fracasos, sinsabores, amores, desamores y tristezas, se deslizan sobre el Mediterráneo ahora mismo?

El alcohol en los barcos es imprescindible. También en mi literatura. Cuando escribo por las tardes, la presencia de un whisky en las rocas me hace sentir acompañada y me relaja. Digamos que abre el libre fluir de las palabras que se amontonan en algunas de mis neuronas y disminuye mi ansiedad por palomear cada pendiente del día. Mis personajes acostumbran beber y lo disfrutan. No son neuróticos ni ansiosos como yo, no les es imprescindible tener todo bajo control. ¡Benditos ellos!

Imagino que el alcohol me salva, al menos temporalmente, de los duelos. Mi primera muerte, la que me sigue doliendo, es la de Dulce. Y continúa sucediendo ahora, sucede siempre. Se muere todos los días. Es decir, ya no está conmigo desde hace veintitrés años.

Cuando la conocí, aparentaba ser una versión menor del doctor Jekyll y el señor Hyde. Podía ser la más amorosa y, minutos después, era agria, despiadada y agresiva. Yo me acostumbraba, poco a poco, a esos cambios de carácter hasta que, no recuerdo cómo, descubrió que su problema era químico: tenía una especie de prediabetes o de balanceos caprichosos en su cuota de azúcar. Por eso, le explicaron, era tan tan delgada. Una pastilla diaria, aunada a las indicaciones de que no podía sobrepasar tres horas sin probar alimento, la convirtieron en una persona cercana a la normalidad, pero su inteligencia y genialidad en la manera en la que concebía al mundo, continuaron (afortunadamente).

Dulce era una gran crítica de la condición humana, una poeta juguetona y una magnífica escritora en potencia. Todavía recuerdo parte de uno de sus poemas, que aprendí de memoria: "Quisiera nudarte / con mi desnudez / Ropa de carne viva". Y la frase que escribió, con su letra disléxica y caótica, en los márgenes de mis apuntes de biología: "Hoy, una vez más, sales a las entrañas de tu propia muerte".

Mi amiga se enamoraba bajo cualquier excusa y su alebrestada cuota de erotismo, se lo agradecía. Gracias a sus pastillas, nuestra relación se hizo más equilibrada y profunda.

La tarde en que Dulce murió (apenas cumplía los treinta y dos años y tenía una pequeña hija, de tres), varios días después de que le diagnosticaron muerte cerebral, comencé a soñar con ella. Muy seguido. La soñaba muerta-viva o viva-muerta, que es un hábitat parecido. La veía ahí, frente a mí, respirando y sintiendo, y me daba muchísima alegría. Yo sabía que ella "estaba muerta" y, sin embargo, todavía podía disfrutar de su presencia en un mundo en que las ficciones ganan terreno para alcanzar el consuelo. Llegué a pensar en que la manera en la que los muertos se comunican con los vivos, para despedirse cuando su muerte no fue anunciada, es a través del sueño. ¡Ojalá fuera cierto!

Dulce trabajaba con su padre, Míster Parra, un hombre cruel y manipulador (¡si él supiera cuánto hizo sufrir a su hija!), hábil empresario de la publicidad. Mi premio anual consistía en acompañarla a un viaje a Nueva York, en ocasión del congreso de empresas especializadas en material punto de venta. Era nuestro escape, año con año, en días en que fuera de horas de trabajo, todos los minutos nos pertenecían. Largas caminatas por las animadas calles neoyorkinas, noches de jazz, filetes *medium rare* y vasos de Jack Daniels. Un día, de la nada, tal vez porque no controló su nivel de azúcar, me aventó a una fuente de la Avenida de las Américas, en pleno otoño. El agua estaba helada. Yo caí completa, con ropa y botas de piel recién compradas. Ella se burló en el camino hacia el hotel (yo tenía demasiado frío para seguir paseando) y todavía continuó riéndose durante dos horas. Pero nuestra amistad lo permitía casi todo. Casi. Lo único que jamás le perdoné, ni pienso perdonárselo, es que se haya ido tan pronto por la culpa de un puto aneurisma.

Unos días antes de su muerte, nos dejó esperando, a Alessandra y a mí (formábamos parte de un gran trío amistoso y comíamos juntas bastante seguido) en el restaurante Agave Azul, en el que nos habíamos citado. No canceló, no avisó. Simplemente no llegó. Y Ale, con ese don de observación que da el ejercicio del periodismo, me dijo: "La he visto muy mal. Se ha puesto como… fea. No sé explicarlo. Rara. Le ha cambiado el rostro y el color de la piel". La sentencia de Alessandra no era una crítica malintencionada, fue una intuición que nos anunció lo que muy pronto sabríamos: tendríamos que vivir un duelo que jamás nos quitaríamos. Ahora solo me queda su imagen, cada vez más borrosa.

Salud por Dulce, pienso, levantando la copa que estoy tomando ahora, mientras escribo en altamar. ¿Desearle "salud" a los muertos es una costumbre sana? Lo dudo. En todo caso, es bastante inútil, ¡pero cómo consuela!

De infidelidades

Sobre este tema podría llenar páginas enteras: la mía, la de mi padre, las de mi esposo… ¡Uy, tantos nombres y confesiones que no debo mencionar pues sus historias no me pertenecen! Con las primeras dos infidelidades salí perdiendo, aunque yo solo fui responsable de la primera. Sí, mi primer matrimonio (me casé a los veintidós, casi veintitrés años) terminó en un divorcio administrativo firmado el 28 de febrero de 1994… y mucho tiempo después me seguí sintiendo culpable. Si bien es normal reconocer la responsabilidad compartida, debo admitir que tomé decisiones equivocadas. Hasta la fecha, aunque cada vez con menos frecuencia, sueño con mi primer marido. Continúo cargando mis tropiezos, mis omisiones, mi falta de certezas. ¿Acaso el arrepentimiento caduca?

Vivíamos en un departamento que está a cuatro cuadras del lugar que habito hoy. Puedo verlo desde la ventana de mi estudio. De hecho, lo estoy viendo mientras redacto estas líneas. En el pasillo de la entrada había dos mascadas Hermés, elegantemente enmarcadas. Las puso quien fue mi suegra; una mujer a la que sigo queriendo, aunque no la vea. Cuando me mudé, mi exmarido ya vivía ahí, así que la decoración había corrido por su cuenta. Incluía dos enormes pieles de cebra que algún pariente, tal vez su abuelo paterno, republicano y diplomático, había cazado: una sobre la alfombra y la otra en la pared de la sala. Creo que aunque colgué un cuadro pintado por mi madre y puse algunos adornos, nunca sentí que ese hogar me perteneciera.

Recuerdo una chimenea de cobre que apenas encendimos; cuando hacía frío, preferíamos meternos debajo del edredón de pluma... y abrazarnos. Recuerdo una alberca que usamos solo un par de veces porque siempre estaba helada. Recuerdo nuestra recámara: yo dormía del lado de la ventana y veía la calle desde mi almohada. Usaba el baño de visitas para peinarme; no quería que el ruido de la secadora de cabello lo despertara. Recuerdo la tela de las cortinas y de los sillones de la sala.

Me gustaba jugar a la casita, tratar de cocinar. Ir a hacer las compras. Es lindo estrenar los regalos de boda: vajilla, plancha, sábanas, licuadora... todo nuevo. Sin historia, pero a punto de escribir una, día a día. Nos evoco haciendo cuentas, dividiendo algunos gastos, planeando nuestros próximos años. Ahorrando para ir a Los Ángeles a celebrar nuestro primer aniversario. Comidas familiares en casa de su abuela, todos los lunes; gozosas. Cenas para amigos en nuestro departamento de recién casados. Sus ganas de tener hijos.

Hasta que un día, tal vez una tarde, algo se rompió. ¿Lo rompimos juntos? Me gustaría preguntarle, aunque lleva años demostrándome que no quiere saber nada de mí. Tal vez me lo merezco. O tal vez él también tendría que reconocer que la mesa de cristal del comedor rota, las puertas del closet dañadas y su mandíbula que se adelantaba cuando enfurecía, como si fuera prognata, tuvieron algo de culpa. Pero si me he de responsabilizar por el cien por ciento, lo acepto. No tomé las decisiones adecuadas en el momento preciso. Cometí un error fatal. Y las equivocaciones, se pagan.

Me decía "Güera", "Güeris". Nos conocimos en la televisora del gobierno donde ambos trabajábamos. Antes de ser novios, cuando yo llegaba a las oficinas y veía su coche estacionado, un golf blanco en el que corría a toda velocidad, me emocionaba de tal manera, que el trayecto del elevador hasta el piso catorce parecía eterno.

Recuerdo los fines de semana en Yautepec, Valle de Bravo y Cuernavaca. Las navidades. A su familia que hice mía. La taquería (ya desaparecida) que nos quedaba a dos cuadras de casa y a la que íbamos, en las noches, al menos una vez a la semana a platicar durante horas (Escribiendo esto,

me doy cuenta de que todavía siento melancolía).
Conservo algunas de las varias tarjetas postales que
me enviaba desde sus giras con el presidente de la
República. Recuerdo sus ojos oscuros, enamorados, y una larga y bellísima carta que me mandó
cuando me estaba perdiendo. Después llegó la
traición: la mía. Mi silencio. Mi engaño. No *supe
pude decidí quise osé intenté me atreví* a hablar a
tiempo. Durante varios meses después de nuestra
separación, *If I could turn back time*, cantada por
Cher, se volvió una especie de himno. También,
a diario escuchaba *Cielo rojo*: Deja que yo te bus-
que y si te encuentro, y si te encuentro, vuelve otra
vez. Olvida lo pasado, ya no te acuerdes de aquel
ayer... cantaron los mariachis con los que llegó,
una noche, a casa de mi madre; el lugar que se
convirtió en mi cobijo durante un mes.

En realidad, aunque han transcurrido más de
veintisiete años desde que me salí de su casa con
solo un par de maletas y algunos libros, no puedo
explicar bien qué pasó. Es probable que él no me
perdone nunca. Y tal vez me perdone todavía menos que, superado ese capítulo, la vida me haya
seguido sonriendo.

La primera vez que dejé nuestro departamento (la segunda lo hice para no volver), me escribió
una carta. Comienza: "Llovía de manera torren-
cial y yo salí a correr. El policía me veía como
diciendo: ¿Y ora, este? Y yo con la mente le con-

testé: ¿Qué, no sabes?, se me fue la güerita del Tsuru y ahora sí creo que ya no me quiere porque lo único que me dejó fue el retrato de su mamá sobre la mesa de noche". Cinco páginas después, termina: "Llego a la casa y tocan el timbre. Contesto: —¿Quiéeeeen? Y se oye: —Soy el del filtro. ¿No está la señora? Cuelgo y me pongo a llorar, pero al mismo tiempo me gana la risa".

Aunque me quedé sin trabajo (mi último intento de "rescatar" mi matrimonio fue renunciar a mi empleo en la radio), pronto puse una pequeña empresa de comunicación en mi casa-de-recién-separada: un mini departamento que renté en Polanco. Mi primer empleado era el hijo de Ikram Antaki: un adolescente que llegaba puntual a diario, todo vestido de negro, y sin saludar siquiera, se sentaba a hacer lo que le correspondía. Maruan (su nombre significa "el jardín del honor") acababa de regresar de Siria; no se entendía con su madre ni con el mundo, supongo. Ahora Ikram ya no está (murió antes de que naciera Maryam, mi hija), pero él se ha convertido en un hombre exitoso: publica novelas, ensayos, es comentarista y colaborador de varios medios de comunicación y, además, ha logrado una sólida relación con una mujer adorable.

En mi refugio todo lo compré nuevo, poco a poco. Otra vez objetos sin historia: cama, muebles de sala y comedor, vajilla, cubiertos, toallas.

Bien dice Edmund de Waal que "algunos objetos retienen el latido de su creación". Y de quien los usó, agregaría yo. Esas piezas necesarias en un espacio donde todo era recién estrenado, fueron la máquina de coser que perteneció a mi abuela Leopoldina y el viejo sillón que usaba mi abuela Ángela. Ambos objetos conservaban su esencia; la historia de esas mujeres por las que yo estoy en el mundo.

Are you lonesome tonight?, me hubiera preguntado Elvis. No, la verdad es que no me sentía sola. Me aceptaba culpable por el daño, me dolía haber lastimado a mi exesposo, pero estaba muy a gusto conmigo misma. Leyendo en el sillón de la sala, con un enorme ventanal que iluminaba mi libro y un whisky en las rocas en la mano, me di cuenta de que es cierto, como dice el escritor Jorge Volpi, que los seres humanos somos rehenes de la ficción, así que decidí reconfigurar mi historia e inventar una ficción deseable y posible para lo que me quedaba de vida.

Comencé, por lo pronto, combinando mi nuevo trabajo en la revista *Milenio* con un taller de narrativa que coordinaba Guillermo Samperio (otro nombre escrito en estas páginas que le perteneció a una persona que ya no está más...) a solo unas cuadras de mi casa.

Hay quien justifica la infidelidad escudándose en hipótesis de biólogos que afirman que el ser humano no está hecho para la monogamia, basados en una teoría adaptativa y en el hecho de que es una táctica reproductiva. Yo he intentado otorgarle un sentido a través de los personajes de mis cuentos y novelas. De sus dolores, insatisfacciones, errores, deseos y gozos que los hacen palpitantemente vivos.

A través de la escritura encontré la mejor manera de fabricar un nuevo entramado, de tejer con paciencia mi historia personal que, como todas las historias, es producto de la ficción creadora.

Diálogo con la que fui

Mi inevitable destino era ser el que soy.
JORGE LUIS BORGES

¿Cómo comienzo este diálogo con aquella Irene que algún día fui, si mi memoria me está traicionando? Me gusta echarle la culpa a la menopausia. La acuso de varias cosas: mi metabolismo aletargado, las ociosas noches de insomnio, la falta de un deseo sexual que siempre me hizo sentir un ente vibrante y, sobre todo, de mis olvidos.

A esa niña demasiado delgada (por eso mi padre me sigue diciendo "flaca"), de ojos demasiado grandes y demasiado verdes, podría decirle que en realidad el futuro no existe: es una peligrosa quimera que inmoviliza. Que vivir con miedo e inseguridades respecto al mundo de afuera y al interno, es una pérdida de tiempo. Tiempo, lo que menos tenemos.

Es mejor aferrarse a la lucidez que a la salud, aunque no sale sobrando vivir de manera suficientemente mesurada: un poco de ejercicio; tal vez cuidar la alimentación, al menos por temporadas; no excederse en las bebidas alcohólicas, sobre todo si en tu familia hay cierta tendencia a acariciar los vicios. Pero lo importante, le diría,

223

es cultivar tus relaciones, aquellas que te hacen sentir bien, apapachada, acompañada. Relaciones familiares y de amistad. Entre más amigos tengas, es probable que vivas más años.

Me diría que aproveche las tardes de triciclo en el parque hundido de Echegaray, con mis papás vigilándome a la distancia para que nada malo me pase; que goce el momento de convertirme en exploradora del África salvaje en los pastizales del terreno baldío de al lado. Memorizaría los picnics en Tepeji y la manera como acabábamos empapados en el río. Las salidas en bicicleta, con los vecinos, por toda la colonia; mi bici era amarilla y me encantaba. La casa de mis abuelos Leopoldina y Gonzalo, en Coyoacán, que ahora es una guardería del gobierno. Mi abuela tenía su cuarto de costura y además de usarlo para ese fin, también lo utilizaba para hacer yoga todas las mañanas. Mi abuela contadora pública, que autorizaba a su marido la compra de un coche nuevo, siempre y cuando la cajuela fuese suficientemente grande para que cupieran las canastas del mercado. Mi abuela que se trató de suicidar y murió en el intento.

Dialogo con la niña que fui y la tranquilizo: le explico que la imagen de la virgen que está sobre su cama no se convierte en bruja en el momento en que apagan la luz. La consuelo cuando llega llorando de la escuela, en primero de primaria, con la mitad del lápiz larguísimo, parecido a un caramelo, que le trajeron sus padres de Disneylandia. Un compañero envidioso se lo rompió, diciéndole que debía ser compartida. También la animo cuando los directivos de la escuela deciden que de primero de primaria la van a pasar directamente a tercero. Es decir, la niña que fui no hizo segundo año y eso la convirtió en blanco de críticas de sus excompañeras y en el rechazo de las nuevas. Se burlaban de ella llamándola "popotitos", por sus piernas flacas. Le explico que aproveche ser delgada pues, al llegar a la madurez, se la vivirá a dieta y añorará la época en la que la tacharon de flaca. Le suplico que se suba muchas más veces a la jacaranda apacible y acogedora que adorna la entrada de su casa; algún día habrán de tirarla porque sus raíces, imprudentes, no cesan de levantar el pavimento y se corre el riesgo de que dañen los cimientos del hogar que habitan. Le muestro que saber llorar no es un signo de debilidad, sino de fortaleza.

Le pediría que no se convierta en una mujer intolerante, controladora. Que si llega cinco minutos tarde, no va a pasar nada. Que no haga listas de pendientes a diario, que se aliviane un poco y, cuando sea necesario, sepa convertirse en viento, aire que oscila y juega. ¿En olas?

Le digo lo que le diría, si me hiciera caso, a mi hija Maryam: que se enamore muchas veces, aunque le duelan las rupturas. Que viva ligera, sin demasiadas cadenas. Que nunca traicione. Que no se tome la vida tan en serio y que, al contrario de lo que me decía mi mamá, aprenda a decir *sí sí sí sí sí*, pero sabiendo medir las consecuencias. Que viva, que viva mucho, porque la vida se escurre sin previo aviso y nos deja a la mitad de la función, cuando apenas vislumbramos las letras "The End", pero pensamos que no se refieren a nosotros.

Confieso que he robado

"Hurgarse la nariz" es algo que jamás escribiría en una novela. El término "hurgar" no me es natural. Las palabras son mi hogar, cimientos y estructura, sus habitaciones y también los muebles y cuadros que lo decoran. Tengo que sentirme a gusto al utilizarlas o mejor las desecho. "Hurgar" es un ejemplo de un adorno que jamás pondría sobre el mueble de mi sala... a pesar de que hoy ya lo he utilizado tres veces. Acabo de ver esa palabra en las páginas de alguna novela, mientras escucho *Et maintenant, que vais-je faire...* con la voz de Gilbert Bécaud. Entonces recuerdo un día en que, al caminar con Armando Vega Gil por una calle de Le Marais, en París, escuchamos esa melodía producida por un saxofón (eso supusimos). Las notas salían de una pequeña ventana y me pidió que se la tradujera pues le recordaba a su padre, fotógrafo. Su papá ponía el disco, para escucharla juntos, en la infancia de mi amigo, y le decía que significaba "el mantenido". Cuando le dije que "maintenant" quiere decir "ahora", soltó una carcajada y dijo: Pues sí, debería haberlo imaginado; mi papá no hablaba francés.

227

"Mantenido" tampoco la usaría en ninguno de mis relatos de ficción, ni siquiera si mi personaje fuese un hombre a quien su pareja le paga todo. Como no me atrevería a robarle una anécdota a mi esposo quien, por cierto, también se dedica a narrar. Y, sin embargo, es exactamente lo que haré en este instante:

Él y yo vamos en un taxi, hacia el centro de la ciudad. Nos dirigimos a la sinagoga de la calle Justo Sierra. La conductora se llama María Esther Plata y lo que alcanzo a ver de ella, en el espejo retrovisor, muestra a una mujer de mirada alegre, pero gestos duros. Su manera de moverse es casi varonil y ella misma nos confiesa tener todavía algunos kilos de más.

—¡Ya bajé treinta! ¿Se imaginan cómo estaba antes? —ríe, y me doy cuenta de que la falta un diente incisivo—. Me enamoré y eso me hizo ponerme a dieta. Además, bailo mucho: salsa, cumbia, merengue. ¡Amo bailar! Sábados y domingos nos vamos, mi Toño Segundo y yo, a movernos harto, por lo menos cuatro horas sin parar. Soy rebuena —nos cuenta, y enseguida le sube al volumen a su radio para demostrarnos que, aun detrás del volante, su ritmo es mágico. Contagia.

—¿Cómo se llama esa rola? —pregunto.

—Pos *Mar de emociones*, de Afrosound —responde, mientras se *hurga* la narina izquierda con el dedo meñique.

En un instante, las dos estamos cantando: "Te daré un mundo de pasiones, sentirás un mar de emociones". Mi esposo nos observa, divertido.

—¿Saben? Mi Toño no es el primer Antonio que tengo. Cuando me andaba echando los perros, le dije que yo no quería nada con otro güey que se llamara igual a mi ex. "Solo te hago caso si te cambias el nombre del pinche cabrón ese". Y él, muy seriecito, respondió: "Pues como te quiero andar planchando, no me digas Toño, dime *Mi amor* y así todo se arregla". Ya desde ahí me cayó bien el viejo. ¡Me lleva veinte años! Pero ni me doy cuenta. ¡Tiene una energía! Bueno, y también recibe una pensión mensual que nos hace la vida más fácil. Así como me ven, me encanta consentirlo, hacerle sus guisados favoritos. Apapacharlo. Es que soy recariñosa. Hasta bañarlo y enjabonarlo muy bien. Tallarle la espalda. ¡Uy!, eso le fascina.

—¿Y el otro Toño qué le hizo? ¿Se puede saber? —pregunta mi marido, mientras saca el texto que va a leer en un rato y hace anotaciones en el margen de la página.

—Híjoles, ya ni me quiero andar acordando. Además de que era un *mantenido*, sí, yo chambeaba y él no, el muy hijo de la chingada tenía tres hijos de la mismita edad, con tres mujeres. Las tres pinches viejas jugaban futbol en el mismo equipo que una de nuestras hijas, la Carmela. ¡Si vieran lo buena portera que era! Pus las viejas esas, bueno, jovencitas y bien deportistas, así, duras de músculos, lo buscaron. Porque lo que sea de cada quien, era bien guapito. Primero se le acercó una, porque era lesbiana y quería tener un hijo, sin compromiso del papá. O sea, pus nomás necesitaba su esperma. Ya saben, ¿no? Y después, a otras dos, también tortilleras, se les hizo la gran idea y se hicieron embarazar por él ¡Segurito no les costó ningún trabajo convencerlo! Cuando me enteré, los chamaquitos ya andaban cumpliendo los cuatro años y me rete encabroné. Lo corrí de mi casa luego luego... ¿Justo Sierra entre qué y qué? —pregunta al frenar ante el semáforo rojo de no recuerdo cuál esquina.

Mi esposo y yo estamos anotando trazos de esa vida. Yo, en mi celular. Él sigue usando los espacios en blanco de sus notas. Vamos al centro porque hará comentarios sobre una novela histórica cuyo protagonista es el primer Inquisidor de la Nueva España, así que ambas historias, la de la taxista y la de Pedro Moya de Contreras, se mezclan en las mismas páginas.

María sube el volumen otra vez y dice, moviendo los hombros:

—Esta es *No te equivoques conmigo*, de la Sonora Matancera. ¡Me vuelve loquita! Es que nomás escuchen la letra —nos pide. Y se pone a cantar, pero, enseguida, sigue con el relato—: ¿Saben? Antonio Primero, antes de correrlo, cuando le andaba yo gritoneando que era un hijo de la chingada y traicionero, me dijo algo así como: Ay, mi Marita, así me decía, no me dejes pues ya no estás en edad de encontrar a otra media naranja. ¿Saben qué le respondí? ¡Pa' qué quiero una media naranja si lo que estoy buscando es un plátano!

Mi esposo se ríe... y sigue anotando. Yo también. Entonces nos damos cuenta, al mismo tiempo, de que ambos queremos incluir esta plática en nuestras respectivas novelas. ¡Ups! Lo veo con ojos de esta anécdota es mía: yo la pido. Él me contesta con la misma mirada y, en ese instante, llegamos a nuestro destino.

—Servidos, señores —nos dice María, sonriendo.

Eso de que le falta un diente fue mera imaginación mía o, tal vez, es culpa de mi recién estrenada mala vista que, además de no enfocar de lejos, inventa. Igual que mi cerebro.

Antes de bajarnos, mientras mi esposo busca en su cartera los billetes que necesita para pagar, María toma un fólder del asiento del copiloto y me lo pasa, orgullosa:

—Mire, es mi diploma. Manejo un taxi solo por *joby* —lo dice con jota—. En realidad, soy experta en albures. Tomé clases de albures finos con La Verdolaga y salí hasta en el periódico. Vea —insiste—, este diploma me lo dio el INBA. ¿Sí sabe lo que es el INBA, verdá?

Confieso que he robado un pedazo de la vida de una persona que transita todavía por este mundo, conduciendo un taxi y presumiendo albures. Confieso que he robado una anécdota que mi marido también quería usar. Confieso que, aunque trate de pensar en otra cosa, invocando recuerdos al azar, el movimiento de la corteza terrestre me está distrayendo. Nunca había sentido un terremoto tan vehemente.

París

Imagino que tengo diecisiete años y voy caminando por el Quai de Montebello, al lado del río Sena. Me dirijo hacia una enorme librería y papelería que se ha convertido en mi favorita, frente a la fuente St. Michel, en pleno Quartier Latin. Necesito cuadernos y un diccionario. De pronto, dos hombres altos (muy altos) de piel negra (muy negra), me cierran el paso. Pienso que es culpa de la estrechez de la acera, así que intento seguir caminando, hasta que siento un objeto punzocortante en mi cintura (¡todavía tenía cintura!). En francés, con un fuerte acento que no logro identificar, me dicen que es un asalto y a mí no se me ocurre otra cosa más que responderles en español, al menos cuatro veces y muy rápido: No hablo francés, soy turista, soy mexicana. No hablo francés, soy turista, soy...

De pronto, ambos me sonríen. *Vraiment tu n'est pas française?*, preguntan. Con la seguridad que me da su sonrisa y la transparencia de su mirada, contesto, ahora sí en el mismo idioma: Soy mexicana. *Le Mexique!*, exclaman, sonriendo todavía más. Y con esa calidez, me ofrecen sus manos y se presentan. Uno es originario de Senegal; el otro nació en Lagos, Nigeria. Estrecho sus manos, aliviada. Cinco minutos después estamos en un café, conversando. Me hacen preguntas sobre mi país, en especial, quieren saber de Acapulco, si de verdad la comida tiene tanto chile y, sobre todo, de Lucía Méndez: los dos están enamorados de la Colorina. Su manera de hablar, aunque se atropellan el uno al otro, tratando de ganar la palabra, es amable y delicada.

Son migrantes ilegales. Huyeron de la miseria, como tantísimos más, para buscar trabajo. Uno, el demasiado flaco, trabaja como electricista, a pesar de tener licenciatura en ingeniería. El otro estudió una maestría en historia que no terminó, así que se conforma con ser ayudante en una vinatería. Sube y baja cajas de la bodega. Acomoda las botellas por regiones y cosecha. Y me pregunta, con un gesto irónico que duele: ¿Puedes creer que hay botellas que cuestan lo mismo que mi familia, allá en Tambacounda, necesita para vivir durante cinco años? Sí, una sola botella. Me dan ganas de decirles lo injusta que me parece la vida; prefiero callarme pues, en realidad, me siento culpable. Yo siempre he sido privilegiada. Nunca he hecho mayores esfuerzos por conseguir nada de lo que tengo.

Mejor pregunto por qué querían asaltarme y me aclaran, riendo, que pensaron que yo era francesa. Odian a las francesas por altaneras y soberbias. Nos tratan con deprecio... y nos encanta asustarlas, confiesan.

Una hora más tarde, cobijada por lo que me han platicado, los sigo hacia la estación del metro: me invitan a comer a su casa... y acepto empujada por una combinación de inocencia e imprudencia.

Aquí vamos, rumbo a la *banlieu* parisina. Lugares peligrosos, prohibidos: la lección que no aprendí. Años después regresé a ese barrio, con mi esposo, a quien citó un pintor africano: ahí estaba su estudio (lo compartía con una tatuadora profesional y un vendedor de marihuana) y la idea era encargarle un retrato. Habíamos visto sus cuadros colgados en un bar, nos encantaron, resultó que el dueño conocía al artista y nos dio su teléfono...

Decía: vamos rumbo a su barrio. Al llegar, me doy cuenta de los riesgos. Tal vez haber vivido tanto tiempo en un capullo, me convirtió en una adolescente demasiado confiada. El noventa y cinco por ciento de las personas que veo, son negras. El cinco restante, mulatas. Y sí, todas me observan como se observa a las minorías: con una mezcla de extrañeza y desprecio. Frente a su edificio, comienzo a sentir más miedo. Es una locura haber aceptado. *Be wise, soi sage*, le repito a mi hija Maryam, tal vez porque yo no lo era. ¿En dónde ha quedado mi sentido común?, me pregunto. Pero ya es tarde para arrepentirme. No me queda más que seguirlos por unas escaleras que rechinan ante los pasos de nuestros seis pies, los de ellos, enormes. Las paredes tienen grafitis y palabras de un idioma que no identifico. Tiemblo y sonrío para que no se den cuenta de mi pánico. Sonrío temblando y sigo subiendo. Su habitación está en el último piso. Llegamos a un largo pasillo. Una puerta indica claramente: WC. Les digo que debo entrar. No me tardo, aclaro. Necesito un rato a solas para pensar qué hacer; no encuentro respuestas. Nadie sabe en dónde estoy. Mis papás se van a quedar sin hija. Imagino su dolor, pero se lo merecen. ¿A quién se le ocurre darle permiso a una menor de edad, y además pendeja, de vivir sola en Francia? En el pequeñísimo habitáculo solo hay un excusado, supongo que todos lo comparten. También hay un lavabo, percudido de años, aunque la ducha no aparece por ningún lado; para bañarse deben ir a un baño público a dos cuadras, me explican cuando salgo, aunque yo no he preguntado.

Entramos a su departamento, que resulta ser solo una habitación. Hay dos camas individuales pegadas a las paredes. Una ventana que da a un patio interior, un refrigerador enano y un mueble con cajones. Sobre el mueble, una especie de estufa portátil.

Tengo sangre fría y, aun así, me cuesta trabajo controlar mi miedo. Estoy sola, en medio de la nada, con dos hombres de manos muy grandes y miradas que ahora percibo torvas, desconfiadas.

Mientras sigo planeando mi fuga, ellos han preparado un platillo a base de arroz, algunos pedazos de carne, pimientos verdes y mucho jitomate. Enseguida, ponen música en un viejo aparato para casetes, pero solo logramos escuchar cinco minutos pues, justo cuando me explican que es la deliciosa voz del nigeriano Fela Kuti, la cinta, con todas las notas del afrobeat, se atora. Así que el electricista comienza a tararear y el otro, a silbar. Yo sigo callada, demasiado callada. El olor agrio y a humedad, que percibí desde el principio, comienza a molestarme.

Finalmente nos sentamos sobre el piso y, cuando se dan cuenta de que no consigo acomodar piernas ni rodillas, me ofrecen una almohada. Se burlan de la incapacidad de los blancos de ponernos en cuclillas. ¡Es tan cómodo!, aseguran. Después, los tres comemos del mismo plato, que han colocado en medio. Lo hacemos sin cubiertos, como se debe. No puedo dejar de observar sus manos, que utilizan como una enorme cuchara: muy negras de un lado, demasiado rosadas en las palmas. El contraste es extraño. La mía, tan pequeña y tan blanca, luce desangelada. Sin servilletas al alcance, se chupan los dedos, uno tras otro, después de cada bocado. Sus labios demasiado acojinados y sus lenguas, ávidas, llaman mi atención y me producen repulsión. Espero que no lo noten. Los dientes, tan blancos en oposición a su piel, mastican sin pausa.

Mi estómago se va encogiendo. Nada en la actitud de estos migrantes me indica que corro peligro, pero mis piernas y mi cerebro están demasiado inquietos. Ya no puedo seguir aquí. No puedo. Con una voz que apenas se oye, me excuso: debo ir de nuevo al baño. Ya en el pasillo, me dirijo, casi corriendo, hacia las escaleras. Las bajo de dos en dos, sin volver la vista. Salgo a la calle y, ahora sí corriendo (supongo que no muy rápido; jamás he sido buena deportista), doy vuelta a la derecha. A tres cuadras está la estación del metro. Entro lo más rápido que puedo; ni siquiera me fijo hacia qué dirección. No importa, lo urgente es irme, rauda, hacia donde sea.

Un poco más tranquila, espero a ese vehículo subterráneo que me pondrá a salvo. De pronto, los veo: del otro lado del andén, bajando las escaleras, despacio. Uno me mira extrañado. El más delgado, lo hace con odio. Juro que es odio, ¿o será arrogancia? Comienza a hacerme señas y a gritar; no alcanzo a entenderle porque el metro llega, en una ruidosa aparición, y subo al vagón lo más rápido posible. Tomo el primer asiento libre y empiezo a respirar despacio, aliviada. Pero, dos minutos después, me golpea una pregunta que todavía me atormenta. ¿Y si en lugar de ne-

gros, hubieran sido dos jóvenes finlandeses o po-
lacos, de piel blanca y ojos azules? ¿Habría huido?

Whisky y mezcal

Se pasó la vida intentando expulsar de la garganta
algo que tenía en el corazón.
JUAN JOSÉ MILLÁS

Después de cinco días en París, a Armando se le antojó un caballito de su bebida favorita. Seguro encontramos un lugar en el Barrio Latino que tenga mezcales decentes, le dije. Esa noche, Adriana nos había abandonado para visitar a su primo, que en esa época era embajador de México en Francia. Al menos, eso nos dijo...

Decidí llevar a mi amigo hacia la zona que más me recordaba mi estancia en París, a los diecisiete años. Caminamos a lo largo del Sena, cruzamos mi puente consentido (el Pont Neuf de Cortázar y la Maga) y continuamos por la orilla del río hasta tener a Nôtre Dame casi de frente. Entonces, nos desviamos un poco para llegar a la librería Shakespeare and Company. Recorrimos los estrechos pasillos entre los estantes, revisamos los títulos y, terminando de discutir algo sobre Hemingway, salimos y dimos vuelta hacia la derecha. Le enseñé el árbol más viejo de la ciudad y la iglesia Saint Julien le Pauvre. Enseguida, callejoneamos por la rue de la Huchette. Después de mucho buscar, terminamos en un lugar llamado

Salsero Pub Latino; único cuya oferta de mezcales complació a Armando.

En cuanto dimos un paso dentro del antro de claroscuros, con efectos de luces rojas y azules, las voces de Chico Ché y La Crisis cantaban desde las bocinas: *Dónde te agarró el temblor*. "Anoche cuando bailaba, vi que mis pasos daban de dos en dos. Era que estaba temblando y con tanta bulla, ni se notó..." A mis pies, repentinamente, les dieron ganas de bailar, pero después me acordé que esa es una de las actividades que a mi cuerpo no se le facilita, así que elegimos una mesa cerca de la entrada y nos sentamos a beber y conversar. Armando ordenó un mezcal Sacrificio, doble. Yo, un Etiqueta Negra en las rocas. *Avec beaucoup de glace, s´il vous plait!*

Por una evidente razón, el tema de nuestra plática comenzó con el terremoto de 1985.

—En esa época, yo todavía estaba en la universidad.

—Ay, Bacha. Eras una bebé.

—Ni tanto. ¿Yo qué culpa tengo de que me lleves diez años?

—A mí —confiesa Armando—, el terremoto me craqueló, me llenó de fisuras. Uta, estuvo de la chingada. No dejaba de berrear. Pero después me puse las pilas para ver cómo ayudaba.

—¡Qué raro que hayas llorado! —ironizo—. Es que cuando las capas tectónicas se mueven de manera tan cabrona, nos cambian la vida. Digamos que los terremotos de afuera, nos mueven todo por adentro.

—Salud por los terremotos que hacen que por nuestras grietas salga la neta —dice Armando, levantando su copa de mezcal. Porque no es un vaso pequeño, sino una copa gorda y grande, muy francesa, de las que usan para *cognac*.

En el momento preciso en que chocamos las bebidas, entran tres hombres cargando sus instrumentos musicales. El que viene detrás reconoce a Armando y, deteniéndose a nuestro lado, se presenta. Se llama Pablo, nació en Guadalajara, y de chavo era súper fan de Botellita de Jerez. Lleva cinco años viviendo en Francia y tiene un grupo con un colombiano, un venezolano y una vocalista de Mérida que hoy no vendrá, porque amaneció con una gripa de horror, nos explica. Su mirada denota emoción y ganas, al mismo tiempo, de ser discreto y no darle demasiada lata al *guacarocker* que me acompaña. A pesar de eso se toman una *selfie* y le pide su autógrafo en la servilleta. Ya en escena, después de la segunda rola, lo llama. "*Et voici, entre nous, un musicien mexicain très connu: monsieur Vega Gil*", grita. Y le ruega a mi amigo que se eche un palomazo. La verdad, pocos aplauden. De hecho, apenas algunos comensales vuelven la vista, pero Armando, emocionado, sube a la temblorosa tarima, toma el bajo que le pasa el colombiano y así, de la nada, después de susurrarse algunas palabras en el oído, Pablo y él comienzan a cantar *Abuelita de Batman*.

De regreso a nuestra mesa, sudado y divertido, Armando me confiesa:

—Nunca pensé que en París lo naco también fuera chido.

Volvemos a brindar. Ya no sé cuántos *mezcalwhiskys* nos hemos tomado. El músico habla moviendo sus manos largas y expresivas, sin cesar. El cabello canoso, que le llega a los hombros, luce libre, alborozado. Hoy decidió no ponerse gel y se nota. Algunas canas también pasean por sus cejas, esas que enmarcan unos ojos tiernos y melancólicos.

—Y a todo esto —pregunto—, ¿de dónde salió la idea del guacarrock?

—Ay, mamacita, pues de mi héroe, Parménides García Saldaña. Carajo, nunca pude ponerme de rodillas frente a él y besarle los pies. Él decía que el rock era grasoso y sabía a aguacate. De ahí se me ocurrió.

—¿En serio?

—Pusimos juntos muchos pegotes y elementos disímbolos para hacer un mole. Digamos que fue una mezcla del son jarocho con Lola la Grande, los Rolling Stones y los Beatles, además de mucho sentido del humor; esa es nuestra mera herramienta —me explica, mientras el grupo de Pablo toca *Despacito*. Al escuchar esa rola, ahora sí, turistas y parisinos cantan, meciéndose al ritmo de Luis Fonsi. "Pasito a pasito, suave suavecito, nos vamos pegando poquito a poquito..."

Le digo a Armando que nos paremos a bailar, pero hace divertidos gestos de asco y prefiere seguir platicando.

—Siempre me preguntan cómo empecé con Botella, pero a pocos les importa lo de mi escribidera, y eso que llevo treinta libros publicados. Tal vez por eso, aunque año con año pido la beca del Fonca, me la niegan y me la niegan. Me da un apachurramiento cada vez que no veo mi nombre en la lista. ¡Pinches culeros! Forman parte de un *petit comité* o *comit petité*... Ay, ya me emborraché.

—Va, cuéntame de tu escribidera —acepto, haciéndole al mesero una seña para ordenar otro whisky. A mí también se me subieron las copas, pero no me importa.

—Una tía mía muy intelectual, cuando yo tenía trece años, me regaló un libro de Neruda: *México florido y espinudo*. Me cae que la cabeza se me voló; lo leía y me ponía mal. Y me dejó un virus, un virus de esos que están esperando a que tu cuerpo se debilite para saltarte encima.

—La neta, escribes chingón —exclamo, levantando la voz pues la música en vivo cada vez compite más con nuestra plática.

—Pero eso no fue todo, en la Voca 13 teníamos una maestra muy linda y muy chida que nos puso a leer la *Divina Comedia*. Yo leí el infierno una y otra vez, tenía como dieciséis años, y no podía dejar de soñar cuando los demonios les roían el cráneo a los parricidas. Y todas esas cosas me dejaron muy turulato. Fue una cosa como muy brutal. Las manos me ardían por ponerme a escribir.

—La neta, escribes chingón —repito, ya que el alcohol no me está dejando producir frases originales.

—¿Y tú, Bacha? —pregunta de pronto, tomando mi mano entre las suyas—. Por cierto, ¿por qué te dicen Bacha?

—Así me bautizó Federico desde la prepa. Solo él y Dulce me decían Bacha, Bachita... Bueno, y ahora tú. En fin, ¿yo qué te cuento? Después de escucharte, no tengo nada que decir. Mi vida es reaburrida. Tú tocabas en las manifestaciones de Cuauhtémoc Cárdenas y tenías a cientos de mujeres a tus pies, cuando yo todavía ni terminaba la carrera. Siempre fuiste activista de izquierda...

—Un día nos dio por tocar con antifaces pues éramos antifascistas— me interrumpe, y se ríe.

—¿Ves? Has estado involucrado en puras cosas originales y chingonas. Hace poco hasta te nominaron para un Ariel por tu cortometraje ese, *De perros y gatos* o algo así. Repito: mi vida es harto aburrida.

—Ira, ira. Ya, dime qué pasa por tu choya.

—¿Ahora mismo?

—Sipiripi.

—No sé, que ya estoy envejeciendo: mi cuerpo me lo recuerda todos los días. Entiendo que se me escurra la piel, que me salgan arrugas, pero ¿sabes que hasta las uñas de mis pies han cambiado? ¡No inventes! Se están poniendo chuecas y feas —confieso, horrorizada—. Y, por otra parte, también siento que lo que ya no hice, pues ya no lo hice. Me quedan más años hacia atrás que hacia adelante. Tengo miedo de quedarme donde estoy, pero también de avanzar.

—Pues sí: brinco que no des ahora, brinco que no diste. Eso de la vejez se va poniendo de la chingada.

—¿Así me consuelas? —río, más por los nervios que por humor—. ¿Sabes qué dice mi marido cuando me quejo? Que todo se va a poner peor.

—Mira a quién se lo dices. Yo ya fui. Soy cosa del pasado —acepta, sin un dejo de amargura—. No me respetan como escritor ni como fotógrafo ni como guionista ni como nada. Botellita ya pasó, somos arcaicos. ¿Sabes cuánto gané en el concierto pasado, el que dimos en San Diego?

—Ni idea —digo, recargando mis brazos sobre la mesa periquera. Comienzo a sentirme bastante mareada.

—Tres mil putos pesos.

—¡No mames!

—Sí pinches mamo.

—Carajo.

—Y en el toquín de Nueva York, ¿te acuerdas? Hasta me asaltaron. Dejé la puerta de mi habitación un minuto para ir a decirle algo a nuestra *manager*, y cuando regresé, ya no estaba mi ukulele ni la mochila; se la llevaron con todo y mi cartera que tenía los dólares que nos habían pagado.

—Sí, me contaste. Ya vete a hacer una limpia, caray. Te acompaño a Catemaco.

La banda de Pablo comienza a tocar los acordes de *Oye cómo va*. Armando inmediatamente se levanta, hace una genuflexión y se quita el sombrero; el negro que le compré en Miami.

—¿Y ora, tú? —pregunto.

—Pus Santana merece una reverencia. Pero ¿sabes lo que realmente quisiera? —confiesa, levantándose y ordenando otro mezcal. Ya perdí la cuenta de la cantidad de copas que hemos bebido. Y pagar en euros nos va a doler demasiado.

—¿Qué quisieras? —lo secundo, todavía con mis dos brazos sobre la mesa, para no sentir tanto el vaivén de las olas.

—Tener una familia chida, así como tú la tienes. Soy un papá demasiado viejo y aprensivo para Andrés. Mis novias no me duran. No tengo nada de lana y tú sabes que agarro la chamba que me ofrezcan. Todo se me escurre de las manos y ya no hallo pa' dónde hacerme. A veces presiento que tarde o temprano la gente va a ir abandonándome —confiesa. De sus ojos escapan dos lágrimas casi al mismo tiempo. Armando las deja seguir el camino planeado: mejillas y barba.

Me quedo muda, observando la boca de la que salieron esas palabras. Labios muy delgados; el superior imita una eme alargada y fina, que cae hacia abajo en sus dos extremos. Es una boca de la que siempre emana cierta tristeza. Cinco minutos después, mientras me observa esperando una reacción, continúo pensativa porque no sé bien qué decir y porque las luces de colores que iluminan el antro salsero, moviéndose constantemente, consiguieron su objetivo: marearme por completo. En ese momento se acerca nuestro compatriota nacido en Jalisco y nos jala. ¿Resultado? Terminamos en un tugurio casi vacío, a las cinco de la mañana, abrazados, cantando *Alármala de tos* a capella, y dando patadas y coces sobre el pequeño escenario.

Imaginerías

Pretendamos que para bajarme del barco y dejar este paraíso sin sufrir tanto, fui a hacerme un masaje. Asmir, se llama el bosnio de las manos mágicas. Es atractivo, como muchos hombres de su lastimado territorio, y presume tener veintiséis años. Yo le calculo menos. Más que darme un masaje, me sentí acariciada durante una hora que, si los dioses existieran, habría durado para siempre. No quiero vanagloriarme, pero ¿alguna vez han estado bajo el poder de dos manos milagrosas? Me refiero a esa cercanía temporal con el nirvana, al menos, con el nirvana del hedonismo.

Imaginemos, en un completo cambio de tema, que la última noche a bordo —voy desde Portugal hacia Barcelona— debemos pasar por el estrecho de Gibraltar. Como lo acabo de decir, es de noche, así que tengo la oportunidad de ver, del lado derecho, las luces de África. Del izquierdo, las de España. Desde mi perspectiva, la distancia entre ambos continentes es muy poca. Supongo que la oscuridad ayuda a la aparente cercanía.

Ahora entiendo por qué tantos migrantes cruzan este "pequeño pedazo" de océano, hacia Europa, para salvar literalmente su vida o, como pasa a diario, morir intentándolo. Cuántas fotografías se publican en los periódicos del mundo con retratos de hombres, mujeres y niños al ser rescatados, por lanchas italianas o españolas, de esas frágiles pateras que están a punto de hundirse. De cuántos sus familias no vuelven a saber jamás, nada.

Me pregunto qué tan mal deben pasarla si no solo atraviesan por esa zona, en la que la esperanza está a la vista y parece muy cercana, sino desde Senegal, a muchos kilómetros de distancia. Recuerdo, entonces, mi novela *Todas mis vidas posibles,* y a Beatriz Diouf, un personaje al que le tomé mucho cariño.

Me llega una sensación de desesperanza. ¿De dónde obtiene la fortaleza para seguir existiendo la mayoría de los millones de habitantes de este planeta? ¿Es tan poderoso el instinto de supervivencia? Sí, huir de la miseria, de guerras civiles sangrientas o persecuciones políticas y religiosas, los impulsa.

Barcas llenas de aquellos hombres y mujeres conocidos como *los sin papeles.* Deshidratación. Intolerancia. Hipotermia. Rechazo a lo distinto. Días infinitos en centros de detención. El Matorral, por ejemplo, en las Islas Canarias, donde las diversas historias de tragedias personales se reúnen por las noches, para hacer menos pesado el encierro. Desgracias compartidas, para que angustien menos. Frases que se escuchan al pasar:

"¿Sabes cuántos días llevábamos sin probar alimento?" "A nosotros nos rescataron apenas unas horas después de que se terminara el último sorbo de agua." "No podría usted creer el olor. Créame, señorita, es el infierno."

Cifras dolorosas en los periódicos de todos los días: cien mil niños mexicanos no acompañados han sido detenidos en la frontera entre México y Estados Unidos. Miles de refugiados sirios buscan llegar a Europa occidental a través de Serbia. Ciento setenta mil menores de edad han solicitado asilo en algún país del continente europeo. Más de quince mil haitianos, refugiados en Baja California, tratando de cruzar hacia los Estados Unidos. Ciento veinte migrantes centroamericanos desaparecidos. Sesenta y dos mil migrantes atrapados en Grecia, con riesgo de morir de hipotermia o neumonía.

En casi todos los países, aquellos seres humanos que llegan buscando certidumbre, seguridad, alguna promesa, sufren rechazo, acoso. Odio. Son esclavizados y hasta asesinados.

Y quienes los repudian no se atreven a mirarse al espejo y hacerse una pregunta, una única pregunta: "Imaginen que se trata de ustedes y sus hijos. ¿Qué precio no pagarían, qué muro no saltarían, qué mar no cruzarían?".

Olvidos

Hay muchas cosas que no recuerdo y otras que, sin embargo, quisiera olvidar. A todos los muertos por el coronavirus, por ejemplo. Que mi hija, después de estar en la misma escuela desde maternal, no haya podido regresar a sus aulas, graduarse de preparatoria, despedirse de amigos ni maestros, por culpa de la pandemia. La desaparición de los cuarenta y tres normalistas de Ayotzinapa. Los tres estudiantes de cine que fueron confundidos con narcos y sus cuerpos terminaron disueltos en ácido. Las miles de mujeres asesinadas en mi país; un país que recibe a los turistas con una enorme sonrisa. *Welcome.* Aquí hay playas, pueblos mágicos, pirámides aztecas o mayas, abrazadas por una enorme corrupción que, como hiedra, arropa cada capa de nuestra sociedad, política, cultural, civil. Ya, mi poli, ¿y si le doy p´al chesco? Ecocidios, feminicidios, violencia sexual, ataques homofóbicos, empresarios y políticos que abusan de sus privilegios, periodistas silenciados a balazos, más de la mitad de la población sin acceso a lo que debería ser obligatorio poseer: educación, techo, ropa, alimentos. Ilusiones. Certidumbres.

Quisiera olvidar a los tantísimos ciudadanos caídos en guerras entre narcotraficantes (con la evidente complicidad de los funcionarios públicos). A los gobernantes y dueños de empresas que han lucrado con el hambre y la esperanza de tantos que tan poco tienen. A los privilegiados que se niegan a abrir los ojos y a ser empáticos, solidarios.

Necesito olvidar el triunfo estúpido de un hombre estúpido, color zanahoria y cabello de escoba. O el triunfo populista de un hombre populista, que no supo medir sus fuerzas ni su astucia. ¿Dije astucia? Y que destruyó, poco a poco (lo sigue destruyendo), todo aquello por lo que decía luchar.

Quiero olvidar, también, el día en que mi hija desaparezca. Yo ya no estaré viva para ese entonces y estoy segura de que se extinguirá de manera sutil, dulce, con una muerte deslizándose lentamente y que es bienvenida por quienes la acogen. No hay otro escenario posible.

Olvido mi teléfono celular cada tercer día, o lo pierdo, que es lo mismo, como olvido mis olvidos: cosas de mi pasado que no logro recordar por más que me esfuerzo. Basta una reunión de amigos de la secundaria para darme cuenta de tantos detalles que se me escapan. Todos (o casi) se ríen de anécdotas simpáticas de nuestro pasado y yo ni siquiera las siento conocidas. Entonces, entro en pánico. Una melancolía de lo completamente perdido me arrastra. Hasta que me doy cuenta de que lo vivido, aunque no forme parte de mi memoria consciente, ya me pertenece. Me conforma. Me otorga una identidad precisa. Cada sabor, olor, sonido de mi infancia. El tintineo armónico del carrito que vendía paletas y helados, calle por calle. El grito del lechero por las mañanas. El silbido del afilador de cuchillos. El aroma del pan de nata o del pan francés que llegaba a mi recámara desde la cocina de mi madre. El delicioso vaho de un churro de mota, de esos que mis amigos fumaban, a escondidas, en la adolescencia.

Lo que no quiero olvidar, por ejemplo, es a Maryam, de dieciocho años, recargando su cabeza en mi hombro cuando vamos juntas, en un avión, hacia cualquier lugar del mundo, o cuando se me avienta encima, literalmente, en pijama, al despertar. Y así nos quedamos, juntas, al menos diez minutos. O sus mensajes diciéndome que me quiere. Cada apapacho de su mirada. Ni me da la gana olvidar su cara desnuda, pues me hace imaginarla todavía como esa niña que estará muchos años a mi lado. O la colosal sonrisa que se le dibuja en su cuerpo entero cuando llega a visitarla, de sorpresa, su queridísima mejor amiga, Mara, desde un pueblito suizo que alguna vez compartieron.

Prefiero olvidar, en cambio, la mandíbula apretada y los ojos furiosos de mi exesposo. La mesa del comedor rota a sillazos. El miedo que me paralizaba y me disminuía. Quisiera olvidar los pasajes de mi padre en terapia intensiva de Cardiología y, sobre todo, ese día en que mamá me habló por teléfono, llorando como solo lloran quienes se saben abandonadas, para avisarme que esa tarde, papá saldría de nuestra casa familiar para no regresar nunca. Después, poco a poco y tras un dolor que a veces la vencía, mi madre se encargó de llenar su vacío al lado de un gran hombre. Otro gran hombre, en realidad.

Debo recordar a mis muertos, pero quisiera olvidar el desconsuelo que sus partidas me han producido. Entre más me acerco a la muerte, más la entiendo, pero también me resisto con mayor vehemencia. ¡Qué pinche manía de arrancarme lo único que poseo! Me urge olvidar el suicidio de Armando. El vacío que su decisión me ha producido. La frustración de no poder echar el tiempo atrás. Mis ganas de un último abrazo, una última oportunidad de tenderle mi mano.

Quiero olvidarme de... no lo sé. He estado varios días haciendo un recuento de aquellos pasajes que no deberían formar parte de mi presente y, en realidad, no hay ninguno. Aún a los peores he sabido abrazarlos. Y hacerlos míos porque, en realidad, no me queda de otra. No hay forma, aquí y ahora, de enterrarlos.

¿Será cierto que las vidas felices no son materia prima de ninguna novela? ¿Ni siquiera cuando el continuo vaivén del océano o las consecuencias devastadoras de un terremoto aterrizan a nuestro lado, sin pedirnos permiso? ¿Ni siquiera cuando la culpa me ha fracturado?

¿Qué hubiera pasado si...?

> *Cada uno es dueño de su vida,*
> *pero hay algo que no depende de nosotros,*
> *lo recibimos en la herencia de la sangre*
> *y no tiene sentido rebelarse...*
> ALESSANDRO BARICCO

Veo una serie catalana sobre universos alternos (*Si no t'hagués connegut*) y trato de imaginar qué habría pasado si, por ejemplo, jamás me hubiera casado con mi primer marido o si no me hubiera divorciado de él. ¿Qué sería ahora de mi vida si en lugar de estudiar periodismo hubiese terminado la carrera de abogada y me hubiera especializado en lo que deseaba: derecho penal? También quise ser neurocirujana y casarme con un arquitecto. ¿Y si en lugar de irme a vivir a París, acabando la preparatoria, hubiera elegido Florencia o hubiese entrado directamente a la Facultad de Filosofía y Letras de la UNAM? ¿En qué tipo de atea me habría convertido de ser educada por las monjas del Colegio Vallarta?

Jugar con las posibilidades que nos otorga un mismo "destino" es un buen ejercicio. "Hay momentos que deberían ser eternos o repetirse en los diversos universos posibles". ¡Uy, tengo tantos de esos en mi colección de instantes que no quiero que se me olviden jamás!

"El universo no solo tiene una historia, contiene todas las historias posibles", dice un personaje de la televisión que tengo enfrente. Tal vez por eso escribí, hace algunos años, la novela *Todas mis vidas posibles*. Gracias a las ganas de vivir a tope cada uno de mis sueños.

Pero justo ahora no me puedo distraer en estas ficciones sobre mundos alternos y vidas distintas; en el enorme lugar común del *aleteo de una mariposa*. Debo concentrarme, descansar y meditar, al menos media hora, como siempre lo hago la víspera de una cirugía que será complicada. Manuel es muy joven; está a unos días de llegar a los veintiún años. Que los cumpla depende, en cierta parte, de mí. Sus padres lo saben, tal vez por eso me miran como me miran desde que les comuniqué el diagnóstico hace una semana: un tumor cerebral localizado en el lóbulo parietal. Esa es la razón de sus mareos y, sobre todo, de que haya dejado de entender las palabras y se le dificulte el habla.

—Tampoco puede escribir, doctora. Mi Manu lo olvidó de un día para el otro, tan brillante como es... —asegura ella, haciendo lo posible por no llorar. Se ve demasiado joven para ser mamá de Manuel.

—Lleva de los mejores promedios de su carrera —presume él, apretando la mandíbula.

—Matemáticas aplicadas en el ITAM —agrega la madre, orgullosa—. Y como que no coordina bien su pierna izquierda. ¿Lo has notado, Luis?

—¿Es por lo mismo, por ese maldito tumor? —pregunta el padre, pasándose rápidamente la pluma fuente de una a otra mano—. ¿Por qué no nos dimos cuenta antes? ¡Carajo! Perdone usted, doctora. No acostumbro decir groserías, pero...

Y después de un momento, que se antoja eterno, en el que ambos se ven a los ojos, casi sin parpadear, don Luis desea saber si es complicada la cirugía.

—Tenemos suerte: el lugar en el que se localiza el tumor es accesible —respondo, tratando de calmarlos—. Confío en que lograré extraerlo casi por completo.

—¿Casi? —cuestiona ella, mientras se limpia unas lágrimas con los dedos.

—Depende de qué tan sencillo sea separarlo del tejido que lo rodea —explico, ofreciéndole un pañuelo desechable—. Y eso no puedo saberlo hasta que esté adentro. Pero incluso deshacernos de una parte disminuye sensiblemente los riesgos y los síntomas. No se preocupen, he hecho cientos de cirugías como esta.

—Lo sabemos, por eso estamos aquí —dice el padre, acariciando el hombro y la espalda de su esposa.

A pesar de los años que llevo en los quirófanos, sigo sin acostumbrarme a estas escenas. Dar malas noticias no es fácil. Es, de hecho, la única parte que odio de mi profesión.

Bueno, también odiaba dejar a los niños cuando estábamos comiendo un domingo cualquiera y me llamaban del hospital para alguna urgencia. Ahora, que son adultos, ya se han acostumbrado. A veces pienso que hasta lo disfrutan. Se llevan tan bien, que cuando salgo corriendo, piden más cubas o sus carajillos y la plática de sobremesa se extiende mucho más que si yo estuviera con ellos.

El mes que viene se casa Martina con Seig, un joven de origen libanés encantador, aunque algo posesivo y celoso. Pero mi hija mayor tiene veintiocho años y, supongo, sabe lo que hace. ¿Será que, en cuestiones del amor, realmente sabemos lo que hacemos? Ni yo, que tantos cerebros he tenido bajo mi escalpelo, conozco en qué circunvolución, fisura o surco, se esconde el enamoramiento. Esa sensación que nos hace volvernos, literalmente, locos. Y un tanto ciegos... Entiéndanlo de manera metafórica, por favor, o pensarán que soy la peor científica.

Medito. Le hace bien a mi neuroplasticidad y tengo que poner mi mente a descansar para estar a mi cien por ciento en la cirugía de mañana. Medito desde que me quedé viuda. Fue la única forma que encontré para paliar el dolor y poder seguir siendo neurocirujana y, sobre todo, la mamá que necesitaban mis hijos en ese momento. Todavía eran pequeños y no entendían bien a bien qué significaba eso de la muerte y de que su padre jamás regresaría a casa. Aunque yo me encargué de que nunca lo olvidaran. Tal vez es la razón por la que mi hijo decidió seguir sus pasos como arquitecto.

¿Volverme a casar? Nunca. Ni lo pensé ni se me antojó. Cuando el más pequeño de mi prole cumplió dieciocho, comencé a tener novios. Es extraño: una relación distinta cada dos años y ocho meses exactos. ¿Será que hasta en el amor busco la precisión de las cifras y los datos, la certeza de la ciencia? Pero todos terminaron alejándose, pretextando lo mismo: no podemos competir con tus hijos ni con tus pacientes. Jamás puedes estar conmigo.

Ahora paso el tiempo con dos viejos amigos. Uno me acompaña a bodas, brindis y cenas en los que un ligero toque aristocrático, que él sabe llevar tan bien, es indispensable. El otro ama el arte, así que es ideal asistir con él a conciertos, museos y al cine. Ambos son sibaritas y buenos bebedores de vino. ¡Ah! Y grandes conversadores. ¿Qué más necesito?

Ya sé, risas, sentido del humor y una mediana dosis de cumplidos que me hagan saberme deseada. Admirada, al menos. O querida. También, ¿por qué no reconocerlo?, requiero poder imaginar otra vida posible. ¿Y si en lugar de neuróloga hubiese sido escritora, casada con otro escritor y tuviera una hija única, a la que llamara... tal vez Maryam?

Pero bien sabemos, los científicos aún mejor, que el hubiera no existe...

Antes de antes

Ángela comenzó a vivir el día en que se quedó viuda. De hecho, logró cumplir noventa y seis años solo porque su esposo, al fallecer de un infarto, le otorgó el espacio y la libertad que nunca tuvo antes; lo imprescindible para ser feliz y longeva. El día que su marido decidió retirarse, la velada esclavitud de la abuela de Irene se hizo más evidente: el hombre se dejó crecer la barba, renunció a vestirse y solo usaba pijama, leía todo el día (eso sí, era un tenaz lector) y empezó a controlarla todavía más. Llegó al extremo de tomarle el tiempo que consumía en el mercado del barrio. ¿La semana pasada compraste en media hora y hoy, te tardaste cuarenta minutos? Ay, mujer, ¿pues a dónde te fuiste? ¿Acaso es tan complicado pedir un kilo de tomates?, reclamaba, cronómetro en mano.

Quienes saben de estos temas, afirman que para vivir muchos años hay que hacer ejercicio y comer sano (Ah, y ser viuda... ¿ya lo dijimos?). Ángela vivió muchos años, pero jamás hizo ejercicio y mucho menos vigiló su dieta: amaba las garnachas, los lácteos y los postres muy azucarados. Y no bebía alcohol. Una vez a la semana, en lugar de pastel (trataba de hacer una dieta de cinco minutos), tal vez se atrevía a probar un poco de rompope. Aunque hay quien dice que dejó el alcohol pues cuando acariciaba los treinta años y se fue con su marido y otras parejas a Oaxaca, dos mezcales que entre todos la obligaron a tomar, le sacaron la fiera indoblegable que traía escondida. Cuando dio el último trago a su segunda copa, volvió la vista hacia la mesa de atrás. Varios estadounidenses llevaban un rato ahí, sentados en santa paz, riendo, bebiendo, probando un guajolote con mole negro, mientras conversaban obviamente en inglés. Entonces, la siempre dulce y tierna Angelita, se levantó y se acercó a su mesa para insultarlos y hacerles una enorme reclamación (en español, por fortuna para ella):

—¿Por qué carajos nos robaron Texas, Arizona, California y Nuevo México? ¡Chingao! —gritaba, sosteniéndose de una silla porque se sentía medio mareada—. ¿Qué demonios se creen? ¿Los dueños del mundo? ¡Pinches gringos! —exclamó antes de que su marido se levantara con rapidez para controlarla, alejarla y ofrecer disculpas.

Llegó a tiempo: la abuela de Irene estaba a punto de golpear, con el puño derecho ya preparado, al gringo más alto, más fortachón y más borracho de la mesa.

Es obvio que Ángela no podía modificar el pasado. Jamás iba a lograr que los Estados Unidos nos regresaran el territorio. ¿Entonces por qué los seres humanos pensamos que sí podemos cambiar los días ya idos, las decisiones tomadas, lo hecho o lo nunca realizado?

Es como darle una mordida a la magdalena de Proust. Así siente Irene al regresar, ayudada por la imaginación, a la casa en la vivió desde los seis años hasta los veintidós: morder al mismo tiempo cien, mil magdalenas-lugares-comunes de la memoria y abrir la llave de los recuerdos. ¿De las ficciones? Toda memoria es re-invención. Los recuerdos aparecen de forma involuntaria; la re-memoración, en cambio, es voluntaria y no simplemente reproduce, sino que implica una verdadera reconstrucción.

Lo que a Iri le llega al cerebro son los *posters* de su recámara y los aretes de plumas de colores colgados de las paredes, la decoración del cuarto de la tele, los muros pintados con mensajes de los amigos. Irene encerrada en el despacho de su padre escuchando discos de control mental o la voz de Julio Cortázar narrando alguno de sus cuentos. Paseos en bicicleta con vecinos (se sentía feliz, montada en su bicicleta amarilla), el parque con hondonadas, la maravillosa jacaranda a la que se subían ella y sus hermanos. Los cursos de verano con disección de ranas incluidas (las ventajas de tener una tía bióloga). Pinturas, plastilinas, visitas a fábricas, sillas y mesas tamaño infantil. Construir, con cajas y pedazos de telas sobrantes, la casa para los aventureros y las barbies. Pasear en Plaza Satélite y jugar a las escondidas entre las esculturas plateadas del centro comercial. Ir a los Multicinemas (antes de que los cines en México fueran civilizados y lujosos) y temer morir aplastados en cuanto abrían la puerta de la sala correspondiente para ver, por ejemplo, *Tiburón*.

Recuerda (¿o reconstruye?), la bañera blanca en la que su madre la bañaba de muy pequeña y esa manguerita por la que después sacaba el agua sucia. Manos cálidas que le garantizaban seguridad, continuidad. En esa época la muerte ni siquiera era un final posible; Irene acababa de nacer y no tenía conciencia de que la vida comenzada llegaría a un término.

Vida y muerte como ciclo que no cierra. Círculo perfecto del que ella solo es una pieza. Entonces le llega la muerte de su abuelo Gonzalo. Cuando le avisaron, corrió a su casa y encontró a un hombre ya frío, pero con expresión tranquila. Ahí estaba, recostado en su cama, como si nada hubiera pasado, con un peluche amarillo que la hermana menor de Irene le había regalado, en su mano lacia.

También está el deceso de su otro abuelo, Uriel, cuando Irene vivía en París y, por lo tanto, no pudo abrazar a su padre ni a su abuela Ángela. La de la mejor amiga de su mamá. "Dime que no está muerta, dime que está dormida", murmuraba su madre, sin separase del ataúd y sin dejar de observarla.

¿Qué hacer con las pérdidas? Ya no existe esa casa de Echegaray como la reconfigura en su memoria. No escucha más el silbido de su papá al llegar todos los días. Los cuentos de mamá a la hora de la comida. Los fines de semana juntos, de familia. Las pérdidas no son como los vacíos de la física, que se llenan de otro elemento, son los hoyos negros de la astronomía, pero tangibles y concretos: nadie sabe a dónde van a parar las cosas que ya no están con nosotros, nadie sabe en dónde se mete nuestro pasado. Entonces, ¿cómo rescatarlo? Y ya entrados en tanto cuestionamiento: ¿para qué rescatarlo?

En alguna de sus películas, Woody Allen se pregunta qué es un recuerdo. ¿Algo que uno tiene o algo que uno ha perdido? Irene, al recordar, en el brevísimo espacio que le deja este terremoto, ¿inventa? ¿Cómo funciona la memoria? *Mnemosyne* y *Leteo* puestos en marcha por *Mnemon*, el que recuerda, y *Aletheia*, la verdad. ¿Caben tantos recuerdos en, apenas, unos minutos? Breves en la paz, larguísimos si la tierra se balancea.

Cuando Marcel la remoja en el té (que, por otro lado, es un acto sumamente sensual, ¿han visto la forma de una magdalena?), la memoria de remembranza como interiorización, es decir

267

la *Erinnerung*, entra en acción. Es una memoria no pensante, no intelectualizada. Se despierta con algo, un aroma, un sabor, un sonido. Un clic que tiene el poder de la resurrección. Si un pan con nombre de mujer recobra el pasado, lo inventa y lo anticipa, mucho más una casa entera, materialmente invadida de magdalenas en cada uno de sus rincones.

Trazos de su memoria: es 1966 y las horas pasan lentísimas por la cuna, enseguida está en 1980 y los segundos se ponen en movimiento adolescente, rápido y desequilibrado: los amigos de La Bola tirados sobre el pastizal del Desierto de los Leones, escuchando a Yes. Los hombres fuman marihuana; a Irene nada más le llega el olor. Un aroma que, ahora, la llena de nostalgia. Dos minutos después se ve sentada frente a su madre que la maquilla estilo Punk; va a ir a Danzeterías, en la Zona Rosa, y le gusta entrar disfrazada, escondida tras una suerte de máscara. Más tarde es 1988 y está vestida de blanco, caminando por el pasillo de una iglesia ubicada en un pueblito de Morelos. El tiempo sigue los compases de la marcha nupcial. No hay alfombra roja como siempre imaginó pues el sacerdote, comunista, rechaza los lujos. El templo del siglo XVII empezó a ser restaurado, pero el dinero se acabó y como todo quedó a medias, a dos vírgenes les pasa un cable de luz por la nariz (podrían estornudar en cualquier momento). El padre llega quince minutos tarde, ya que estaba jugando básquetbol. Debajo de la sotana, Irene y su novio alcanzan a ver los tenis gastados y, sobre su frente mestiza, brillan unas gotas de sudor.

El tiempo cambia (la memoria lo vuelve al revés): el hombre con quien se casó ahora es esposo de otra mujer y tiene dos hijos. El vestido blanco, que pasó años encerrado y aburrido dentro de un clóset de Echegaray, terminó subastado en un bazar dominguero. El sacerdote que los unió murió de un infarto un mes después de la boda, jugando futbol con los chavos banda que se negaban a asistir a misa porque no creían en dios. Texas sigue formando parte del territorio de los Estados Unidos y las abuelas de Irene están muertas.

Si tu m´aime...

Si tu m´aime, je m´enfou du monde entier, dice alguien que canta. Entonces —como muchas veces antes—, me doy cuenta del papel protagónico que el amor romántico ha jugado en mi vida. Pero los años ya andan atropellándome, así que no me es tan fácil encontrar a alguien que me ame con ese brillo que otorga el deseo puro, aunque sea por cinco minutos.

Mi hija me toma una fotografía con su celular y la manipula con no sé cuántos programas. ¿Resultado? Me veo joven y guapa todavía. Mi piel no denuncia su edad con manchas. Es tersa, parejita. Decido: quiero ser una fotografía del celular de mi hija. Y quedarme así, para siempre. Sí: deseo ser una foto. Necesito que permanezca en mí el milagro de la tecnología.

Aunque, pensándolo bien, prefiero ser, como bien dice Alessandro Baricco, una mujer que posee "una belleza resplandeciente y una inteligencia impredecible, pero lo que la hacía peligrosa era algo más intangible y desconocido: era libre...".

¿Soy libre? No estoy segura. Pero así me siento. Lo real no importa. Lo único que cuenta, ahora, son las letras que se van escribiendo, casi solas, en estas cuartillas. ¿O lo que aquí narro será, en realidad, un rompecabezas para los voyeristas del alma?

No creo en el destino y si consulto los horóscopos de vez en cuando, es para elegir el que más me convenga. Los leo todos y, de acuerdo a sus pronósticos, decido que ese día, o ese mes, seré Piscis, Aries o Virgo. Es decir, si la fortuna no viene a mí, yo voy hacia ella. O, mejor dicho, me la invento, que para eso nací con imaginación.

También me da por revisar los avisos funerarios que publican los periódicos. Y no porque me interese saber quién murió, sino porque desde hace años presiento que dejaré este mundo a una edad que resultará del promedio del segundo muerto de la lista de cada día. ¡No saben cuánto me alegro al ver que fulanito de tal falleció a los noventa y tres y cómo me asusta que menganita de no sé qué apellido extraño haya muerto sin siquiera haber cumplido cuarenta!

A mi mente le da por irse de farra a laberintos extraños, tanto, que ya olvidé el tema de este capítulo: el enamoramiento, del que soy asidua exploradora, y la vejez que, con varios tiros certeros, me lo aleja, me lo aleja, me lo aleja...

No creo que lo mío sea un padecimiento raro; puedo apostar que al noventa por ciento de los seres humanos les hace bien sentirse enamorados.

Y aquí no caben las metáforas sino la química humana agradecida con la cantidad enorme de dopamina, oxitocina y serotonina que la miel amorosa nos hace segregar. ¿Quién le dice no a la energía, excitación y optimismo permanentes? Por si fuera poco, la seguridad y confianza en nosotros mismos crece, se expande como globo. Además de sentirnos mejor, lucimos mejor. Nos vemos en el espejo con los ojos del "otro" y decidimos lo que nunca antes: ponernos a dieta y hacer ejercicio, todo el que se pueda para conseguir los músculos que hemos tenido escondidos durante tanto tiempo. Hasta compramos ropa nueva y vamos al salón de belleza con mayor frecuencia.

Cuatro días después de haber cumplido cincuenta y dos, el tiempo me atacó con una ferocidad injustificable y ya no me enamoro más que de Sebastian Koch, Sam Heughan o algún otro actor guapísimo. Sí, ha llegado el momento de reconocer que desde que vivo con el padre de mi hija, solo me enamoro cuando voy al cine o veo series de televisión. Si han escuchado hablar de las neuronas espejo y de la famosa *catharsis* de Aristóteles y su *Poética*, sabrán que la sensación, aunque pasajera, es *casi* la misma. Ver una película de amor y sentirnos profundamente enamoradas del protagonista, nos hace secretar endorfinas.

La vejez es implacable. ¡Todavía no estás vieja!, afirman quienes me conocen. Todavía no...

pero ciertos rasgos de la decrepitud me atacan poco a poco, disfrazándose los muy hipócritas. Saben esconderse salvo cuando estoy desnuda y desmaquillada frente al espejo... o al bajar y subir escaleras.

Decrepitud como sinónimo de declive, caducidad, decadencia. ¡Auch! Como sinónimo de que cada día estará más difícil volverme a enamorar. ¡Doble auch!

La última vez

Su esposo estuvo a dos centímetros de quedar
parapléjico y usted, a un centímetro de quedarse
viuda, me dijo en inglés el médico cuyo nombre
no pude aprenderme. *Can you tell me your name
again, please, doctor?*, le pregunté por tercera ocasión. Me sonaba a algo así como Cozy, pero nunca logré entenderle. Viuda. Viuda. Viuda. La
palabra me acosa. Enviudar es quedarse sin esposo, sin pareja, de un momento al otro.

¿Cuándo fue la última vez que le dije "Te
amo"?, pienso, al verlo tendido en la camilla de
la ambulancia que nos conduce de la pequeña
clínica de urgencias, al hospital especializado en
traumatología. El sonido de la sirena casi me lleva
a un estado hipnótico y de pronto siento que no
soy yo la que está adentro de una ambulancia,
tranquilizando a su marido. Parece escena de una
de las tantas series sobre hospitales y accidentes.

Todavía es de madrugada cuando llegamos al
enorme edificio en la ciudad de San Diego. Por
fuera, luce idéntico a los que salen en los programas de televisión norteamericanos: moderno, bien
mantenido, con ventanales de cristal perfecta-
mente iluminados, como si la energía eléctrica

fuera gratuita. Por dentro, es devastador. Tal vez porque son las tres de la mañana y el lugar parece abandonado, en una suerte de escena apocalíptica en la que todos los personajes desaparecieron de pronto, atraídos por una fuerza desconocida.

La pequeña sala de espera de urgencias está sucia: debajo de las sillas demasiado usadas hay restos de comida y una pequeña botella de alguna bebida alcohólica, vacía. Una mujer delgada, mal vestida, de raza negra, dormita en una esquina, abrazando su bolsa. De vez en cuando abre los párpados y me mira. Yo le sonreí las dos primeras veces que me supe observada, pero ante la falta de respuesta, prefiero evitar sus ojos.

Han transcurrido siete horas desde que sucedió el accidente y apenas me avisan que al herido —a quien ya le han hecho todas las pruebas necesarias— por fin le han asignado una habitación: la 535. Subo al quinto piso y lo encuentro compartiendo espacio con otro enfermo y con una cama vacía, aparentemente tranquila, que espera acoger a un nuevo ocupante. Huele a líquidos desinfectantes y también hay un ligero tufo a desamparo. Una enfermera delgadita y de ojos rasgados, que me ve parada sin adivinar en dónde colocar mis nalgas, se compadece y me trae una silla. Es de metal y está un poco dura, pero fue la única que encontré disponible, dice, a manera de disculpa.

En esa silla paso las siguientes horas, sin nada que leer, sin haberme bañado, con la misma ropa que usé ayer, un poco hambrienta y sin la menor oportunidad de dormitar siquiera un rato.

—¿Cuándo fue la última vez que te dije que te quiero? —le pregunto a mi esposo en cuanto abre los ojos.

—La verdad, me lo dices todo el tiempo. Ahora, ahí sentada sin decir nada, me lo estás diciendo. No has dormido ni un segundo. ¿No estás agotada?

Pensándolo bien, no, no estoy cansada. La descarga de adrenalina me ha durado ya mucho tiempo. Tampoco estoy aburrida. Ni siquiera incómoda. Parece que el mundo se quedó en un *stand-by* desde el momento en que escuché el ruido de los huesos, músculos y otros tejidos de su cuerpo, caer por las escaleras, golpeándose una y otra vez; coqueteándole, en un peligroso juego de seducción, a la muerte.

El herido vuelve a cerrar los ojos. Una enfermera, esta vez con varios kilos de más y de pelo muy claro amarrado en una larga cola de caballo, entra. Se dirige hacia la cama del otro enfermo para tomarle sus signos vitales y murmurarle un disculpe usted que lo despierte, *mister* Boyer. Antes de irse, le da sus medicamentos de las seis de la mañana y sale sin volver la vista.

¿Cuándo fue la última vez que fuimos a París, juntos? Recuerdo bien nuestro más reciente viaje a esa ciudad que a ambos nos fascina, pero jamás pensé que pudiera ser la última. No será la última, no será la última, me repito.

En mi mente busco escenas de gozo compartido. ¡Hay tantas! Y entonces, me invade el miedo. Me golpea la certeza de que ese hombre tendido frente a mí es falible, mortal. El terror me saca de ese colchón mullido y seguro que desde hace muchos años (casi veintiséis) me ha abrigado. Yo quiero cuidarte siempre; yo nací para protegerte, me repite casi desde el día en que nos encontramos por primera vez en la cabina de una estación de radio.

Recuerdo tantos pasajes de historias en común: la primera vez que viajamos a Acapulco, en carretera, y su viejo coche nos dejó tirados en el trayecto de ida... y en el de regreso. El día en que un milagro nos obsequió el reencuentro, después de mi "ataque de asfixia", para no volver a separarnos. La tarde en que hicimos el amor en un coche rentado, en medio de un viñedo, y una señora, tal vez la dueña de las uvas que pronto se convertirían en vino, al vernos, vociferó quién sabe cuántas maldiciones (tal vez por envidia). Los largos recorridos en carretera, sin un itinerario definido.

Comidas en nuestros restaurantes favoritos en los que siempre ordenamos los mismos platillos, brindis con el whisky de nuestra preferencia (yo, con muchos hielos y agua mineral; él, derecho, con solo una roca); interminables discusiones de política, economía e historia; vuelos cruzando el Atlántico; barcos surcando el Mar Egeo, ir al cine en domingo para ver dos películas y, después, comentar la verosimilitud de la trama o de los personajes; novelas simultáneas; desacuerdos por mi violencia verbal (que lucho por controlar) y por su desmedida distracción; reconciliaciones dentro y fuera de la cama; trazar planes; la casa que hace tantos años rentamos en Tepoztlán. Observar viejas fotografías y añorar a esa niña que algún día tuvo cinco, ocho, diez años y que ahora comienza a manejar su propio coche y a planear el resto de su vida.

¿Cuándo fue la última vez que brindamos con negronis? ¿Cuándo, la última que recorrimos un museo o asistimos a la ópera? ¿Cuándo, la última en que pisamos la nieve y dejamos huellas juguetonas? ¿Cuándo, la última en que me envió, con la excusa más inverosímil, cinco docenas de rosas rojas?

No es fácil saberlo: no es fácil adivinar en qué momento estamos transitando por esa "última vez". Y en este hospital, con enfermeras, médicos, trabajadoras sociales y nutriólogas que no cesan de entrar para atender a mi herido o su solitario vecino, víctima de tres balazos, me resisto a aceptar que ya estamos acercándonos al día en que comenzaremos a vivir la última vez de cada cosa: de unas caricias, de un baño tibio por las noches, de compartir una botella de vino tinto, conversar en la sala del apartamento y observar, a través de nuestras grandes ventanas, las luces de la infinita ciudad en la que nos conocimos.

De un tierno beso de despedida mientras ambos pronunciamos un mentiroso: "Nos vemos al rato".

París

Estoy frente al mar Caribe. Siempre he pensado que el océano es dulce y hermoso, pero también puede ser cruel. Sopla un viento demasiado frío para un lugar que debería ser tropical. Me cubro con una toalla: espalda y piernas. Nada de este paisaje de breves olas que van y vienen, incansables, me recuerda a París. Y, sin embargo, algunas escenas de esa ciudad hoy se entrometen en mi pensar. Dejo que fluyan, que interrumpan la música cubana que aromatiza el ambiente: *Ay, mamá, ¿qué pasó? (...) agarró candela. Se quedó dormida y no apagó la vela...*

En París, Alessandra vive a dieta, imitando a Andrés Roemer (personaje al que he decidido no cambiarle el nombre), quien solo toma café para mantenerse delgado. No prueba otro alimento. Además, como ya he dicho, no tenemos dinero. Pero hoy decidimos comprarnos un pequeño lujo. Ahorramos durante dos semanas y nos dirigimos a una cafetería elegante de Champs Elysées, con la que coqueteamos en nuestros paseos por esta ciudad. Pedimos una orden de profiteroles con crema pastelera, helados y mucho jarabe de chocolate. Como llevamos varios días sin comer casi nada, no podemos terminarnos el enorme postre que, además, cuesta demasiados francos. Decidimos llevárnoslo, así que meto una larga y profunda copa de cristal en mi bolsa. Y así, con los profiteroles y el helado escondidos y protegidos, nos metemos al metro. No hay asientos disponibles, entonces, de pie, nos recargamos en una ventana. Hago malabares en cada parada para que no se caiga el postre... y creo triunfar hasta que la señora sentada junto a mí comienza a gritarme y pegarme con su paraguas. *Ma jupe, ma nouvelle jupe!*, repite, encolerizada, y sigue golpeándome. Alessandra no aguanta la risa y suelta sus inconfundibles carcajadas (las que la han hecho famosa en la radio y la televisión) al ver la falda aperlada, antes impecable, cual pintura de Pollock. Trazos de helado de fresa, pinceladas de chocolate y toques de vainilla, en goteos armónicos, han escurrido desde mi bolsa. Nos bajamos corriendo en la siguiente estación y sobre el andén nos reímos mucho tiempo. Nos seguimos riendo, más de treinta y seis años después, cuando nos acordamos.

También gracias a Alessandra pensé convertirme en empresaria: inaugurar un negocio de *escorts* de calidad. ¡Sería millonaria! Y tal vez jamás me hubiera dedicado a escribir, para el beneficio de ustedes. Les cuento: con eso de que no teníamos lana y vivíamos con un presupuesto muy restringido, un día Ale y yo decidimos ir a un hotel de lujo, solo a "estar" (no nos alcanzaba ni para pagar un café, menos para tomar una copa). No recuerdo cuál elegimos, pero se notaba que era carísimo: mármoles en paredes y pisos, madera estofada en dorados, cortinajes de terciopelo, forros rojos en los muebles estilo Luis XVI, aroma a perfumes de lujo. Simplemente nos sentamos en el lobby a ver pasar gente rica, que llegaba en limusinas desde el aeropuerto y pasaba frente a nosotros con baúles Louis Vuitton en lugar de maletas. De pronto, un hombre con aspecto árabe se sentó frente a nosotras. Sin media palabra de cortesía, nos dijo que quería contratar a Alessandra (cuyos orígenes son sirios y tiene unos enormes ojos negros, insondables y traviesos) como "acompañante de príncipes de Arabia Saudita que vienen a hacer negocios". Ale no hablaba buen francés en esa época, así que yo traducía la oferta: mucho dinero de por medio, cuatro mil francos de adelanto para que pudiese comprar ropa adecuada y muchos más billetes (que nos mostró, levantándose el pantalón, para dejar a la vista bastante dinero enrollado dentro de su calceta). No había necesidad de ningún tipo de "favores sexuales" a menos que Alessandra estuviera dispuesta, pero *pas forcement*... Nos dio unos minutos para pensarlo. Y yo, evidentemente, me emocioné con la oferta. Ver tanto dinero junto, en una época en que apenas nos alcanzaba para pagar la renta de un cuartucho, fue demasiada tentación. Y Ale, aventurera e irresponsable desde que la conozco, también se entusiasmó. Así que planeamos una estrategia: compraríamos ropa, maquillaje, zapatos. Luciría exótica y hermosa. Llegaría a los restaurantes carísimos en Mercedes Benz o en un Rolls Royce dorado. Brindaría con su príncipe árabe, recibiría mucho dinero (tal vez hasta joyas) y, antes del postre, iría al baño. En esa época, junto a los sanitarios siempre había una cabina telefónica, así que me llamaría a la pensión en la que yo vivía para avisarme en qué lugar se encontraba. Enseguida, iría yo a buscarla en taxi... para salir huyendo en un rescate digno de película de acción. Tal vez, propuse, mejor llego para darte "una mala noticia" y, de esa manera lloras, te disculpas y nos vamos. No hay que levantar sospechas; no queremos hacerlos enojar.

La única neurona inteligente que teníamos en esa época (mis diecisiete años, sus diecinueve) nos hizo negarnos, al mismo tiempo y sin ponernos de acuerdo, cuando regresó el árabe por una respuesta. *C'est domage*, nos dijo, observando a Ale de arriba a abajo.

Sigo pensando que perdimos una oportunidad dorada.

Fisura

Mi curiosidad es demasiada, así que después de obligar a mi llanto a quedarse en pausa, camino hacia la puerta de la entrada. Al abrirla, hay pedazos de cemento y escombros. Una enorme viga de fierro convulsionada. La oscuridad no deja observar detalles o tal vez también me esté quedando un poco ciega, a fuerza de no querer ver. Cierro los ojos, los aprieto muy fuerte. Un intento de grito se queda atorado en mi garganta. Cierro la puerta y regreso, corriendo, a la habitación. Ahí está él, en la cama. Otra vez desnudo. Esperándome. Fingiendo estar en control.

—Ven —me ordena, dándole unas palmadas al colchón—. Desvístete. No te sirve de nada dejarte la ropa puesta.

—Me siento protegida...

—Anda, quítate esos trapos que de nada te sirven y ven. Abracémonos un rato. Necesito tus besos...

Estoy a punto de sugerirle que pidamos auxilio por el celular, entonces recuerdo que la telefonía móvil se cayó en cuanto terminó de temblar. Podríamos gritar desde la ventana; todavía hay vecinos en el parque de enfrente. Aun aterrorizados, podrían ayudarnos o pedir apoyo. Pero esa culpa que no me deja, aparece nuevamente y, al oído, me susurra un mandato: no quieras salvarte ahora. Cuando pudiste salvarlo a él, te quedaste con los brazos cruzados.

Antes

La vida es corta,
el arte es largo.
HIPÓCRATES

Irene está en la cocina cortando ejotes y sacando chícharos de su capullo protector para la comida de mañana. Es como meditar: realizar un trabajo automático detiene el tiempo y le deja un lugar a la reflexión libre, al contrario de lo que pasa al trabajar en una oficina, sentarse frente a la televisión o leer. Por la ventana, ve la Ciudad de México, húmeda de chipi chipi: una gran urbe perdida a sus pies.

¿Hace cuánto tiempo que esta mujer no entraba a la cocina? Cuando todavía pensaba que una de sus obligaciones, al casarse por segunda vez, era ser buena cocinera, tomó clases de alta gastronomía y hasta intentó hacer pasta, desde cero. Solo logró acabar enharinada y perder la paciencia. En otra ocasión, intentó preparar un panqué de elote; el favorito de su esposo. Para comenzar, se cortó el dedo al abrir la lata de leche condensada, así que la masa adquirió un profundo tono rosado que decidió ignorar. Después, con recetario al lado e instrucciones precisas, metió la charola al horno "de 40 a 50 minutos a 180 grados". Lo dejó dos horas y media y si sacó la tarta fue porque ya era medianoche y no quería dormirse con el horno encendido. ¿Resultado? Salió cruda. ¿Cruda después de tanto tiempo en el horno? ¡Pues sí! El tiempo a veces le juega malas pasadas y se acorta o se estira tanto que hasta altera el proceso de cocimiento de los alimentos que prepara. Ahora, Irene solo entra a la cocina para buscar galletas, queso y un vaso de whisky con hielos.

Eso del tiempo estirable o comprimible le recuerda lo que sucede en los viajes o en las ausencias prolongadas. Por ejemplo, cuando la operaron (una miomectomía), dejó el trabajo durante tres semanas. Semanas tan largas —literalmente se estiraron al máximo— que al poco rato ya no pensaba en la revista en la que trabajaba en esa época, en los nuevos proyectos ni en el periódico que planeaban editar a partir de enero. Pero el lunes que regresó, caluroso y con bruma, y se sentó en la misma silla en la que se había sentado desde que fue contratada, dos años antes, y vio el monótono paisaje oficial, a la misma gente, iguales rutinas, parecía que no hubieran pasado tantos días. Como si exactamente unas horas antes hubiese estado en ese lugar, enfrascada en las actividades diarias, sin pausas quirúrgicas obligadas. Como si alguien hubiera borrado tres semanas de su calendario.

El tiempo pasa. Ahí va tan tranquilo, aparentando no saber que existen varias situaciones que lo vuelven al revés: un desengaño amoroso, las estancias hospitalarias, la ausencia de los seres queridos, cortar ejotes en la cocina.

Las leyes del eterno retorno y de la eterna transformación se balancean de un lado al otro del tiempo deconstruido. Cuando Irene escribe, se siente iluminada por una llama viva que contiene al mundo estructurado en números pitagóricos, números serpiente, números Hidra. Que contiene todas las posibilidades y que ignora esa sentencia terrible de Nietzsche: "El eterno significa que cada vez que usted opta por algo, lo hace para toda la eternidad". No quiere que sea cierto. Desea tener a la mano cualquier posibilidad, sin importar qué decisión haya tomado. Por eso escribe y cree en el poder de las Letras, en su mundo permisivo. Porque es el único lugar en que puede ser y no ser al mismo tiempo. En el que cualquier posibilidad encuentra una puerta abierta.

Iri lee otra frase de Nietzsche: "El arte entendido como la voluntad de superar el devenir, como eternizar, pero de corto alcance". Al escribir, no busca eternizarse. Para eso está su hija Maryam: que ella decida si quiere guardarla en la memoria o borrarla por completo. A la narradora no le gustaría vivir para siempre, lo tiene muy claro. De hecho, en las notas de su celular trae la receta perfecta (es decir, no dolorosa ni violenta) para suicidarse el día que sea necesario. Irene es de las personas que esperan que el día de su muerte todo se acabe. Es un acto de fe necesario. Ni energía que se transforma, ni fantasma que se desliza por el hogar que alguna vez habitó, ni otra vida. Por favor, ruega, que el tiempo no lo permita. Que la salve del "para siempre". De ahí su interés por la escritura como ejercicio cotidiano: sirve para deshacer conjuros y "eternizar" de corto alcance, es decir, eternizar nada más un poquito.

Desapariciones

Inmutable, a pesar de cualquier acontecimiento atroz,
el mundo siempre sigue su curso.
Dios es mustio y nada lo conmueve.
Pasado un tiempo corto, nadie se conmueve.

ADRIANA ABDÓ

Hora de muerte: 13:38
Causa: Fibrilación ventricular, infarto agudo al miocardio, cardiopatía isquémica
Nombre de los padres: Aristide Antaki y Rosine Akel.

Eso se asienta en el acta de defunción de una mujer que llegó desde Siria en 1975, gracias a un globo terráqueo juguetón, y se quedó, hasta su muerte, en México. Otro vacío en la colección de mis ausencias, que han ido acumulándose. Otro nombre en mi necrópolis particular, que llevo cargando bien adentro. Otro nombre en el cajón donde archivo a mis muertos.

Mi abuela Ángela, cuando vivía en una residencia para adultos mayores, me decía que lo peor de la vejez es ver cómo tus personas queridas y cercanas van desapareciendo, una tras otra, en un fenómeno que no sabe detenerse y que provoca una inmensa soledad.

En el acta administrativa y gélida no aparece el nombre del hijo de Ikram. Sin embargo, varias veces me dijo que él era lo único que la mantenía viva. Si algo le agradezco es haberme contagiado su amor al conocimiento. Cada día quería saber más y más y más. Por eso se despertaba a las cuatro de la mañana y se sentaba, durante unas cinco horas, a leer. Dedicaba parte del día a escribir y pensar (actividad que siempre se nos olvida). Después se subía a su viejo Tsuru y manejando como acostumbraba, muy despacio y pegada al volante, iba a alguno de los programas de radio o televisión donde colaboraba, o a impartir conferencias. Además, era consejera de políticos. Un día, muy indignada, me avisó que acababa de renunciar como asesora de un altísimo funcionario público, pues no entendía por qué no le hacía caso a *todo* lo que le recomendaba (en lugar de consejos, daba órdenes).

—¿Qué títulos estás escogiendo? —me pregunta.

Después de nuestra comida en este restaurante-librería, decidimos comprar libros. Ella trae un colorido vestido de manta, oaxaqueño, debajo de sus ojos verdes, muy abiertos.

—Algunas novelas de autores contemporáneos; tengo curiosidad por saber qué se está escribiendo ahora —le respondo a Ikram, mientras ella revisa las portadas. De pronto, así, sin ningún tipo de aviso, avienta los ejemplares hacia la mesa de novedades y sentencia:

—¡Ya no leas pendejadas! Hay tanto por leer que sí vale la pena, y tú perdiendo el tiempo con esto. Ven, te voy a decir lo que debes comprar —exclama, desesperada.

Uno de los empleados la ha reconocido y se acerca para que le dedique su más reciente libro de ensayos. Ella, amable, pero sin asomo de una sonrisa, estampa su nombre y me guía hacia la zona de los filósofos franceses: Luc Ferry, Alan Minc, Jean Bottéro.

Cuando Ikram llegó a México, esta ciudad le cobró el atrevimiento de haber sido el destino elegido pues le robaron lo único que traía: las joyas de Antioquía, heredadas de su madre. Era doctora en antropología y, con esas credenciales, se dedicó a buscar empleo. Trabajaba tanto para ganar unos pesos, que ella misma decía: "parezco puta de puerto. Si arriba un barco hay que chambear mucho, pues jamás sabes cuándo llegará el siguiente". Tenía ojos verdes, enormes y expresivos, que la ayudaron a conseguir algunos francos extras durante sus estudios en París, pues posó como modelo para un anuncio de delineadores de kohl y hasta para una campaña de sostenes.

Era solitaria. Prefería vivir en el mundo de las ideas a salir a eventos sociales. Sabía que la única vía para trascender era el conocimiento. Tenía pocos amigos y le gustaba recibirnos en su casa. Cocinaba más o menos bien (he de decirlo, aunque Maruan, su hijo, insiste en que cocinaba fatal) y, al final, servía café árabe que preparaba en su *finjan* de cobre. El café sí le quedaba delicioso.

Siempre tenía un pañuelo desechable en la mano, para paliar su ansiedad. Amaba los chocolates de naranja de Arnoldi y su mayor lujo era la comida china del restaurante Hunan, acompañada de un vaso de agua; nunca la vi tomando alcohol. Escribía a mano y editaba cortando las hojas de papel con unas tijeras y pegando las tiritas en otra página, en el orden adecuado. Un día Maruan la convenció de trabajar en computadora, pero cuando comenzaba a aprender a usarla, se metieron a su casa y se la robaron (entre otras cosas).

Pensadora apasionada de la conciencia humana, la cultivaba y buscaba que sus seguidores (muchísimos) la cultivaran también. Quería sacudir a la gente, hacerla reaccionar. Fue muy generosa compartiendo su sabiduría y demostraba, en su manera de ser, que era una mujer recta y que vivía de acuerdo a su pensamiento. Sus discusiones al aire, con José Gutiérrez Vivó, el conductor del noticiero de radio más escuchado en ese momento, se volvieron épicas. A veces yo tenía que mediar en sus pleitos para lograr una pronta reconciliación.

—¿Qué opinas de las declaraciones de Bush de anoche? —me cuestiona en cuanto llego a su casa y traspaso la puerta de la cocina que es, en realidad, la puerta del hogar que comparten ella y su hijo. Mientras me hace una pregunta tras otra y me orilla a sentirme en un examen final de ciencias políticas o relaciones internacionales, revuelve un extraño guisado y le baja al fuego—. No quiero que se me queme este *baba ganoush* —explica—. ¿Qué opinas? —y yo contesto lo primero que se me ocurre porque ya sé que, diga lo que diga, ella va a concluir—: ¡Eres una pendeja!

—Pues sí, Ikram, aceptemos que soy una pendeja. Entonces, ¿por qué cada vez que nos vemos me haces preguntas?

—Porque disfruto retarte y ponerte a pensar —responde, con una mueca que pretende disfrazarse de sonrisa—. Anda, no se hable más, ya está lista la comida. Vamos a la mesa. ¡Ah! Trae los pepinos rellenos que están ahí, junto al microondas. Casi los olvido.

Después de comer, me muestra lo más nuevo de sus colecciones: de conchas marinas, de telas y de objetos vetustos que compra en mercados de artesanías y antigüedades en esta ciudad, en París o en Siria. Me enseña cada pieza y me explica:

—Me gustan las cosas buenas, no de bondad sino de calidad. Busco todo aquello que tenga un valor histórico.

Si bien su relación de pareja había sido terrible, insistía en que debía casarme; aunque, a pesar de ser una gran pensadora, nunca me pudo dar razones inteligentes para hacerlo.

¿Presintió su muerte? Al parecer, sí, pues poco tiempo antes del infarto hizo su testamento y me eligió como albacea. También escogió una morada de piedra gris y reja negra en el panteón francés de San Joaquín. Para hacerla más cálida, me pidió que la llevara a Coyoacán a comprar mosaicos de talavera que usaría en su decoración: eligió unos blancos y azules. En su libro *A la vuelta del Milenio*, plasma: "Si alguien se siente envejecer, piensa en hacer su testamento y el recuento de su vida (...) Ustedes y yo estamos destinados a morir".

A veces, Ikram era como una niña; necesitaba protección, guía. Consejos terrenales y cotidianos. En el fondo, era frágil, y no olvidaba sus orígenes ni su pasado, las raíces que la ataban a su tierra. Muchas veces me contó de cuando nada tenía. Si le alcanzaba para comprar un solo bistec, se lo cedía a su hijo, arguyendo que ella no tenía hambre.

"Debemos aceptar enfrentarnos con un mundo duro, imprevisible y quizás, absurdo", escribió en alguno de los veinticinco libros que publicó. Así son las ausencias. Las desapariciones. Dolorosas. Más aún cuando la muerte llega a temprana edad, en su caso, antes de los cincuenta y tres años.

Las muertes violentas son ásperas, imprevisibles y absurdas a cualquier edad. Asesinan a diez mujeres en México cada día. Imposible seguir respirando y escribiendo sin tomar esa horrorosa cifra en cuenta. Docenas de personas (hombres, mujeres, niños) desaparecen cada año. ¿Cuántos familiares se dedican, casi de tiempo completo, a buscarlos? Un hueso, aunque sea solo un hueso para poder enterrarlo, dejar la esperanza descansando y hacerse a la idea de que jamás volverán a abrazarlo. Las noticias diarias duelen. Conmueven. Nos sumen en una impotencia que nos convierte en meros observadores de los delitos. En espectadores del horror. ¿Hay algo que podamos hacer?

"... el final de los tiempos ya ha ocurrido muchas veces. Somos unos sobrevivientes rescatados", dejó escrito Ikram Antaki. ¿Qué hubiera dicho de lo que sucedió (y sucede) en Siria, su querido país de origen? ¡Cuánto dolor se ahorró! ¿Qué opinaría de la terrible y exagerada violencia del país que la adoptó? ¿De qué manera manifestaría su dolorosa indignación? Me hace falta su voz. Su lucidez. Sus regaños. Su llamado a reaccionar, a poner a funcionar mi cerebro que, cada vez con mayor frecuencia, no sabe hacia dónde dirigir su energía y sus esfuerzos.

Mi geografía

Siempre estamos en algún lugar
y ese lugar siempre está en nosotros.
SIRI HUSTVEDT

Tengo una doble geografía, la de mi cuerpo, que se expresa sola (un hecho lamentable), y la de los lugares por los que he pasado y han dejado una impronta en mi historia.

De mi cuerpo he hablado de más. Basta decir que es una geografía que se transforma mes a mes. Estos cambios se han acelerado desde que cumplí, digamos, cincuenta y dos años. Con frecuencia, al mirarme al espejo o verme en fotografías, encuentro alguna arruga más, la piel del rostro adelgazada o mis cachetes que se expanden y expanden. ¡La novedad de la temporada!: desde hace un mes despierto con bolsas debajo de los ojos y el párpado izquierdo comienza a caer. Debo, entonces, aceptar a mi nueva "yo" a cada rato. O pedir recomendaciones de dermatólogos, nutriólogos y demás "ólogos" que puedan rescatar mi imagen. Hasta ahora, he recopilado una decena de teléfonos, pero no me he atrevido a hacer la llamada.

Los cambios también se reflejan en mis rodillas, pues cada cierto tiempo se quejan, rechinando y llamando mi atención mediante una eficaz arma que el cuerpo posee: el dolor. O en mi falta de aliento al subir una escalera. ¿La solución? Poner en mi lista de propósitos de Año Nuevo, año con año, en eso sí soy tenaz (en escribir mi lista): "Ejercitarme y comenzar una dieta, comer sano...".

Sobre la cama —lugar natural para que las hondonadas de los cuerpos se expresen—, el fallo es mayúsculo: los kilos de más y la piel imperfecta me inhiben. Requiero sábanas que me cubran, luz apagada, cero acrobacias... También la humedad, esa que con tanta facilidad se mostraba, orgullosa, ahora es casi nula. Sí, mi cuerpo de mujer madura vive con la nostalgia de lo perdido: de esos paisajes frescos y desinhibidos que exhibía en mi juventud.

Pero la geografía que más me importa es la de afuera. Mirar, por ejemplo, el Ajusco en el atardecer o los volcanes al amanecer, significa algo. Hay tantos lugares en la Ciudad de México que impulsan algún recuerdo preciso: el parque de Polanco al que llevábamos a Maryam cada fin de semana, a subirse una y otra vez a columpios y resbaladillas. Ciertos restaurantes, calles, paisajes. (Hay paisajes que duelen, ¿sabían? Por ejemplo, el recorrido desde la calle de Palenque, donde vivía Armando, hasta la de La Morena, donde decidió colgarse).

El departamento de la abuela de mi exmarido en Acapulco y el de mi suegra en el mismo puerto, provocan emociones completamente diferentes. En el primero comenzaba una vida de pareja. El segundo, en cambio, es un total reflejo de mi maternidad.

Tengo, al menos, dos Valles de Bravo... y son muy distintos. Tres Parises. Cuatro Nueva Yorks. Dos Tailandias. Decenas de Ciudades de México. Restaurantes a los que, aunque ya no sirvan buena comida o el servicio sea pésimo, no puedo dejar de ir o me siento, en cierta manera, huérfana de una parte de lo transcurrido. El Sep´s o La Lanterna, por ejemplo: ahí me reunía con mi padre una vez a la semana, pues nuestros trabajos quedaban muy cerca. O una fonda de pollos rostizados, quesadillas y enmoladas, a cinco cuadras de la casa de Echegaray donde, en mi infancia, comíamos delicioso y a un precio muy decente, cada domingo. Avenidas por las que me gusta caminar, lento, reconociendo sus casas, sus árboles, cada esquina. Calles que hablan de experiencias vitales: Boulevard Montparnasse (mi pensión parisina), La Presa (mi chamba con Gutiérrez Vivó), Monte Chimborazo (el departamento en el que viví con mi primer marido), Virgilio (el refugio necesario después del divorcio)...

Hay eventos decisivos: son los encargados de poner un filtro permanente sobre nuestros ojos. Desde de que nació mi hija, veo la geografía de otra manera. Ya no podría contemplar de otra forma, más que con ella a mi lado, el cielo infinito del desierto de Marruecos, el mercado navideño de Columbus Circle, los platillos de Joël Robuchon o las montañas nevadas de Vail. Cuando Maryam apenas entraba a la adolescencia, la invité a Nueva York. Fuimos las dos solas y una mañana le ofrecí que eligiera hacer lo que le viniera en gana: decidió ir a Central Park a leer. Escogimos una pequeña colina con el pasto recién cortado y nos sentamos bajo la sombra de un árbol bastante frondoso. Muy cerca, veíamos un lago con algunos patos que se zambullían de tiempo en tiempo. Yo me acosté boca abajo y ella, boca arriba, recargó su cabeza en esa curva que se hace entre las nalgas y la espalda. A veces interrumpía mi lectura para leerme, en voz alta, alguna frase de su libro o para pedir mi pluma; es igual que yo: no puede leer sin un lápiz al lado para subrayar las frases que le impactan.

La maternidad es el acontecimiento definitivo, el que más ha transformado y completado mi geografía. Si no fuera atea diría, aún con la certeza de caer en el más común de los lugares (en la chatarra de la literatura), que es la mejor experiencia. La razón perfecta para haber nacido y para seguir, hoy por hoy y hasta que dure mi geografía corporal, caminando por este mundo. Trastocándome y, al mismo tiempo, modificando los lugares por los que voy pasando.

Cada ser humano tiene su propia geografía. La construimos paso a paso, sin apenas darnos cuenta. Cita a cita. Mirada a mirada. Deseo a deseo. Neurona a neurona. Destino a destino. Es única; como nuestra voz, nuestras huellas digitales o las líneas de las manos. Habla más de nosotros que todo lo que podríamos confesarle, en mil sesiones, a un psiquiatra.

¿Lo mejor de todo? Es mágica. Y solo necesitamos de algunos minutos de silencio, con nosotros mismos, para escucharla.

Orígenes

Luciano De Alva Zivy (63), aus Mexico City. Die Vorfahren meiner Mutter Ángela *Zivy stammen aus Durmenach im Elsass. Dieses Treffen ist für mich sher interessant. Wir haben unsere Wurzeln verloren. Hier treffe ich...* y sigue, en un idioma que no entiendo, la pequeña nota bajo la fotografía de mi padre, publicada por el Badische Zetitung de la ciudad de Mülleheim un Freitag, 6 de mayo del 2005.

Me entero, entonces, que mi tatarabuelo, el padre de Lucien Zivy, se llamaba David Zivy, nacido en Durmenach en 1842. Ese hombre a quien evidentemente yo no conocí, se casó en Basilea con Jeanne Schwob, en 1877. La historia familiar viene desde el primer Zivi (Züffin) conocido, llamado Paul, pues es mencionado en un asunto de la Corte, en enero 14 del 1727, junto a la cifra de sus *assets*: 2,300 florines. Paul terminó viviendo y muriendo en Müllheim, ya que era la única ciudad de la zona en la que se permitía que se asentaran los judíos.

La primera hija de Paul se llamaba Mariam (Mirjam bat Rafael). ¡Mariam!, como mi propia hija, pero con i latina. ¡Y yo, sin saberlo! Mariam murió en 1804 y fue enterrada en Sulzburg. Su marido se llamaba Mencke Bloch. ¿Acaso los nombres propios también forman parte de nuestra genética y se heredan sin darnos cuenta?

Gran parte de los Zivys o Zivis se reunieron, mi padre incluido, en el hotel Stadhaus de la ciudad de Müllheim, en el año 2013. Alemanes, franceses, australianos, estadounidenses, suizos y un mexicano. Todos llevaron fotografías de sus antepasados, en blanco y negro o en las distintas tonalidades que los sepias permiten. La reunión de tres días incluyó un paseo al cementerio judío, a la ciudad de Sulzburg y a la "Casa azul", una vieja vivienda comunitaria judía. En comidas y cenas, y en el idioma que mejor les acomodaba, compartieron anécdotas lejanas y, con paciencia, anotaron nombres, datos varios y fechas de nacimiento de sus descendientes. Así, mi hija ya ocupa un espacio en el esquema de los sucesores de los Zivi, junto con su fecha de nacimiento.

Abro el fólder rosa que he marcado con un grueso plumón negro como "Historia familiar" y observo recortes de periódicos, páginas de Excel con árboles genealógicos, y diversas fotografías de abuelos, bisabuelos y tatarabuelos. Me pregunto, entonces, cómo me afecta el correr de los genes por mi sangre. Cuál es el peso de la historia que mi abuela Ángela, diestra mecanógrafa, redactó y me legó, en tres docenas de hojas blancas, con una máquina de escribir cuya letra e dejaba manchas.

Ángela sufrió muchas desilusiones cuando niña. La primera, y quizá la más dolorosa: el día en que una de sus compañeras llegó a la escuela primaria con una muñeca. Estaba prohibido llevar juguetes, así que mi abuela se le acercó para sugerirle que la escondiera antes de que las monjas la regañaran. Edna, en lugar de hacerle caso, le presumió que se la había regalado su papá, el general. Porque tengo dos papás, ¿sabías? Uno es militar y el otro, abogado. Angelita siempre había anhelado tener un papá. ¡Uno, al menos! Que Lucien la hubiese visitado, aunque fuese una vez al año, o se la hubiera llevado con él, a Francia. Ella, sin un solo papá y Edna, con dos. Si el niño Jesusito de verdad existe, ¿por qué deja que pasen esas cosas?, le preguntó a su abuela al regresar a casa. Era ya de noche y una tormenta azotaba la colonia del Valle. De pronto, un rayo le cayó al árbol del jardín y desgajó una enorme rama. ¿Ves?, la reprendió la viejita malhumorada, hiciste enojar a Dios con tus preguntas sin respuesta y tus maledicencias.

Al día siguiente, mientras su abuela estaba, como casi siempre, dormida, Ángela salió al jardín todavía húmedo. Un vaporcillo salía de la tierra y el pasto acunaba breves gotitas. La rama seguía unida al árbol mediante un trozo delgado, pero resistente, así que sus hojas continuaron recibiendo savia durante mucho tiempo. Esa rama caída fue el dosel del trono de mi abuela-princesa o reina, según el día. Utilizó cajas vacías y un tapete viejo para hacerlo más cómodo. A veces, adornaba su asiento monárquico con flores frescas. El vestido largo, de tul violeta, que usaba para eventos importantes de la realeza, se lo regaló una costurera que vivía en el Callejón de Pescaditos, pues una señora de alcurnia se lo había encargado para su nieta y jamás pasó a recogerlo.

En ese trono (enviado por un rayo divino) aliviaba sus desencantos: la ausencia de su madre, el padre a quien nunca conoció, el carácter reseco de la abuela. Angelita recibía a caballeros y a uno que otro príncipe, no necesariamente azul, montando jamelgos de buen ver, que venían de países lejanos y exóticos. A veces, poderosos magos llegaban a visitarla y ella les pedía la fórmula para estar siempre acompañada. Si los consejos recibidos resultaban útiles, les ofrecía dulce de chilacayote como premio a su sabiduría.

Al fastidiarse de ser rica y poderosa, se transformaba en una mendiga ciega, su segundo personaje favorito. Usaba el bastón de la abuela María y una canastita para pedir caridad. Imagino que cantaba, bajito: "Una limosna para esta pobre ciega, una limosna...". Si nadie le daba unos centavos, prefería recuperar la vista y saltar la reata o quitarles las hojas a esas diminutas florecitas llamadas nomeolvides, que a su protectora le gustaba sembrar.

Las tardes en las que más sola se sentía Ángela, era cuando veía llegar a los vecinos, una pareja que siempre andaba de la mano, rodeada de sus siete hijos. ¡Qué ganas de tener una familia y tantos hermanos! Entonces, se sentaba en su trono y bordaba un canevá con estambres de colores, pensando que su mamá estaba junto a ella, enseñándole cómo hacerlo y dándole, con cariño y paciencia, las instrucciones necesarias.

En alguna ocasión, cuando Ángela ya habitaba en una casa de reposo al sur de la ciudad y su piel cargaba casi noventa y cinco años, me contó de su mamá. Sus ojos verdeazulados, escupitina de sastre, como ella los describía pues su iris presumía pequeños puntitos de colores, se humedecieron un poco. Nunca vi llorar a esa mujer plagada de fortalezas; ni al perder al primero de sus hijos.

—Si mi padrastro viajaba a lugares con mal clima o peligro de contraer alguna enfermedad —comenzó a platicarme—, mamá se quedaba algún tiempo con nosotras. Eso me encantaba, pues era alegre y siempre positiva. En las mañanas se levantaba cantando y de inmediato iba a arreglar las jaulas de los pájaros que, al escucharla silbar, se ponían locos de contento y trinaban todos al mismo tiempo. Pero mi abuela era muy celosa —siguió narrando, mientras le echaba un poco de leche tibia a su té negro—, y en cuanto me veía feliz, junto a mamá, me gritaba para que la acompañara o me enviaba por algún encargo. El día que mamá regresaba al lado de su marido, a su vida cotidiana, mi abuela María, todavía molesta, me hacía la ley del hielo. Era su manera de castigarme: simplemente no me hablaba. La verdad —me dijo limpiando una mínima gota que apenas escapa de su lagrimal— terminé por acostumbrarme al silencio y a la soledad.

Mi abuela Ángela, como ya lo dije, acabó viviendo en una casa de retiro al sur de la ciudad (debo aclarar que fue por voluntad propia), bastante lejos de mi casa. Imagino que, aunque sus hijos y varios nietos la visitaban seguido, se sentía sola de vez en cuando. Y yo me sigo sintiendo culpable por omisión: cada vez que le llamaba, ella me pedía, hasta con sentido del humor y jamás haciéndose la víctima, que fuera a verla más seguido. Que me extrañaba. Pero siempre encontré excusas para ir lo menos posible. No entiendo por qué. Tal vez porque no sabía de qué platicarle o qué hacer mientras estábamos juntas. Pronto le caeré de sorpresa, pensaba semana a semana. Hasta que un día mi padre me marcó para decirme, lloroso: Se acaba de morir mi mamá. Ya se me fue, flaquita. Ya se nos fue.

Caigo

A las vidas "perfectas", o felices al menos, también les llegan golpes repentinos que hacen estallar las vísceras (sobre todo el corazón). Golpes que se presentan, por ejemplo, en la silueta de Armando Vega Gil colgado de un árbol, a dos cuadras de la casa en la que habitó durante muchos años. Ahorcado con un cable, por decisión propia, una madrugada de abril particularmente tibia. Un hombre que decidió morir un día después del cumpleaños de su madre y a dos semanas de haber celebrado el octavo aniversario del nacimiento de su único hijo, al que amaba con locura. ¡Fuimos tan felices ayer en Aculco!, me escribió.

Creo que yo hubiera elegido una jacaranda. La más parecida a la que moraba en la acera frente a la casa de mi infancia. Aunque, en realidad, mi decisión mortuoria se inclinaría por unas pastillas (muchas) que me hicieran dormir para siempre, como prolongación infinita de una deliciosa anestesia. Una mezcla de oxicodona, fentanil y varios whiskys.

Armando dejó en la orfandad no solo a su hijo, sino a docenas de seguidores y amigos. Si bien nunca he asistido a un concurso que premie los grados de tristeza, sería de las finalistas en la tribulada lucha por el trofeo a una de las personas más afectadas. Siento que al mismo tiempo, y sin previo aviso, perdí a una equilibrada combinación de hermano, coautor, amigo, consejero, exesposo, hijo y padre. Cómplice de Letras y viajes. De planes y metas. De confesiones y culpas. Una vez le dije: "El día que me quede viuda o que me abandone mi marido, vivamos juntos. Cada quien en su recámara, eso sí, pero compartamos el resto de nuestras vidas". Le gustó la idea. Y con esa tranquilidad andaba yo por este planeta.

Nuestros mundos eran muy distintos, pero la manera de ver la vida nos hermanaba; como si usáramos lentes idénticos (de hecho, los comprábamos en la misma óptica) o filtros de tonos parecidos.

Me doy cuenta de que escribir así me lastima, por lo que voy a narrar como si todavía caminaras a mi lado. Es la magia de la literatura. Retomo: compartimos la indignación por la injusticia, la desigualdad, la incongruencia. Tú luchaste desde tu programa de radio, tus libros o tus canciones y conciertos. Lloraste al enterarte de los cuarenta y tres estudiantes desaparecidos en Ayotzinapa y, juntos, formamos parte del colectivo Ojos de

Perro contra la impunidad. Sollozaste cuando un terremoto se encargó de dejar a cientos sin futuro; te uniste a grupos de ciudadanos para apoyar a las víctimas. Te indignaste. Denunciabas. Te ponías del lado de los desprotegidos: mujeres o niños. Gente que llegó al mundo cuando la lista de privilegios y oportunidades (una lista demasiado restringida) ya tenía el cupo completo.

Sí, eras extremadamente sensible. Llorabas y te conmovías con facilidad. Tus ojos y tu piel eran transparentes y melancólicos: con facilidad se adivinaban músculos, huesos y las viejas heridas. Cualquier cosa te hacía daño. Y estabas cansado. Cargando el peso de una precaria estabilidad emocional y financiera que hacía agua por todos lados. Por si fuera poco, corrías el peligro de perder tu departamento; un hogar que adorabas. Así que a pesar del amor a tu hijo y precisamente por amor a él, decidiste que ya era hora de retirarte: una especie de jubilación forzada, sin marcha atrás. *No way back.* Carajo. Ni siquiera llegaste a cumplir la edad de la rola que cantábamos juntos, cuando queríamos burlarnos de tu próximo cumpleaños: *When I get older, loosing my hair...*

¡Cuánta falta me harás de ahora en adelante! ¿Te das cuenta de que me dejaste sin una porción importante de mis proyectos? Has colocado a muchos amigos en el desamparo. ¿Imaginaste las consecuencias de tu decisión apresurada?

Ahora mismo siento una furia implacable. Inútil. Estéril. Y esta culpa que me martiriza.

Juntos hicimos un montón de cosas. Viajamos a tres continentes; tú, cargando, además de la mochila negra, la maleta verde chillón que mi hija usaba en su niñez, y que te regaló. Visitamos más de diez ciudades en el extranjero y unas quince en nuestro país. ¿Recuerdas cuando fuimos a la Feria del Libro de Saltillo y tenías tanto calor que brincaste en calzoncillos a la alberca? Compartimos mesas y gustos gastronómicos. Brindamos cientos de veces con vino tinto o mezcal; en París, te aficionaste al calvados. Adorábamos escribir juntos y te convertiste en un eficaz y amoroso aliado de mis Letras: dos de mis novelas no serían las mismas sin tus consejos. Me confiabas tus manuscritos y escuchabas, con atención absoluta, mis observaciones. Confesabas aventuras, noviazgos, temores y escuchabas las transgresiones en las que me involucraba. Me mordías la mano cuando yo pronunciaba un "Por eso", como falso testimonio de que mis argumentos eran superiores. Es decir, colocabas mis pies en suelo firme. Escuchamos a Sigur Rós una y otra vez, para que las notas que me eran ajenas, les hicieran el amor a mis sentidos.

Durante casi siete años habitamos un mundo solo nuestro. Paisajes construidos con ternura y paciencia. Acuerdos y desacuerdos. También regaños. Edificamos un entorno de ternura y abrazos del que fuimos protagonistas y únicos moradores. Admiré tus poemas y tus locos juegos de palabras de las novelas que publicabas. Cuando te veía en escena, cantando *Alarma, alármala de tos*, me enamoraba irremediablemente de tu carisma de rockero y tu desenvoltura. Seducías.

Hablábamos de "miradas de piedras y brasas. De las palabras que no encuentran su hora. De que de nada sirve la escritura, si apenas eres hoja vacía. Silencio en el silencio". Aunque nunca fuiste una hoja vacía, Armando. Parecías, de hecho, una página bastante bien escrita. ¿Recuerdas, por cierto, la enorme hoja de nervadura casi perfecta que vimos tirada en una vereda, bajo algún árbol tropical? La recogiste con cariño para traérsela a Andrés. Tu hijo todavía la conserva. Así como su colección de piedras y la arena negra de aquella isla de hielo y fuego a la que acudimos, emocionados, buscando luces en el cielo. Tú eras pura luz y, sin embargo, insistías en hallar tu sombra, en perderte dentro de ella.

Coincidíamos en la felicidad que brinda la caricia de los hijos o dormir de cucharita —abrazados toda la noche— con tu pareja. En la emoción de pulir un texto, una y otra vez, hasta dar con el acomodo indicado para las palabras adecuadas. En el amor que transforma.

"La vida es un presentimiento... y la muerte lo sabe", escribiste en un poema. Porque eras de todo; hasta escalaste alguna altísima montaña de Sudamérica (¿Aconcagua, tal vez?) y, aunque estuviste cerca de la muerte, la evadiste, pues desde entonces bien sabías que tú escogerías lugar, día y hora. Esa elección es para los privilegiados.

Jamás volveré a verte. Jamás... qué palabra tan contundente y tan huérfana de esperanza.

Hoy estoy en Holbox. En el mismo hotel en el que te alojaste, observando un atardecer parecido al que tus ojos gozaron hace algunos meses. ¡Cómo insististe en que viniera! ¿Ves? Te hice caso. Sí, querido, tenías razón: es un paraíso. Y como existen los milagros, hace rato un grupo musical que tocaba en la playa comenzó a interpretar: *How I wish, how I wish you were here...* La letra de Pink Floyd con acordes de reggae, me obligó a llorar un poco. Nadie sabe que recorro un silencio contundente y desamparado. Que tengo una pátina de orfandad en las entrañas.

La muerte repta en jirones de viento,
va y detiene al espíritu insomne,
desgarra los refugios del cuerpo,
lo azota en la nada.
El viento es una fosa abierta.

Caigo.

Yo también caigo. No he dejado de caer desde la madrugada en que decidiste colgarte de una
rama después de haber escrito, con toda conciencia, un mensaje de despedida en las redes sociales:
única herencia a tu hijo, además de tus libros,
cámaras e instrumentos musicales.

Caigo, ¿acaso se mueve la tierra?

Carajo, ¿sigue temblando? No, es miedo.

Es el duelo.

Ya es hora de que algo me detenga. No puedo
(no debo) seguir cayendo. No me da la gana...

Fisura

—¿Está volviendo a temblar?

—Son tus nervios. Creo que estás demasiado angustiada.

—¿De casualidad tienes algún tranquilizante? Pastillas, gotas, lo que sea...

—Nunca tomo esas cosas, lo sabes. Cierra los ojos, pon las manos sobre tu vientre. Respira. Inhala y exhala lentamente. Muy lentamente y repite en voz baja: Estoy bien, nada me va a pasar. Estoy bien, nada me va a pasar...

Escucharlo a él hablando de esa manera, como si fuera un gurú de la meditación, me da mucha risa. No puedo concentrarme. Suelto una carcajada.

—¿De qué te ríes?

—De ti. ¿De qué va a ser? —respondo y sigo riendo. Cada vez más fuerte. Seguro son los nervios, pero no puedo parar de reír.

Enseguida, él se contagia y terminamos por carcajearnos. Reímos durante un tiempo que se estira hasta que, agotados, nos dejamos caer sobre las almohadas.

—Eso que está en el techo, ¿es una fisura? Varias fisuras, ¿no? —pregunto.

—Cierra los ojos y mejor imagina que estás en una playa...

—... escuchando el rumor de las olas. Trataré de concentrarme, querido maestro espiritual. Voy a imaginar que estoy en Holbox, pero si no lo logro, ¿me das otro beso?

París

Es como si ellas me buscaran. Aunque yo intente volver la vista hacia otro lado, ahí están, frente a mí, tratando de que les dé la mirada. Lograrlo es fácil: son mujeres que impactan por sus ojos y la manera de enfrentar la vida; cada uno de los obstáculos. A casi todas las he conocido en un museo o en librerías. Han conseguido seducirme con tenacidad y bastante desparpajo. ¿Qué me gusta de ellas? La libertad con la que se conducen. La manera en la que rompen esquemas. Cada una de sus luchas; sobre todo, por conseguir una feliz independencia. Fuertes y amorosas. Autónomas y soberanas. Dueñas de una vida erótica sin cadenas.

Ayer conocí a tres en dos exposiciones distintas: una sobre Picasso y la guerra. La otra, sobre los modelos negros (sí, gente de piel negra) en el arte, desde Géricault hasta Matisse.

La primera se llama Lee Miller, y en la fotografía en blanco y negro sale junto a Picasso con una sonrisa que, de tan abierta, se expande hasta contagiar a quienes la espían. Es más alta que él. Están muy cerca: ella, de perfil, con su nariz de líneas rectas (una nariz que no admite equívocos). Me llama tanto la atención, que tomo una foto de la foto. Al día siguiente, vuelve a aparecer. Esta vez en otro museo, en una exposición distinta. Ahora, retratada junto con la segunda mujer de la que me he enamorado en estos días: Jeanne Duval. Dientes blancos sobre piel morena. Senos pequeños y orgullosos, de pezones impávidos. Mestiza de orígenes haitianos, conoce a Baudelaire a los quince años y pronto se convierte en su pareja y musa. Una musa parecida a un "felino". Jeanne es, ciertamente, de una "belleza mitad amable y mitad inquietante, que busca devorarlo".

La tentadora sonrisa me mantiene frente a su retrato durante varios minutos; tantos, que algunos visitantes del museo comienzan a mirarme con extrañeza. Se paran junto a mí, y de manera discreta, acercan su codo a mi cuerpo indicándome que avance a observar la siguiente obra de arte. Al darse cuenta de que no respondo, me saltan y continúan su recorrido. ¿Qué verá?, se preguntan en silencio. Veo lo que siempre me pasa con estas mujeres: toda su vida y la posibilidad deliciosa de transformarlas en personaje de novela. Regresarles la posibilidad de respirar, hablar, gozar. Construir.

Lee Miller. Jeanne Duval. El nombre de la tercera no es fácil de pronunciar: Djamila Boupacha. Los ojos negros y su cabello recogido se asoman desde un retrato en carboncillo firmado por Picasso en 1961. En medio de cejas y pestañas pobladas, lo que atrae es una mirada al mismo tiempo poderosa y tierna. Tomo notas, decidida a buscar su historia en cuanto regrese al departamento que me acoge durante estos días de canícula y temperaturas que abruman y se han encargado de derretir casi todas mis neuronas. A las sobrevivientes las he atontado con muchos litros de bebidas alcohólicas.

El París que me gusta siempre tiene alcohol en la sangre y miles de pisadas por sus calles, sobre todo en los alrededores del Sena (el llamado del agua que fluye hacia el océano). Lo que más disfruto es caminar en las riveras de ese río y perderme por barrios distintos, tratando de encontrar sus particularidades. El IV y el XVIII, por ejemplo, no se parecen en nada. Mi favorito es el sexto: ahí fue concebida mi hija.

Aquí, en la ciudad de tejas verdes grisáceas, me pierdo en los enormes ojos oscuros de una joven mujer que, bajo tortura y después de haber sido violada, confesó pertenecer al Frente de Liberación Nacional de Argelia y haber participado en un atentado con bomba. La sentenciaron a morir en una guillotina, pero Simone de Beauvoir y Pablo Picasso, entre otros, alzaron la voz. Fueron muchos quienes defendieron a esta gran luchadora política y social. Salió de la cárcel dos años después y acaba de cumplir ochenta y uno. Según se sabe, vive en paz.

Aquí, en las calles de adoquines irregulares y juguetones, me dejo conducir por la sonrisa de la "amante de las amantes". Aquella bailarina y actriz criolla, nacida en Haití, que portaba con orgullo su peligrosa belleza. Modelo de Edouard Manet, esa "Venus negra" cautivó la prodigiosa pluma y el endeble corazón de un Baudelaire que le escribió: *Elle était donc couchée et se laissait aimer / Les yeux fixés sur moi, comme un tigre dompté / La candeur unie á la lubricité.*

Aquí, en las orillas de un río que jamás ha sido transparente, me laceran las fotografías sobre los efectos del napalm. Esta fotorreportera se convirtió en la dueña de una mirada que supo capturar el horror de los campos de concentración de Buchenwald y Dachau. Quien fuera modelo de la revista *Vogue*, amante y musa de un artista que experimentó con el dadaísmo y el surrealismo, nació en Nueva York y terminó sus días como Lady Penrose, en una cómoda casa londinense.

Ahora mismo (en el *ahora* de una novela, que no es el *ahora* de la vida real, la de afuera) estoy sentada en un café detrás de la iglesia de la Madeleine (obligatoriamente pienso en mi abuela Ángela: me pedía que le encendiera una vela). El día amaneció fresco y eso me permite escribir algunas líneas para este texto que se ha ido construyendo casi solo. De pronto, pienso en él y me acaricia una tristeza que se siente infinita. Otra muerte ensombrece estas páginas. Hojas blancas con manchas negras antes destinadas a que él las viera, las revisara, trabajara sobre ellas y sobre lo que intentan expresar. Mi editor de toda la vida, desde mi primera novela hasta la que ustedes tienen en sus manos (porque alcanzó a leer el borrador), acaba de morir. Sucedió apenas dos días después de haber cumplido los sesenta y un años...

Hago una pausa. Tomo un trago de whisky en memoria de Ramón Córdoba, y no logro evitar dos o tres lágrimas. Otra vez agua, agua que se acomoda en los lagrimales y se resiste a bajar por mis mejillas. ¡Ay! Una ausencia más a la que deberé acostumbrarme. Una muerte se suma a la cadena de mis duelos. ¿Cómo habituarse a lo que ya no será, a quien ya no existirá más que en la memoria? ¿Eso es posible? ¿Cómo puede *existir* algo que no *existe*? Me refiero a la ausencia. La ausencia no *es*. Si no *es*, no *existe*. Si no *existe*, no debería doler tanto. Cuatro abuelos, Dulce, Rogelia, mi tía Lulú, Ikram, Inge, Bachi, Beto... Todos se han ido. Este año: Armando y Ramón, con menos de tres meses de diferencia. Sí, me siento huérfana. Hasta un poco viuda. La vida sigue latiendo con fuerza —con mayor fuerza todavía—, y nos exige disfrutarla. Más que antes. Mucho más que antes, por favor, suplica, a pesar de las pérdidas y de extrañarlos tanto. Pero ¿cómo se hace? ¿Hay alguna receta para conseguirlo?

Por lo pronto pido otro whisky. Recibo una brisa fresca en mi rostro. Espío a las personas que pasan frente a mí: un pelirrojo con un maletín negro, bastante gastado; o un hombre alto, de cabello blanco, elegante y distraído, portando un traje beige y una corbata a rayas. Muchos turistas cuyos pies andan atrapados en sandalias o tenis y sus nalgas rellenan bermudas. Sombreros, lentes oscuros, mujeres con hiyab junto a otras con presumidos escotes y senos casi libres. Ropa de algodón y lino. Blusas transparentes. Andares pausados, distraídos. Pocos tienen prisa. Al menos, eso creo. Muchas mujeres guapas, jóvenes, de piel sin estrías, presumen sus piernas firmes gracias a una minifalda. ¿Algún día fui así? Es difícil desprenderse de lo que no supimos atesorar al cien por ciento.

Lloro otro poco: por mis muertos y por esos treinta años que no volveré a cumplir. Aun así, levanto mi vaso de whisky ambarino y brindo por la vida. Por esta y por todas las que me quedan. Brindo, también, por las mujeres a quienes les ha dado por seducirme: Lou Andréas Salomé, Hannah Arendt, Alma Mahler, Gerda Taro, Madame du Châtelet, Miss Bety Balcombes, Irène Némirowsky. Y desde ayer: Lee Miller, Jeanne Duval y Djamila Boupacha.

¡Ah! Y, sobre todo, brindo por Ramón y por su mirada mágica. Sin él, mis novelas no serían lo que han sido.

Un árbol

Los árboles no son nómadas; lo tradicional es que no se trasladen. Permanecen el resto de sus vidas en el pedazo de tierra en el que han crecido. Si bien permiten cierta oscilación cuando el viento los acaricia, agita sus ramas o, a veces, hasta obliga a sus hojas a hacer piruetas, los árboles no vuelan. Excepto el que voló de la sala al comedor a finales de ¿1990? en una peripecia perfecta. Es decir, ese pino rompió con la continuidad de una acción. ¿Cuál? De un matrimonio cuyo inicio fue marcado por los inseguros votos que algún día pronuncié ante un hombre vestido de beige, elegante corbata Hermès prestada por su primo (Guillaume Martin) y zapatos recién boleados, con la iglesia de Yautepec como escenario. (Yautepec, otro lugar privilegiado en mi geografía personal).

El abeto era especial, pues sus raíces ya no lo unían a la tierra (era, entonces, un árbol condenado a una pronta muerte). La parte inferior de su tronco había sido clavada a una cruz de madera albúmina y el resto de su "cuerpo" lucía esferas y otros adornos, como santacloses y muñecos de nieve. Sí, también focos pequeños que, por las noches, se encendían conquistando una armonía de destellos blancos, muy coordinados.

No puedo garantizar que el pino presumiera haber sido decorado. Siempre he imaginado que, si les preguntásemos, elegirían quedarse en algún bosque cercano al agua, ya sea un lago o a un riachuelo, acompañados por cientos de otros de su misma especie. Al menos el nuestro no se veía particularmente orgulloso de su estatus de árbol de Navidad; lucía sediento y algo pálido. Su comportamiento tendía a ser tranquilo y callado. También lo fue aquella tarde. Mientras duró la discusión, permaneció incólume, tal vez intentando digerir las palabras hirientes que, pronto, se convirtieron en gritos.

Si hubiera sabido que el último insulto pronunciado con más furia que los anteriores era el anticipo certero de que pronto saldría volando por los aires, para acabar cayendo sobre la mesa de cristal del comedor, estrellándola, aquel pino hubiera tratado de poner un alto, moviendo sus ramas o haciendo algún tipo de seña. Su silencio cómplice lo condenó: no solo a perder la mayoría de las esferas y al dolor de haber sido golpeado, sino a terminar en el basurero el mismo día (aunque unas horas después) de que yo salí por la puerta principal, cargando únicamente dos maletas, para no regresar jamás.

Imaginerías

Otra vez el agua, esa que se antoja infinita. En esta ocasión, en la parte que alguien, algún día, bautizó como Mar Egeo.

Otra vez el agua. Agua bañando playas de arena gruesa y costas secas. Casi no se distinguen verdes desde el aire. Azul y pardos amarillentos conviven con miles de turistas urgidos de sol. Cientos de jóvenes gritan por su cuota anual de reventón, música en un volumen que yo ya no tolero y varios litros de alcohol. En los *beach clubs* de moda, adolescentes millonarios rusos, italianos y mexicanos ordenan botellas de *champagne* como si fueran gratuitas; las sacuden y se bañan unos a los otros, en lugar de disfrutar la caricia de las burbujas en su esófago. Mujeres de pieles sedosas y cuerpos acostumbrados a poca comida y mucho gimnasio, bailan sobre las mesas. Todos cantan. Gritan. Seducen.

Grecia. La Grecia clásica que pisaron Heráclito, Homero, Sófocles... no, no pretendo cansarlos con más nombres ni presumir mis conocimientos históricos o filosóficos (que, de hecho, no tengo). Mejor les cuento de mi mañana de ayer. Un comodísimo sillón con vista al mar. Yo, ahí tendida, leyendo bajo un árbol. No sé qué tipo de árbol, basta saber que su sombra era deliciosa y fresca. Además, una suave brisa con aroma a sal marina y flor de lavanda ayudaba a hacer la escena más placentera. Sobre mis piernas, un libro de Stephen King. Podría haberles dicho que era de otro Stephen, Hawkins, por ejemplo, pero ese lo leí hace una semana y me entusiasmó el capítulo dedicado a dios. Sí, a un dios que el extinto científico y yo creemos inexistente. De hecho, pienso que si realmente existiera y se apareciera en este instante para probármelo, mi vida no cambiaría un ápice. Así que, si existe o no, es algo que no me preocupa.

Regreso a King. Robin, al verme leyéndolo, me dijo, un poco extrañado: ¿Qué haces leyendo a Stephen King? Le respondí que era un libro sobre cómo y por qué escribe, con tips y consejos. Me lo regaló Ramón Córdoba, pues le gustaba como modelo para el texto que estábamos redactando. Y si escribo el verbo en pasado es porque, como ya lo dije, Ramón no está más por este mundo, así que me toca continuar y hacer lo posible porque alguna editorial nos publique. Lo haré en su memoria y tratando de escuchar su voz, que tan bien me guiaba.

King escribe con gran sinceridad sobre su vida en general y, en especial, sobre su carrera. Orígenes de clase media baja, madre soltera, escuelas públicas. Un matrimonio con una mujer solidaria con la que sigue casado desde hace muchos años. Hijos, empleos para sostener una vida con limitaciones, sin privilegios. Luchas y... de pronto, después de innumerables rechazos de las editoriales, llegan los éxitos. De no tener para pagar la renta de un mini departamento, *Carrie* le da cien mil dólares: un premio a su tenacidad. Y de ahí para adelante, mezclado con el momento en que se da cuenta de la urgencia de no seguir consumiendo alcohol ni drogas. Esto lo escribo, por cierto, mientras tomo whisky en las rocas: un Chivas de veinticinco años que me regalaron mis compadres, los Olaya. También mientras contemplo al mar Egeo a través de la ventana de esta villa que hemos rentado Robin y yo durante un mes. Él, para estudiar a diario la fauna marina junto con dos compañeros científicos. Yo, para redactar lo que ustedes leen ahora. Y no, no quiero detener el consumo de alcohol. Me gusta y me relaja. Además, es una manera de permanecer en contacto con el agua. ¿Acaso los hielos no son la expresión sólida de dos moléculas de hidrógeno y una de oxígeno?

El agua y la felicidad nuevamente. Dicen —y lo dicen bien— que la felicidad no es material de ficción. Esto no es una novela, una antinovela (que para eso se pinta solo Alain Robbe-Grillet), ni una contranovela al estilo de *Rayuela*: es lo que es. Nada más. Un libre devenir de ideas, preguntas, recuerdos y momentos. Un *collage* de confesiones, banalidades y fantasmas. Una mecedora en el agua. Olas que acompañan. Aquella hamaca que mueve el viento. Un papalote sin itinerario preciso. Una botella cargada de letras, lanzada al mar. Por eso los capítulos no son capítulos y los personajes y escenas se van construyendo en desorden, al azar. Esto son letras que se mezclan para contar verdades a medias y mentiras completas. Para jugar con mi memoria, mis deseos y sueños antes de que el terremoto me convierta en una víctima más.

Stephen King, en cuyo libro *Mientras escribo*, por cierto, demuestra un gran sentido del humor, estaría de acuerdo conmigo porque él no cree en los argumentos planeados de antemano. Una historia que nace de un esquema argumental —advierte— tiene muchas posibilidades de quedar artificial y forzada. Pero me reprobaría en lo que se refiere a disciplina: él redacta todas las mañanas, al menos durante seis horas. Yo lo hago sin horario ni orden alguno. A veces dejo de escribir durante meses. También aboga por trabajar en casa y a puerta cerrada; es decir, en aislamiento. Yo, en cambio, escribo mejor en los viajes y si el mar es el marco teórico, mi inspiración aumenta.

"Tengo la impresión de que el escritor y el lector colaboran en una especie de milagro", afirma el autor de *Misery*. Eso es la felicidad, pienso: una serie de milagros cotidianos, en cadena. Un pasado amable que apapacha, precediendo un futuro lleno de promesas. Tengo una enorme lista de pendientes que no debo dejar de lado: besos, muchos besos (a mis labios les urgen). Libros por leer y por redactar. Viajes, películas, caminatas. Comidas y bebidas de esas que producen placer. Aventuras. Personajes que necesitan ser plasmados. Canciones y sinfonías. Conversaciones entre amigos, en la Tribu, en la Bola, en Monte Tauro o en las Hijas de Virginia Woolf. Una hija que ya hace su propia vida. Mi piel acariciada.

Hace once días nos sorprendió otra muerte. Esta vez, de la cuñada de Robin. La esposa de Henry Petch, su hermano favorito. Fue muy dolorosa. Espero que las pérdidas se detengan, al menos por ahora. Que me dejen descansar un rato para conseguir asimilarlas.

¿A quién debo rogárselo?

¿Ante qué fuerza me hinco?

Decisiones

Odio tomar decisiones. No siempre; solo cuando llegan esos presentimientos que anuncian una tragedia. Es cierto que cada vez que me invaden imágenes de horror y desgracias, el infortunio nunca aparece. No puedo decir que sea de esas mujeres que presienten el futuro. De hecho, cuando las desdichas se han acercado a mi vida, ni siquiera las imaginaba. Sin embargo, sigo pensando que tomar una decisión equivocada puede ser fatal.

Por ejemplo, en unos días más salgo de viaje con mi marido y dejamos a Maryam sola. Seguro estará feliz de librarse de sus padres durante una semana. Pero ¿y si se libra de nosotros para siempre? Los aviones se caen y los taxistas neoyorkinos manejan como si formaran parte de la película *Rápido y furioso*. En Central Park asesinan en las noches o, al menos, asaltan. ¿Me regreso a pie a mi hotel, a menos tres grados de temperatura, sobre una calle cubierta de un delgado hielo en el que me puedo resbalar y darme un mortal golpe en la cabeza, o me subo al taxi que acaba de detenerse frente a mí, cuyo conductor tiene los ojos inyectados en rojo y mirada de asesino? ¿Cuál de las dos opciones carga al germen de la desgracia?

Hay matrimonios que viajan por separado: en caso de que uno de los dos aviones se caiga, él o ella sobrevive. Pero ¿qué tal que hubieran elegido subirse juntos al vuelo 001, por ejemplo? Precisamente el que no se cayó, y si uno hubiera mandado a su pareja al otro vuelo, el 040, los pobres hijos se quedan huérfanos de padre.

Todo esto viene a cuento porque ayer me dijo mi marido que un amigo suyo, con quien coincidiremos en Nueva York, nos pide que nos quedemos dos días más, pues quiere invitarnos a una cena en la Sociedad de las Américas, a la que asistirán conocidos escritores de todo el mundo. Mi esposo se emociona y me contagia su emoción, pero diez minutos después me entra la angustia: ¿qué tal que si cambiar la fecha de regreso, resulta fatídico? ¿Y si el nuevo vuelo está destinado a estrellarse en alguna oscura montaña de Carolina del Norte? Entonces, le digo que no acepte la invitación. Enseguida, vuelvo a entrar en crisis: ¿Y si es nuestro avión programado originalmente el que va a desaparecer, hundido en el Golfo de México?

Tomar decisiones es un horror. Se necesita valentía y, como dice el meme que me acaba de llegar por casualidad (¿existen las casualidades?) mientras redacto este capítulo: "Siempre que tengo miedo de tomar una decisión me pregunto, ¿qué haría Juan Escutia?, y pues me aviento a lo pendejo".

Juan Bautista Pascasio Escutia y Martínez fue uno de los llamados "Niños Héroes", aunque no era un niño: murió de veinte años y siete meses. Muchos historiadores ponen en duda la versión de que se envolvió en la bandera mexicana y se lanzó al vacío durante la Batalla de Chapultepec. Yo no lo sé de cierto, como diría el poeta, pero lo importante es que, efectivamente, con cada decisión esencial que uno toma, por más que la medite, la ponga en una báscula, haga listas con argumentos a favor y en contra, en realidad es un posible paso hacia el precipicio. Un precipicio que siempre está ahí, cerca de nosotros, esperando.

Detesto tomar decisiones, pero creo que esta será la más atinada. Decido fingir una enfermedad bronquial (de esas ante las que el frío invernal neoyorkino es una verdadera amenaza) y le pido a mi marido que, por esta ocasión, cancelemos el viaje. Desde mi cama, tapada por cobertores, hago una tierna mirada de desamparo y muevo mucho las pestañas. Pero él, con esa capacidad de tomar resoluciones de una forma rápida, precisa y eficiente, me dice: Recuerda que te conozco más de lo que imaginas. Anda ya, haz tu maleta. Nos vamos porque nos vamos.

Lo que no he dicho

Cada uno de nosotros tiene su vida marcada
por un pasado sobre el que no tenemos ningún poder
y que a su vez nos marca, por poco que sea, todo el
porvenir.
M. Yourcenar

Lo que no he dicho, después de haberme ne-
gado a hincarme pues nunca supe ante quién hacerlo, es que a mi madre le dio un infarto cerebral.
Pequeño, es cierto, y tuvo la fortuna de que ella
y su marido supieron detectarlo a tiempo y corrieron (en ambulancia Ámbar) al hospital. Ahora mismo me dan unas ganas infinitas (o al menos
enormes) de llorar. No he llorado desde que volé
de las playas de Mykonos hasta el University Co-
llege London Hospital, suplicándole a los dioses
en los que no creo, encontrarla viva y bien, es
decir, con sus facultades intactas. Su sonrisa entera y la habilidad para explicarme el mundo. Su
talento para la pintura y el entusiasmo con el que
canta cualquier canción, aunque no se sepa la
letra. Su capacidad para contar historias y para
escribir cartas conmovedoras y originales en los
días de Reyes y en el cumpleaños de cada nieta.
La manera tan coqueta en la que presume sus
hombros gracias a una blusa nueva.

Es cierto (tristemente cierto) que con el paso de los años, por más empeño que uno tenga, lo que solía ser tan natural y fácil, como ir de un punto a otro de la geografía utilizando pies y piernas, no lo sea más. Mi mamá padece una enfermedad vestibular extraña, y aunque puede caminar, si se detiene, pierde el equilibrio. Hasta ahora, nunca se ha caído. Yo, gracias a ella y mientras viví a su lado, jamás me caí. Me enseñó a caminar permitiéndome tomar alguno de sus dedos para sentirme segura, pero como yo no lograba soltarme para ganar mi independencia porque perdía el equilibrio apenas conquistado, decidió darme un lápiz. Así, con un lápiz en mi mano, como extensión metafórica de su mano, logré dar pasos sin acabar en el suelo. Eso ha sido mamá para mí: un lápiz discreto, aunque siempre presente, que orienta mis días. A los padres los traemos adentro. Fuimos y seguimos "siendo" gracias a ellos.

Pero su *stroke* no tiene que ver con lo anterior sino con Gonzalo. ¿Se acuerdan de Gon? Resulta que fue su padre, es decir, mi abuelo. El mismo a quien, a los cincuenta y seis años, le dio un infarto cerebral que lo dejó incapacitado para trabajar el resto de su vida. Mi mamá (y, de paso, yo también) heredó su presión alta. ¿Quién dice que la libertad existe cuando cargamos el peso del ADN? Eso, aunado a la tensión de viajar entre mil peripecias, a la mala alimentación y a un cierto sobrepeso (me va a asesinar cuando lea esto), le provocó un fallo en la irrigación sanguínea que la hizo hablar en un lenguaje que ni ella ni nadie de los que la escuchaban entendía. Decía pañuelo en lugar de ducha, silla en vez de miedo y laguna por ayúdenme. También una serie de palabras pronunciadas por una persona que trata de leer una frase en alfabeto cirílico.

Antes de entregarles su pase de salida, el médico les hizo una advertencia: imposible tomar el avión al día siguiente, como estaba programado. La señora no puede viajar en al menos dos semanas. Si bien la vida se encarga de jugarnos malas pasadas sin siquiera pedirnos permiso y el mundo últimamente está "patas p´arriba", todavía hay dosis de bondad caminando entre nosotros. La enfermera colombiana que atendió a mamá, al darse cuenta del grado de su miedo y de que era extranjera, le ofreció su casa. Hospédense en mi departamento mientras puedan volar, para que no gasten, les dijo con una sonrisa que solo los ángeles firman. ¿Qué haces cuando tienes que quedarte en un lugar en el que ya no quieres estar pues te urge regresar a tu terruño, a abrazar tus almohadas y ver los paisajes que te son tan queridos? ¿Cómo hablarle a la muerte de tú sin que se sienta ofendida, para que le quede claro que todavía no es el momento preciso?

Han sido demasiados decesos en eslabón, trenzando una larga cadena. No estoy preparada para perder a mi madre. No todavía. ¿Alguna vez alguien lo está? Y menos después de tantas ausencias, una tras otra. Necesito al menos cinco años sin golpes para recuperarme lamiendo mis heridas. Digiriendo cada lágrima y reconstruyéndome.

Mamá perdió literal y anatómicamente su equilibrio. Y nos hizo perder a todos el nuestro. Si la mujer culpable de que existas se debilita y comienza a sentirse insegura, tu propio mundo tiembla. Y los terremotos abruman. Asesinan. Eso ya lo sabemos. Tal vez la felicidad radica en el equilibrio. Cada cosa a su hora y en su lugar. Ni demasiado de esto ni muy poco de lo otro. Intimidad y convivencia. Soledad y compañía. Vida intelectual, artística o científica, junto con dosis suficientes de gozo irresponsable. Amor y espacio. Gramos de realismo en sana vecindad con las fantasías. Experiencia y capacidad de asombro. Conservar la mirada inocente de una virgen, cargando con el sabor añejo de una docena de parejas. Algo así. Supongo...

Miedo. El miedo ayuda. Saber con certeza tangible que mi mamá podría dejar de existir en cualquier instante, asusta. Pero ayuda. Por ejemplo, a ser más tolerante con su intolerancia. A volverla a colocar en el lugar central que antes ocupó en mis días. A saber que nada, nunca jamás, es para siempre.

Regreso al hospital londinense como laboratorio de lo que es Europa hoy en día. Mi madre comparte espacio con otras cinco camas. Su extraordinario esposo comparte espacio con muchos seres humanos que circulan por los pasillos o revisan sus celulares en las salas de espera. La minoría ostenta la nacionalidad británica. Indios, pakistaníes, ghaneses, ecuatorianos, españoles, brasileños y vietnamitas. El mundo es un pañuelo y ese pañuelo cohabita en el piso siete del hospital. Migración constante. Movimiento. Cambios. Olas infatigables que van y vienen. Que a veces te llevan hacia arriba y otras, inevitables, hacia el fondo.

Mamá se ha cansado de repetirme que el día que muera, quiere que aventemos sus cenizas al Sena. Con discreción. No, al Támesis no, responde con la mirada cuando le insinúo que, debido a las circunstancias, nos queda más cerca y es más práctico aprovechar la oportunidad. Mi humor es negro. Igual de negro que el de mi padre. Vuelvo a preguntarme: ¿Qué tan libre soy? Mi vida cotidiana la determina desde la época, el barrio y país en el que nací, hasta los hobbies, virtudes y pecados de mis antecesores. Sus gustos y disgustos. Ya ni pensar en la diabetes de mi abuela, los infartos de mi papá o los *strokes* de mi madre y abuelo. Google explica que la genética "juega un papel muy significativo en la apariencia y el comportamiento de los organismos". Hasta donde entiendo, yo soy un organismo. Por lo tanto, esa libertad de la que los filósofos hablan, se reduce a un pequeño espacio que la bioquímica me permite. Esa libertad que los seres humanos anhelamos, por la que los luchadores sociales pelean arduamente... es casi una quimera.

Resulta que tomar una decisión sobre qué profesión ejercer, con quién casarme o qué tipo de vida elegir, depende más de mis tres mil millones de nucleótidos, que de mi libre albedrío. Mitocondrias, bases nitrogenadas y aminoácidos tienen mayor peso que cualquiera de mis deseos. Bueno, en realidad, mis deseos son controlados por ellas. Fenotipo y genotipo compiten con tal de ganar mi atención y manipular a mi fuerza de voluntad para que se encamine hacia donde a ellos les conviene. Mis cromosomas sabían, antes que yo e incluso antes de embarazarme, muchas de las características que tendría mi hija. Y si les preguntara, podrían adivinar hasta de qué enfermedad he de morirme.

Por eso me gusta el mar y sus olas. Ahí dentro, flotando, o bien observándolo desde una fresca sombra, alcanzo a percibir un dejo de liberación y autonomía de aquellos miles de factores que me apresan.

Antes de antes

Leopoldina nació en una época de México y en una clase social en la que tener cinco criadas y dos mozos era lo acostumbrado. Las niñas no asistían a la escuela porque sus padres no las dejaban: las mujeres decentes no necesitaban saber más allá de cómo ser buenas amas de casa. Tomaban clases de piano, hacían la plaza los domingos, aprendían a cuidar pájaros, gallinas, conejos y patos que habitaban los patios o jardines de las residencias y soñaban, durante su niñez, con el feliz momento en que les "bajaran el vestido", es decir, que se volvieran señoritas casaderas, a sus quince años. Asistían, siempre acompañadas, a misa, a las posadas en El Patio, a bailes diversos y kermeses, sobre todo las que organizaban los alumnos del Colegio Alemán, en la Calzada de la Piedad. Leían solo los libros permitidos y mataban el tiempo en clases de costura, bordado y tejido. Aprendían a preparar salsa borracha y mole de puerco. Cuidaban y regaban las plantas de sus jardines y aceras, pero no podían salir solas más allá del límite del zaguán.

Conocían a sus futuros novios a escondidas y mantenían una relación moderada y discreta, gracias a las nanas que llevaban, de una casa a otra, la correspondencia prohibida. A veces lograban ver a sus pretendientes desde el balcón o a través de alguna ventana. Se casaban después de haber conversado en muy pocas ocasiones; por lo tanto, casi sin conocerse. ¡Ni hablar de darse un beso! Eso, definitivamente era pecado.

Las jóvenes nacidas a principios del siglo XX lo tenían todo prohibido. Lloraban con demasiada facilidad. No se enteraban de casi nada; de lo que sucedía en su barrio, en su país ni en el mundo. Enfermaban de ataques de nervios y les daban vahídos. Se mandaban hacer la ropa con la modista. Aunque fuesen ricas, tenían pocos vestidos y contados zapatos, que cuidaban mucho. Pasaban los veranos en las haciendas de familiares o amigos, cabalgando caballos briosos o trotones y respirando el aire puro del campo. Hacían concursos para buscar "entierros", es decir, las monedas de oro que los hacendados habían enterrado en cántaros durante la Revolución, para esconderlos. Viajar a Estados Unidos o a Europa era muy raro y, cuando lo hacían, se iban en barco y sus vacaciones duraban, al menos, dos meses.

Pero Leopoldina decidió que nada de lo anterior le correspondía. Así que una mañana, sin pedir permiso, se inscribió en la universidad para estudiar contaduría. Soñaba con ser independiente y libre. Su dueña exclusiva sería ella misma. La abuela de Irene y otra compañera, Rosa Codinak, eran las únicas mujeres de la carrera; al principio, todos las observaban con recelo, y todos les aplaudieron, con orgullo, cuando se graduaron. Y las admiraron más cuando fundaron el primer despacho, en México, de mujeres contadoras. Ahí, en alguna de las aulas, la conoció Gonzalo (¿lo recuerdan?). Él se sentó en el pupitre justo detrás de ella y sin que Polina se diera cuenta, le amarró las trenzas a la banca, así que cuando al finalizar la clase se trató de levantar, sintió el jalón de cabello que la obligó a sentarse de nuevo. No tuvo que adivinar quién había hecho esa travesura, pues el compañero que más la atrajo desde el principio, llegó muy pronto a su lado y la ayudó a desatarse, riendo, entre avergonzado y divertido.

Si la joven aceptó el matrimonio, lo hizo convencida por la enorme bondad que encontró en los ojos claros de Gon. Supo, nada más de observarlo, que con él a su lado lograría lo que pocas mujeres: un grato equilibrio entre ser protegida y, al mismo tiempo, respetada. Entre pertenecer y conservar su independencia. Dicen quienes los conocieron, que dentro y fuera de la casa, la que mandaba, resolvía y determinaba, siempre fue la señora Leopoldina. Y que Gonzalo nunca dejó de adorarla; aunque se salía de los cánones a los que el peso social quería empujarla, muy pronto se dio cuenta de las ventajas de compartir sus días con una mujer fuerte y segura de sí misma. Libre.

Con esa misma libertad, educó a sus hijas. Quiso hacerlas libres. Emancipadas y desenvueltas. Felices de decidir su día a día. Así es la madre de Iri y eso transmitió, nada más por su forma de ser, a sus propias hijas y nietas.

Diez meses

Estoy en un momento muy frágil, vivo al día,
como que voy acercándome al vacío.
Espero que no se desplome todo.
ARMANDO VEGA GIL

Hoy, hace diez meses, querido Armando, tomaste una decisión que fue —metafórica y literalmente— fatal, para ti y para todos quienes te quisimos. Creo que todavía no logro perdonar*te* (y no consigo perdonar*me*), aunque supongo que no soy nadie para decidir a quién disculpar.

No entiendo. Sigo sin entender. ¿Ya no hay nada que hacer? ¿Jamás jamás podré volver a abrazarte? ¿Nunca podré viajar contigo? Tantos planes sin salida. Un sombrero negro que nadie usa. Un llavero de cadena plateada y larga que ya no podrá balancearse mientras caminas. Un hijo sin padre.

Estoy en Acapulco con dos grandes amigas tuyas. No hemos dejado de hablar de ti: en la carretera, en la fonda 4 Vientos, en la terraza con vista al mar, al lado de la alberca. Ahora mismo estamos compartiendo el dolor que nos provocaste. Adriana acaba de decir que está enojadísima. Paola confiesa que habla con tu foto todos los días, te regaña y te dice que te hubieras esperado tantito.

343

A mí, lo que más me duele es tu ausencia y ese "silencio agotador" del que hablabas. Yo no sabía lo que era el silencio hasta ahora: es llamarte y que no respondas.

No sabes cuánto te extraño. Pensé que el caminar de los días alivianaría el duelo. Pero no: cada rato pienso en ti, en lo que podríamos estar haciendo, en los libros que dejaste de escribir, las rolas que dejaste de componer o cantar, los talleres literarios que dejamos de dar. En las mujeres que dejaste de amar. En todas las horas que podrías haber disfrutado con Andrés.

En este instante tu hijo está en Brasil con su madre. Ahora me doy cuenta de que elegiste una buena mamá para criar a tu hijo. Como si desde el principio hubieses sabido que lo ibas a dejar. Ella es amorosa y se ha preocupado porque Andrés entienda (si es algo que pueda comprenderse) tu ausencia. Para que la acepte y abrace. Para que se convierta en el guardián de tu memoria.

Yo sigo huérfana: de tu voz, de tu mirada, de tus manos, de la emoción que sentías al conocer nuevos lugares, al probar platillos exóticos o degustar una copa de vino.

Armando adorado: ¿Cuántos años más podré seguir escribiéndote sin que me respondas? Anoche, con el océano Pacífico de escenario, Paola, Adriana y yo escuchamos varias de tus rolas: de Botellita de Jerez y del Ukulele loco. Las cantamos con lágrimas en el rostro. ¿Sabes la agudeza del dolor que siento al oír una voz que nunca podré volver a escuchar en vivo, a mi lado, en directo?

No quisiera dejar de recordar tu chamarra color rojo encendido, que tanto contrastaba con la nieve islandesa. La cámara Leica que nunca dejabas y con la que retrataste, después de circo y medio, el momento en el que una gota de agua resbalaba hasta la punta de una estalactita de hielo, para quedarse ahí, detenida. Tu emoción en Chiang Mai esa mañana en que tuviste, por primera vez, los ojos de un elefante frente a ti. Los brindis en la terraza del hotel de Bangkok, junto al río Chao Phraya. El pequeño restaurante parisino en el que ambos redactábamos nuestras novelas. Las pausadas caminatas en Central Park. El restaurante de Miami frente al mar. Aquellas largas pláticas en las que nos enfrascábamos al caminar a lo largo del río Sena. Todas las ferias del libro a las que fuimos juntos en la República Mexicana. ¿Te acuerdas? ¿Acaso los muertos tienen memoria? Y si la tienen y recuerdas, en donde quiera que estés, de qué manera te fallé, ¿podrás perdonarme?

Ojalá logres acordarte de mí de vez en cuando. Y si quieres, ven a visitarme (aunque sea en mis sueños). ¡Hay tantas cosas que necesito compartir contigo! ¡Tengo tantas ganas de sentirte cerca! Anda, regresa a este mundo de los vivos, aunque sea un rato...

Fisura

—Estás temblando. Ven, acerca más tu cuerpo al mío. Deja que te abrace.

—Tengo miedo, carajo: nunca había sentido un terremoto tan fuerte —acepto.

—Pero ya pasó —insiste, quitándome una mecha de pelo que me cubre el ojo derecho—. Terminó de temblar hace un buen rato.

—Pues sí, y sin embargo, aquí seguimos, atrapados...

—No va a pasar nada. Si esta madre no se cayó hace rato, no se va a caer nunca. Aunque, eso sí, en algún momento tendremos que intentar salir. Si quieres, pidamos ayuda por la ventana... —propone, comenzando a incorporarse.

—¿Qué tipo de ayuda? ¿Pretendes que los vecinos consigan una escalera que llegue hasta acá?

—Para eso existen los bomberos, ¿sabías? Ven...

—No, mejor quedémonos en la cama —le digo, jalándolo del brazo—. Tienes razón, no va a suceder nada. Y si sucede, estaré pagando mi puta culpa por no haberle llamado.

—Duro y dale. El único responsable fue él y es una decisión que deberías de respetar. Ya deja esa cantaleta.

—No me regañes —le ruego. Mejor abrázame con más ganas.

Flotación positiva

Tengo flotación positiva. Eso es terrible si eres de las personas a quienes les gusta bucear: sumergirse en el azul profundo, observar pequeñas burbujas de vida que suben y suben, mientras olvidan la existencia de afuera. Yo disfruto flotar, así que nací afortunada. Cuando más libre y tranquila me siento, es al entrar a una alberca con una temperatura que no sobresalta mi piel, o a las aguas mansas y tibias del mar Caribe… y floto. Simplemente floto. Como si nada más importara. Debo hacerlo en el momento en que el sol apenas nace o, al contrario, cuando ya cansado, va muriendo. ¿Se han fijado que el sol, al fallecer cada día, pinta al cielo de colores extremos, casi escandalosos?

Mi madre ama los atardeceres. Es el momento del día en que más se siente ella, en paz con sus sueños y con su pasado entre la pequeña privada de la colonia del Valle y la calle de Madrid, en Coyoacán. Es imposible que Maryam y yo los observemos (que es casi descubrirlos, porque siempre son nuevos) sin pensar en ella.

Pregunto (que conste que es pregunta), ¿cuando uno tiene flotación positiva posee, por lo tan-

348

to, una mirada optimista? Porque, ahora que lo pienso, mi vida no ha sido del todo tersa. He sido afortunada, muy afortunada. Pero trazos de tragedias, abandonos, rupturas y tristezas se han encargado de darle ciertos toques. Como los atardeceres que a veces, pecando de cursis, deciden pintarse en tonos rosas.

Ahora mismo estoy otra vez frente al mar, en la Riviera Maya. Uno de mis lugares favoritos del planeta. Una copa de vino rosado me acompaña, me relaja, me aliviana. Nubes grises dibujan el cielo, por lo tanto, el océano, normalmente vestido en diversos tonos de azul, hoy es más bien plano. A mi derecha, hay dos estadounidenses. Comen y discuten. Discuten y comen. Él tiene piel blanca, cabello canoso y ojos claros; ella es negra. No, no diré afroamericana, pues no soy políticamente correcta. Ella llora y habla como si el alcohol ya hubiera invadido su sangre. Las palabras que más repite son "girlfriend", "fucking" y "begging". Quiero compadecerla; no lo logro. Para consolarla, él, en lugar de justificarse o inventar excusas, la besa. Largo y profundo. Entonces, ella se calma. Deja de discutir. Cede. Se tranquiliza. Se quita los lentes oscuros para que no estorben el camino entre sus lenguas. Ya no escucho su voz llorosa, pero adivino la delicia de una reconciliación que se firmará, como un tratado binacional, sobre las sábanas, dentro de un rato... pues acaban de pedir la cuenta y parecen apresurados.

Tomo otro trago y mi vista se dirige hacia mi lado izquierdo: sobre la mesa, descansa el libro *Beloved*, de Toni Morrison. Recuerdo mi reciente visita a Little Rock y las fotos de los negros que hicieron historia. Estamos hablando de 1957 y ya se había terminado, en el papel, la segregación en los centros educativos. Nueve negros se matricularon para estudiar en la Escuela Central, pero el gobernador de Arkansas, con la excusa de "proteger a la población de la posible violencia", ordenó a militares que no dejaran entrar a esos alumnos a la escuela. La multitud, racista en su mayoría, apoyó la medida del gobierno e insultó y les gritó a los muchachos, que apenas tenían entre quince y dieciséis años. Después de muchos conflictos legales y en las calles, que duraron cinco días, los estudiantes lograron llegar a sus aulas, aunque tuvieron que ser escoltados por el ejército. Hoy hay un museo con su historia, fotografías y los libros que algunos de ellos han escrito. Lo que más me impresiona es la capacidad de perdón, no de olvido. Una fotografía doble retrata, del lado izquierdo, a una mujer blanca gritando, amenazadora, a una de las estudiantes negras; señalándola, furiosa, con el dedo. Del lado derecho las vemos a las dos, cuarenta años más tarde, abrazadas, después de haber reconciliado sus diferencias y de que Hazel Massery supiera disculparse con Elizabeth Eckford, la mujer agredida.

Quisiera haber conocido a los Nueve de Little Rock. También a Toni Morrison, esa extraordinaria novelista y luchadora incansable por los derechos de los afroamericanos; sobre todo, los de las mujeres. "Lo que hago es quitar las tiritas para que se vea la cicatriz de la sociedad, la realidad (…) desde el lado del conquistado", explica. "Narrar es algo radical que nos crea al mismo tiempo que nos creamos", insiste. Me pregunto si mis novelas tienen esa narración radical que necesitan los lectores, si en algo han contribuido a que los humanos seamos realmente eso: humanos. A denunciar la intolerancia, la violencia, la brutalidad del rechazo a lo distinto, a ese *otro* que, creemos, nos amenaza. No tengo respuesta, pero no debo sentirme satisfecha. No todavía.

Ser optimista y tener flotación positiva cuando eres una mujer blanca, de ojos verdes, sana, con un buen nivel económico y educativo, que jamás ha sufrido ningún tipo de rechazo ni injusticia, con mil oportunidades y una vida en la que las risas han ganado la batalla, resulta fácil. Obtener el premio Nobel de Literatura si tu color de piel es oscuro y naciste en una familia de bajos recursos, con un padre obrero, divorciada con dos hijos, por lo tanto, con una enorme necesidad de encontrar trabajo, no es cosa fácil. Tampoco terminar tus estudios, y hasta un doctorado, cuando los primeros pasos hacia tu nueva escuela provocaron manifestaciones segregacionistas históricas. Admiro y admiraré siempre a este tipo de mujeres. Escribir sobre ellas me obsesiona, pero convertirme en una de ellas, debería ser mi meta.

La otra mujer loca

En la novela *La mujer loca*, de Juan José Millás, a la protagonista se le aparecen palabras. Hablan, se mueven, le piden favores. Cuando yo
escribo o pienso en mis novelas, frases enteras
brotan de no sé dónde; diría que puedo escuchar-
las. Muchas veces me llegan en la madrugada y
me obligan a levantarme de la cama y correr hacia
un pedazo de papel para anotarlas. Creo que el
olvido no es su destino favorito.

Al mirar la pantalla de mi computadora, siento que algunos términos están vivos. Por eso, el
proceso de corrección es tan difícil: porque hay
que matar unos vocablos[1] para que otros surjan.
Cambiar un "vio" por "percibió", por ejemplo. O
una "tentación" por "atracción". Al enmendar,
trato de dejar las letras salvables de la palabra que
estoy modificando pues siento que esas letras, por
antigüedad, tienen más derechos. Corregir duele,
porque uno no sabe a dónde van a dar esos tér-

---

1   Por ejemplo, ahora mismo sustituí "palabras" por "términos", para evitar repeticiones. Por lo tanto, también maté una
letra, puesto que términos es masculino y me vi obligada a cambiar "otras" por "otros", buscando la concordancia.

minos borrados. Como tampoco sé a dónde fueron a parar mis muertos.

¡Hay tantas personas que ya no están en el mundo! Basta con ir a un museo y observar los cuadros: casi la totalidad de quienes aparecen en las pinturas, no existen más. Salas saturadas de rostros y figuras de gente muerta. Ir a un museo de pintura figurativa, sobre todo de retratos o de escenas costumbristas, es asistir a un enorme cementerio en el que los fallecidos, en lugar de estar bajo tierra, cuelgan de las paredes como si nada hubiera cambiado.

Es difícil corregir una novela, pero aún más enmendar la vida. Por ejemplo, la de mi abuela Leopoldina. Sí, la que se trató de suicidar y murió en el intento. Tenía diabetes y, al parecer, estuvo mal medicada por un psiquiatra bastante reconocido. ¿Por qué acabó la madre de mi madre en manos de un psiquiatra? No tengo idea y ni siquiera importa, el hecho es que las pastillas recetadas la acabaron de destruir. Ya estaba un poco derrotada y, si soy sincera, la diabetes no fue la responsable, sino el golpe emocional de ver a sus dos hijos varones pelearse por la herencia. Ambos contadores, querían quedarse con el despacho que mi abuelo Gonzalo había fundado. Él seguía vivo, pero su accidente cerebrovascular lo imposibilitó para seguir trabajando.

Los conflictos con los hijos mermaron la energía que necesitaba para seguir funcionando. La hija mayor, con muchos problemas de la vista (murió prácticamente ciega), no lograba casarse; sus dos hermanas menores contrajeron matrimonio antes que ella, en una época en que conseguir pareja para formar una familia decente y perfecta, era imperativo. "Hermana saltada, hermana quedada", decían. Eso, aunado a la guerra tácita y sin tregua de sus hijos, le dejó a Polina una particular propensión a extinguirse. Desde siempre fue una mujer de pequeña estatura y extremadamente delgada; antes de morirse lo era aún más. Su fortaleza emocional dejó de caracterizarla, y con apenas sesenta años, parecía un animalito aterrorizado, en posición fetal, buscando protección. Tal vez las píldoras no le funcionaron como se suponía; en ese entonces, los medicamentos para aliviar depresiones y ansiedades no eran tan avanzados.

Una madrugada, cuando decidió que las terapias de su marido para recuperar la movilidad y reaprender a hablar habían logrado su cometido, Leopoldina se vistió con la misma ropa del día anterior, se lavó la cara, se puso crema Teatrical, con mayor suavidad debajo de los ojos, y se maquilló un poco. En los labios, su color favorito, un tono coral muy tenue que usaba para días de fiesta. Dentro de la bolsa de su falda, guardó la licencia de conducir (la misma que yo coloco, año con año, en la ofrenda de muertos). Sobre la máquina de coser, que ahora adorna mi casa, escribió una carta y ahí la dejó, para que la viera la enfermera en cuanto llegara a las siete de la mañana en punto. La carta. *Esa* carta. ¿De qué manera habrá elegido las palabras que iba a plasmar? ¿La fue redactando en su mente? ¿Qué términos seleccionar para despedirte de tu esposo, de tus días por venir? ¿Cómo decirlo? Mi abuela dejó una carta manuscrita. Armando, en cambio, subió su propia despedida a Twitter. ¿Ambas tuvieron el mismo peso?

Tratando de que nadie la escuchara, ni siquiera Pipa, la vieja perra setter irlandés, salió de su casa a pie. El sol apenas se asomaba y el suéter que llevaba puesto no alcanzaba a protegerla del frío. Me va a dar una gripa horrible, pensó. Cuando iba a cruzar la primera calle, se dio cuenta de que había olvidado sus llaves y echó marcha atrás. Algunos pasos después, comenzó a reírse. Sí, sola. Sí, en voz alta, sin miedo a que la creyeran loca. ¿Para qué quiere las llaves de su casa una persona que jamás regresará? ¿Cuántas cosas hacemos de manera automática todos los días?

Llegando al puente más cercano, uno de los que atraviesan una transitada avenida, se preparó para saltar. ¿No pensó que podría causarle la muerte a las personas que circulaban en su coche, ahí debajo? La impresión de ver un cuerpo caer debe ser terrible. Esquivarlo, se antoja complicado. Pero no logró aventarse: un ataque cardiaco le robó la vida cuando estaba a punto de suicidarse. Antes de que el sol comenzara a calentar la ciudad —parques, árboles, edificios—, mi abuela cayó muerta sobre la acera. No sé bien qué pasó después. Supongo que algún peatón, al verla desvanecerse, pidió una ambulancia, llamó a la policía, gritó pidiendo ayuda.

Mientras se llevaban el cuerpo, un testigo dijo que era la mujer loca que había observado riendo sola, unas cuadras antes. Yo tenía once años, y además de saberme su nieta favorita, compartíamos día de cumpleaños y de santo (a pesar de no portar el mismo nombre; casualidades de la vida).

A mi padre le tocó reconocer el cadáver. Juraba que su rostro lucía tranquilo. Pero supongo que fue una mentira, de esas que decimos para enmendar lo irremediable.

Componer la vida no es fácil. No basta borrar palabras, agregar otras, cambiar tres letras o buscar el sinónimo más adecuado. De hecho, para la palabra suicidio no existen sinónimos. Y en mi pasado (no: en mi presente), hay dos suicidios.

La última vez (esta sí, la última)

Mi madre me lo advirtió y la experiencia de ese empresario al que secuestraron hace muchos años, también debería haberme puesto sobre aviso. La terrible sensación de haber visto a la muerte muy de cerca, transforma el tiempo que te queda de andar por este mundo. Y al hacerlo, necesariamente modifica la vida de quienes te rodean. Cambian las apuestas, las reglas del juego. El rompecabezas de las prioridades, tan aletargado, demasiado cómodo en su sillón mullido, se resquebraja, como si sus piezas hubieran sido lubricadas con adrenalina.

Mi padre, después del infarto y ya con un amorío en las sombras, decidió salirse de la casa familiar y aventurarse en esta nueva relación. El conocido empresario y filántropo hizo lo mismo: ambos dejaron a sus esposas de más de veinte años, a sus hijos, casas, jardines, y se llevaron hasta los planes de un futuro que nadie nos garantiza.

La última vez que mi esposo y yo fuimos juntos a París fue, realmente, la última. En cuanto el médico lo dio de alta y le aseguró que la cirugía de las cervicales había sido un éxito, comenzó a asistir a fisioterapia para recuperar la movilidad del cuello y de la pierna derecha, pues también se fracturó el fémur. Asimismo, decidió ir a psicoterapia: necesitaba enfrentar sus fantasmas. No dejaba de repetir, a quien quisiera escucharlo, que es mucho más fácil morir de lo que uno piensa. "No hace falta un gran esfuerzo. Ni siquiera es un proceso largo. Pasa de un segundo al otro sin que el afectado siquiera se dé cuenta".

Ya no usaba el collarín que lo acompañó durante dos meses y medio, pero sí estaba estrenando una mirada que yo nunca antes había percibido. ¿Qué tipo de mirada? Como de quien se está quitando una piel que jamás le había acomodado. Ojos de mudanza. ¡Eso! De mudanza.

Hay pequeños detalles que nos hacen abrir los ojos. Un domingo, al tender la cama, observé que nuestro colchón estaba hundido (es decir, más gastado) en ambos extremos. En medio seguía intacto. En ese instante me di cuenta de que los objetos realmente tienen voz y depende de nosotros escucharlos. Así es, noche a noche acostumbraba irme a la cama primero. Cuando mi esposo llegaba, yo ya dormía, así que el terreno natural de las batallas amorosas se quedaba con las ganas de recibir a dos cuerpos que saben comunicarse más allá de las palabras. El colchón, pues, era la fotografía de dos seres humanos que, sin apenas darse cuenta, iban distanciándose hasta que la brecha resultó demasiado profunda.

Maryam fue la segunda en darse cuenta. Mi papá está muy extraño; no sé, como raro. Parece que está aquí, pero me da la impresión de que flota a miles de kilómetros de distancia, me decía, en cuanto nos quedábamos solas.

Los kilómetros no fueron tantos: 3.7 para ser exacta. Ahora vive en la calle de Petrarca junto con ella. No, no me refiero a mi hija, sino a ella, quien se ha convertido en su pareja formal, aunque mucho tiempo antes ya convivían entre las sábanas. Imagino que varias escenas eróticas de sus novelas están inspiradas en lo que acontecía encima de esa cama tamaño matrimonial. ¿Es correcto llamarle "matrimonial" a un colchón que resistía los embates sexuales de una pareja de amantes?

Mi mamá me lo advirtió. De algo sirve la experiencia. Su estatus se transformó el día en que mi papá hizo las maletas: de mujer casada se convirtió en abandonada. Tenía cincuenta y un años. Yo tengo algunos más. Ella sintió morirse. Si la gente muriera de tristeza, mi madre hubiera sido la primera. Yo, en cambio, sentí cierto alivio y comencé a acariciar mi soledad como si nunca antes la hubiera poseído. De mujer casada, me he convertido en mujer. Así, sin adjetivos. De pronto, mis días cobran otro sentido. Tengo más tiempo y decido con mayor libertad sobre los pequeños detalles que conforman la vida cotidiana. Cargo con menos responsabilidades y mis remordimientos se han ido apagando. Me apapacho a diario; disfruto de otra forma el aire que respiro. Con amabilidad, pero de manera firme, digo que no a todas las invitaciones pues prefiero quedarme en casa para irla convirtiendo, poco a poco, en un espacio solo mío.

Imagino que vuelvo a enamorarme. De un director de cine que desea llevar alguna de mis novelas a la pantalla grande. O de Robin Petch, un biólogo marino y feroz atleta en la cama. Tal vez de ese actor mexicano tan atractivo; ¿José María Yazpik, se llama? Pero mis ganas se quedan en eso, en imaginerías.

Esta etapa de mi vida también posee un toque de ironía: de ser la esposa de... ahora soy la exesposa de... Haber estado casada con un hombre conocido, me tuvo siempre en un segundo plano. Cuando presentaba mis libros en los medios de información, sin importar que el conductor de tele o la periodista de alguna estación radiofónica fuese hombre o mujer, pocas veces evitaban comentar al aire (para que todos se enteraran) que yo estaba casada con un escritor exitoso. ¡El novelista que más libros vende en este país!, presumían. ¡Un creador de *best sellers*! Yo solo sonreía levemente, evitando entrar en el tema. Ahora mencionan que "estuve casada con...", como si siguiera siendo parte de mi currículum.

Escribí dos o tres libros en los que rescato del anonimato a mujeres notables, que vivieron detrás de sus hombres. Quise hacerlas visibles. Todos conocen a Voltaire, pero ¿quién a Madame du Châtelet? Muchos saben que Robert Capa fue uno de los mejores fotorreporteros de guerra. En cambio, el nombre Gerda Taro no le dice nada a casi nadie. ¿Qué significa hablar de Lou Andréas-Salomé frente a la importancia, por solo mencionar a uno de sus amantes, de Nietzsche? ¿Alma Mahler *versus* Gustav Mahler?

Así ando yo, perdida en un anonimato que el divorcio no ha ayudado a subsanar. Todo lo contrario. Ayer en un restaurante, una mujer llegó a saludar y me dijo: "¿Te confieso algo? Hay gente que piensa que tus novelas las escribía tu marido". ¡Carajo!, me dan ganas de gritar. Pero dos minutos después, me río.

Hoy vivo tranquila. Reacomodando mis prioridades. Sin nadie que dependa de mí (ni siquiera una mascota). Maryam no depende más que de ella misma y de sus ganas de transformar al mundo.

Me siento, pues, preparada para asumir las consecuencias de mi atrevimiento: permanecer quieta y tranquila dentro de un viejo edificio que no deja de moverse.

Afortunadamente ya no sigue temblando, pero la tierra se movió demasiado.

Imaginerías

Entonces se detuvo la brisa y por un momento
todo quedó en silencio.
JOHN BANVILLE

Otra vez el mar. A una corta distancia. Apenas nos separa un tramo de arena parda y mansa. Pesada. Un conjunto de pequeñísimos miembros que, a lo lejos, parecen un sólido, individual y gigantesco ente inamovible. Cuando la leve brisa cede el paso al soplido de un viento más agresivo, vemos volar las pequeñas arenillas, las de arriba, separándose de la manada.

Hoy escucho las olas bajo la sombra, mi indiscutible aliada desde que me descubrieron cáncer de piel y tuvieron que quitarme un lunar sospechoso que ya había echado raíces. Las raíces fueron arrancadas de su terruño, espero que para siempre.

A pesar de que disfruto viajar y lo hago tan seguido como mi presupuesto lo permite, mis raíces están profundamente afianzadas a la tierra de mi país. Adoro subirme al avión que me llevará lejos, tal vez hasta Estambul, Yokohama o Bangkok, pero amo todavía más abordar el aeroplano que me traerá de regreso. A lo seguro. A lo conocido. No me gustan los riesgos. Prefiero seguir pisando las calles tantas veces recorridas y degustar los platillos a los que me acostumbré desde la infancia. Esa es la razón principal (la única, en realidad) por la que mi relación con Robin ha terminado. Él es un aventurero profesional que no sabe estar en calma. Más de tres meses en el mismo lugar, lo convierten en un hombre intolerante y gruñón. Casi amargado.

Hoy, aquí, en Acapulco, leo *El Mar*, de John Banville, mientras lo observo (al mar; al autor no lo conozco). Tal vez sus descripciones tan detalladas estén influyendo sobre el texto que, poco a poco, letra tras letra, voy acomodando en esta pantalla. Un texto que no logro adivinar de qué se trata, porque no se trata de nada. ¿Hay vidas en las que nada pasa? Antier sí pasó. Algo pasó.

Entre el océano y yo, además de arena, está mi hija. Espigada, alta. Cubierta por un bikini naranja, camina con la misma dosis de despreocupación que de elegancia. Maryam posee un olfato tan desarrollado, que le permite distinguir distintos aromas a los que los demás seres humanos no tenemos acceso. Además, siempre está presente, pero sabe conservar una sana distancia y una independencia que a las dos nos alimenta. Ayer aterrizó en este puerto, de urgencia. Vino a salvarme de la soledad. No es que me disguste estar sola, todo lo contrario: me encanta. Pero cuando es una soledad buscada. La repentina partida de Robin, hace un par de días, me dejó un poco vacía. Sin saber qué hacer ni de qué manera recomponer mi vida. Observar la fauna marina será una actividad que solo admiraré en Animal Planet. ¿De qué me va a servir lo aprendido? Distinguir los distintos tipos de gaviotas por su graznido o saber la composición química de las corrientes marinas, que permite a las tortugas encontrar su destino. ¿Y el mío?

Además de la muerte, a la que me dirijo con total certeza, la misma que ya me ha robado, en el mismo año, a dos de mis cariños, no sé hacia dónde encaminarme. Supongo que el desamor descoloca, inquieta, golpea. El desamor sí es tema de una novela. Los terremotos que destruyen y apabullan, también. El océano, solo cuando actúa, manifestándose en un tsunami, por ejemplo. O cuando es testigo de un viejo loco y obstinado, tratando de atrapar a un testarudo pez vela que no desea transformarse en ceviche.

Quito mis ojos de la pantalla y los poso en el mar. Otra vez el mar. Siempre en movimiento. ¡Le he hecho tantas preguntas! Y lo único recibido han sido dosis de agua y espuma; ninguna respuesta. A menos que interpretar la espuma blanca o amarillenta se convierta en una señal que he pasado inadvertida.

¿Se necesita haber vivido una tragedia para escribir una novela? Julián Herbert comienza a redactar *Canción de tumba* junto al lecho de su madre, que fue prostituta y ahora se está muriendo en un hospital gubernamental (triste y frío). Gaël Faye narra las sangrientas luchas entre tutsis y hutus, de las que él sufrió las consecuencias directas: familiares cruelmente asesinados y su madre, enloquecida. John Rhodes sigue luchando contra su bipolaridad y su drogadicción, ayudado por la música, Bach, sobre todo, que siempre lo salva.

¿Debería buscar mi tragedia personal? Puede ser que la haya encontrado: la vida, como la había concebido desde hace dos años cuando conocí a Robin, se ha terminado.

Ahora que lo pienso, se terminó desde la mañana (hace no demasiadas mañanas) en que me dijo que ya no podría vivir sin mí a su lado. Las vueltas de tuerca están sobrevaluadas. No es necesario un abandono o traición, una muerte o un accidente. A veces son mucho más sutiles, volátiles. Banville, hablándome al oído con el mar Pacífico y acapulqueño de fondo, me pregunta: "¿En qué momento, de entre todos los momentos, nuestra vida no cambia completa, totalmente, hasta el cambio final, el más trascendental de todos?".

Mi amor pasional por Robin dejó de existir cuando escuché las palabras "dependiente" y "te necesito". Y no porque haya sido un juicio inmerecido: precisamente, por lo contrario. Cuando lo conocí, se paseaba por el mundo solo, sin requerir de nadie. En el último año no ha tomado una decisión sin consultarme. Decisiones, a veces, que ni siquiera tienen importancia: qué platillo ordenar o cuál shampoo le conviene más a su cabello largo y canoso. Así que, pensándolo bien, fui yo quien lo empujó de forma sutil, pero sin marcha hacia atrás, a emprender nuevas aventuras. Lejos de mí.

No me queda, pues, más que reconfigurarme de nuevo. Reinventarme como personaje. Ser otra Irene. Cambiar de vida, de metas y de sueños. Dejarme llevar por un oleaje que siempre se y me construye. Estrenar ganas y mirada.

De pronto, todo se detiene. No solo la brisa, también el mar, igual que si se hubiera congelado. Las palmeras ya no se mecen. Mi hija cierra su libro (está leyendo *La soledad de los números primos*) y fija sus pupilas en el horizonte calmo. Las urracas que antes emitían alaridos al pelearse por un pedazo de alimento, observan sus plumas, extrañadas, como si apenas cobraran conciencia de su color negro platinado.

Entonces, todo queda en silencio y puedo escuchar mi voz, preguntándome: ¿acaso sabes cuántos años te quedan? Deja de escribir, apaga tu computadora y vive.

Vive, antes de que este terremoto se convierta en la última marejada, en el último de tus alientos.

Descalza

Los pies son nuestros instrumentos
para hacer contacto.
OLGA TOKARCZUK

No sé si ya lo dije antes: amo estar descalza.
Es como ir desnuda, pero respetando las reglas
sociales y aquellas que dicta la estética (mi geografía corpórea ya no está para presumirse).
Claro, gasto bastante dinero en pedicuras, porque mis callos crecen y crecen. Todos los días,
antes de dormir, debo lavarme los pies o ensu-
ciaría las sábanas. Mis plantas son un ejemplo
de lo que el término "pata rajada" significa literalmente. Pero nada de lo anterior importa:
soy Tauro y, según dicen los astrólogos, mi elemento es la Tierra. De la Tierra me nutro y no
me siento yo si mis pies no están *desnudamen-
te* unidos a ella.

Tauro = tierra. Esa tierra que nos acuna y nos
reclama. Toneladas de basura, desechos tóxicos,
especies de animales y vegetales que se extinguen
a fuerza de la ignorancia y necedad de los hombres. Una Tierra que no sabe estar callada, prefiere cobrar venganza con su ancestral sabiduría.
Finalmente, está viva desde antes de que el ser
humano siquiera fuese una ilusión: inundaciones,

incendios, sed, hambre, sequías. Influenza. Coronavirus. Desolación y tristeza.

El planeta habla su propio idioma. Si pudiera escribir, como lo hago ahora, ¿qué nos diría? Es fácil adivinarlo. Lo que vivimos cotidianamente, no necesita palabras ni letras plasmadas. Basta con ver las noticias. O, mejor aún, con quitarse el calzado y dejar que los pies, principio o fin del cuerpo, reposen sobre el pasto, la grava, el polvo o el lodo del lugar que, a fuerza de llamarlo *nuestra casa*, nos hemos apropiado.

¿Les he contado mi experiencia con ácidos? Para ser más precisa: una tacha con leve dosis de LSD. Hace un año, cuando todavía éramos pareja, Robin me invitó a *viajar* juntos. Para conseguir un ambiente ideal en donde mi vikingo inglés se sintiera seguro, fuimos a su cabaña en Yorkshire East, construida sobre un acantilado con vista al mar: obvio, a Míster Petch no le gusta vivir alejado del océano. El agua, desde ahí, se veía platinada y tranquila. El viento, antes que acariciar mi rostro, revolvía mi cabello y, testarudo, por más que yo me lo quitara de los ojos, insistía en cubrírmelos. Robin me dijo, burlándose: ¿Ahora entiendes por qué las mujeres de este pueblo usan mascadas?

Es imposible narrar lo vivido. Casi todo se puede decir con palabras, encontrando aquellas adecuadas y el orden en el que deben escribirse, pero lo que sentí ese fin de semana, es imposible expresarlo. No hay manera de hacerle justicia a las emociones y sentimientos que se tienen. ¿Han visto las portadas de los discos del grupo Yes? Pues eso, aunque potenciado. Psicodelia delirante. Y los discos solo muestran imágenes. Imposible que sean portadoras de aromas, sensaciones, temblores, desasosiegos, ilusiones, sueños.

¿Qué debo intentar contar de esa vivencia sin que parezca una suerte de artificio? Solo unas palabras: todo en mi vida se puede poner por escrito. Letra tras letra. Excepto lo que sucedió ese día en un jardín con un estanque que albergaba a dos carpas enamoradas y un árbol tan milenario como sabio, de esos que saben resistir los embates del viento, acercando su tronco a la tierra. Ancestros. Historia. Destino. Líneas escritas por quienes tienen más imaginación. Una llamada telefónica a mi sorprendido padre, mi raíz y fortaleza. Una reconciliación con mi cuerpo al percibir, recostada sobre el césped amoroso y con las manos sobre mi vientre desnudo, el poder de la matriz, es decir, de mi feminidad y lo que significa. Dialogar con la sangre que circula, incansable, alimentándome. Sentir su movimiento en venas y arterias. Distinguir la métrica de mi corazón: compases y cadencias otorgándome vida. Música de latidos recitándole versos prohibidos a unas atribuladas (pero felices) neuronas.

Manos que huelen el rojo y pupilas ensimismadas en el sonido del pasto creciendo. Mi piel se estira hasta abarcar las raíces que horadan la tierra. Por mi pecho absorbo el aroma de un misticismo laico que apremia y hechiza nuestros deseos. La mirada de Robin me succiona y, juntos, entonamos la melodía de sus ancestros, que un colibrí verde cereza promulga en mi oído.

Dejo atrás el hechizo. Insisto en lo absurdo de una narración inasequible. Regreso a los pies. De esa experiencia, hay varias cosas que rescato. La más importante: mi conexión con la Tierra. A través de mis pies (siempre descalzos), del césped recién regado por la lluvia, que los acariciaba, de mi cuerpo sobre un jardín infinito, poblado de arbustos potentes llenos de florecillas cuyos vibrantes colores no parecían verosímiles, encontré la magia. Mi magia. Mis debilidades y potencias. Esa Verdad como respuesta cambiante a cuestionamientos, miedos y metas.

¿Tener una fuerte conexión con la Tierra significa ser terrenal, es decir, racional? No estoy segura. Si bien me considero partidaria de la lógica y lo tangible, y no logro admitir nada que no tenga explicación científica, sí creo en la magia. Del amor. De la ficción que nos reconfigura. De ser madre de Maryam. Exesposa del *amor de mi vida*. Examante de un exótico biólogo marino. Poseedora de una geografía que se transforma. Adoradora del océano y sus movimientos. Víctima certera de un terremoto que me ha inmovilizado, pero que, sin lugar a dudas, me hará parte de esta Tierra a la que mis pies (y toda yo) pertenecen

Del polvo vienes y en polvo te convertirás, dicen que sentenció algún dios, de esos que las religiones adoran. ¿Hemos de creerle? Pues si he de regresar al polvo, a la tierra, que sea descalza. Es la mejor manera.

Es la única.

Fractura

De la muerte parte el tiempo de la vida
y la cubre de velos y sed.
La vida es un presentimiento...
y la muerte lo sabe.
ARMANDO VEGA GIL

Armando Vega Gil siempre se vestía de negro, como si estuviera esperando su propio duelo. En nuestro último viaje juntos, a Miami, lo convencí de entrar a una tienda y le regalé tres camisas: blanca, azul y verde. También una bufanda de lino que reunía los tres colores y, por lo tanto, combinaba con cualquiera de las prendas. Se sentía nuevo, distinto, más optimista. Cuando su hijo lo vio, le dijo que parecía otro señor, menos serio. Yo pensé que dejar el negro lo obligaría a ver la vida de una manera distinta: sin tanto azote ni melancolía. Sin aceptarse como víctima.

Mi querido amigo llevaba mucho tiempo con problemas económicos a pesar de que tenía un montón de trabajos: además de sus toquines (como él les decía) con Botella, era el conductor de un programa de radio sobre cine, hacía reportajes sobre viajes para dos revistas, de vez en cuando le pedían artículos para otras publicaciones, escribía libros de cuentos para niños y novelas para adultos, daba shows con su Ukulele loco. De hecho, dejó un libro inconcluso. En el estudio de su casa, donde acostumbraba escribir, tenía un pizarrón blanco con el mapa de su nueva novela. En plumón rojo, aparecen los enemigos imaginarios: Témoris Greco, Bulldog Bullying, doña Malacate y Priciliano Cacarizo. También se leen términos como "composición meticulosa de un músico" y varias palabras: difamación, Versalles, Beatles.

Dos meses antes de su muerte, me llamó entusiasmado, contándome de un proyecto de escritura que le ofreció el músico Aleks Syntek. Le iba a pagar una suma decente.

—No chingues, Bacha, estoy feliz; me va a sacar de un buen pedo. ¿Sabes cuánta lana tengo en mi cuenta? Diecisiete pesos con cuarenta y un centavos.

—¿Neta?

—Neta. No me alcanza ni para pagar una cita con el doctor para que me revise mi pata cuáchala... Y como ni tarjeta de crédito tengo.

—¡Uta! No te alcanza ni para dos tacos. Si necesitas, te presto.

—Te acepto una lana, pero no ahora. Me preocupa que para el pleito legal por lo de mi depa, me pidieron hacer un depósito de garantía de treinta mil varos, que es una lana que no se toca, pero necesito tenerla —me explica—, y obvio no la tengo.

—¿Garantía de qué?

—Debo demostrar que la tengo, pues si pierdo la demanda, la usaría para gastos de mantenimiento en buenas condiciones del depa. Vamos, que si lo destruí, lo arregle.

—Tú me dices cuándo y te los deposito. Pero avísame con anticipación para conseguir el dinero.

—Ay, gracias, te los acepto.

—Solo dime con tiempo, ¿eh?, porque no es que los tenga debajo del colchón —advierto—. ¿Tus otros proyectos? ¿Cómo van? Tienes muchos amigos en los medios. Ofréceles algo.

—Ya lo hice, pero nada más me dan largas. Y unos ya ni me toman la llamada.

—Y tu propuesta de libro nuevo, ¿qué te dijeron en la editorial?

—Que no les interesa. Acuérdate cómo me maltratan... No sirvo para naaaaaaada.

—Ya deja de decir eso. Carajo. ¡Ups! Me tengo que ir, acaban de llegar mis alumnos. Cuando necesites los treinta, me avisas.

—Sipirilipi. Te amo.

Armando me decía "te amo" cada vez que hablábamos por teléfono o que nos veíamos, casi siempre para comer. Era un gozo verlo elegir el platillo que más se le antojaba. De aperitivo, un mezcal. Durante la comida, él escogía el vino adecuado pues hasta un poco de enólogo tenía. Era un hombre con muchos talentos y, para mí, tomaba el papel según fuera yo necesitando, de padre, hermano, amigo o amiga, marido, exesposo, hijo.

Antes de decidir cuál era el árbol más conveniente para ahorcarse, Armando tenía muchos proyectos en puerta. Además del libro con Syntek, uno sobre viajes.

—Salen nuestros viajes a Shanghái e Islandia —me contó, vehemente.

—Qué chingón —le dije—. Ya quiero verlo publicado.

Llevaba varios meses preparándolo y, además de dos capítulos que no había terminado todavía, solo le faltaba encontrar editorial.

—Y me acaba de escribir un director de cine.... quiere *Picnic en la fosa común* para adaptarla a peli. ¿Te imaginas? —me dijo dos días después, en otra conversación telefónica—. Además, tengo un *book* casi listo para mostrárselo a tu amiga, la que tiene una galería especializada en foto.

—Dime cuándo y te consigo una cita con ella; se llama Patricia Conde. Y tienes el taller en el restaurante Lipp. ¡No se te olvide! —le supliqué, pues con eso de que no llevaba agenda, a veces le daba por olvidar ciertas cosas.

Menos de un mes antes de su suicidio, quedamos de vernos en la Feria Internacional del Libro de Minería, pues nuestras presentaciones coincidían en fecha y hora. "Igual nos encontramos a la salida y te doy un beso", me escribió, pero no logramos ponernos de acuerdo (¿no me esforcé lo suficiente?). "Te extraño", me dijo, cuando se truncaron nuestros planes. Esa hubiera sido la última vez que lo vi, pero la verdadera última vez que lo vi, fue en *nuestro* restaurante de la colonia Roma. Nos reunimos para planear un taller que daríamos juntos. El taller se titulaba "El vicio de escribir" y lo impartiríamos, precisamente, dos días antes de su muerte. Pero de alguna misteriosa manera, no se juntó el número de alumnos que necesitábamos. Armando no tenía dinero y aunque solo tuviésemos diez personas inscritas, estaba dispuesto a dar las clases. Yo tenía dos problemas: una flojera inmensa y un evento que no estaba agendado. La entonces mejor amiga de Maryam llegaría a México, de sorpresa y desde Suiza, una semana antes y a mí se me ocurrió llevarlas a la Riviera Maya. Nadie me lo sugirió, nadie me obligó; la culpa, pues, fue solo mía. Tenía ganas de que Mara, además de la grandeza de la Ciudad de México, conociera alguna playa del Caribe, así que hice lo posible para que el taller no se llevara a cabo. Ese fue el principio de mi fractura y de un dolor que todavía me paraliza.

—Aguantemos —me dijo Armando cuando le sugerí, disimuladamente, cancelar el taller y regresarle el dinero a los pocos que se había inscrito— ¿O ya te agüitó que haya poca respuesta?

—Mejor pasémoslo para después de Semana Santa —sugerí, ocultándole que la verdadera razón de mi desánimo, es que tenía ganas de llevar a mi hija a un viaje de fin de semana con su amiga nacida en Alemania.

Después de un rato de sopesar los pros y los contras, gané la contienda:

—Me dejas agüitado, pero ya ni pex —pronunció con desánimo—. Me voy porque tengo cita con un carnalito que dizque me quiere ofrecer una chamba. Está más mejor hacerlo con muchos alumnos. Ta' bien —aceptó sin estar convencido del todo.

—Perdón —le dije, pidiendo la cuenta.

—No *problemo* —respondió, despidiéndose, y esas dos palabras, así, juntas, fue lo último que escuché de su boca.

El domingo 31 de marzo, por la noche, aterrizando en el aeropuerto de la Ciudad de México, después de haber pasado cuatro días en un hotel espectacular de la Riviera Maya, le quité el "modo avión" a mi celular. Entonces aparecieron los mensajes de Armando. En uno de ellos, que evidentemente le había enviado a todos sus contactos, explicaba que lo habían acusado, de manera anónima, de haber acosado brutalmente a una chica menor de edad. Decía que a pesar de que estaba preparando una defensa legal, sentía que el daño para su carrera de músico, fotógrafo y escritor era irreversible. Negaba rotundamente el hecho y pedía una disculpa "a cualquier chica que haya ofendido de cualquier manera, que alguna acción o palabras mías pudieran ser malinterpretadas al grado de ofender. Las mujeres tienen derecho a alzar la voz para cambiar este mundo podrido".

No lo noté tan abrumado; de hecho, parecía estar en control. Mientras esperábamos nuestras maletas, le envié un texto: "¿Me explicas qué pasa?". Respondió: "Estoy con mi abogado. Te marco después". Eso fue exactamente a las nueve de la noche con cuarenta minutos.

Maryam, Mara y yo tomamos un taxi y llegamos a la casa, agotadas. Era casi media noche, así que me desmaquillé, me lavé los dientes y en cuanto mi cuerpo sintió la seguridad de un colchón con el que lleva años de convivencia, me quedé dormida. En la madrugada, tal vez a la una o dos, Armando me marcó un par de veces y yo estaba tan cansada que, a pesar de que la vibración de mi teléfono me despertó, no le contesté; decidí llamarle al día siguiente. ¿Por qué no respondí? ¿Por qué no presentí que algo verdaderamente grave pasaba?

Todavía hoy, más de un año después, siento que fui yo quien, con mi distancia e indiferencia, con mi ausencia, colaboré para ponerle la soga en el cuello. La culpa enceguece, ensordece.

A las seis de la mañana, la llamada de mi amigo Juan Aguirre, dueño de un grupo radiofónico, me despertó.

—¿Está bien Armando? —preguntó, angustiado—. ¿Viste lo que subió a su Tweeter?

—Claro —respondí, sin saber bien a bien de qué hablaba—. Es un azotado. Al rato se compone —le dije, todavía adormilada.

Pero yo aún no había visto su carta de despedida. Me acomodé sobre la almohada, traté de volver a conciliar el sueño y, sin embargo, me quedé intranquila. Entonces, busqué en las redes sociales y leí el inicio de su texto: "No se culpe a nadie de mi muerte: es un suicidio, una decisión voluntaria, consciente, libre y personal". De esa manera brutal respondía a la denuncia de #MeTooMusicosMexicanos.

"Si le pasa algo, me muero", le escribí a amigos en común. Y es cierto: la culpa no solo fractura, también mata un poco. A las ocho de la mañana, su manager me mandó un WhatsApp preguntándome si sabía algo de Armando: "Ya fuimos a su casa y no está. Dejó el celular y abierta la puerta". Y a las diez con veintiocho minutos, me escribió: "Está muerto. Ya lo encontramos".

Hoy, su nombre todavía sale en mi lista de contactos favoritos de mi celular. No quiero borrarlo. Y la culpa de no haber estado ahí, para él, cuando lo necesitaba, tampoco se me borra. Alguien dice que sentirme responsable es un odioso acto de egocentrismo. Lo cierto es que yo llevaba unos dos meses alejada de Armando. Sus quejas constantes me tenían un poco abrumada. Su sombría y equivocada visión de él mismo, me cansó. ¡Era tan luminoso! ¿Cómo pudo no darse cuenta? Sentirse derrotado mermaba mi energía. Yo necesitaba distancia. Un respiro.

Leo uno de sus poemas:

El Hubiera existe,
    es real,
       se hunde en la carne y la infecta;
El Hubiera es un pantano,
      pesadumbre,
      advertencia de aspas y navaja,
  veneno,
  veneno amargo veneno

Para el Hubiera no existen disculpas;
el Hubiera es una lección fustigándonos el rostro
   con uñas de sangre;
lo irreparable.

El Hubiera mata.

A mí, un "hubiera" me está torturando. ¿Y si te hubiera llamado la noche del domingo en lugar de haberme esperado al lunes? ¿Y si te hubiera visto más seguido esas últimas semanas, para apapacharte, apoyarte, hacerme más presente? ¿Y si te hubiera quedado más claro lo mucho que te quería y necesitaba? ¿Y si hubiéramos continuado con el plan del taller que, ahora sé, era más que una chamba, más que un evento aislado, más que un simple ejercicio compartido?

¿Cómo le hago para acomodarte en mi pasado si siempre estabas acurrucado en mi presente? ¿Cómo le hago para retener en mi memoria tu voz, tu aroma, tu calidez infinita al abrazarme?

Y hoy, sin haberlo elegido, tengo que vivir —o dejarme morir—, con esta
c
u
l
p
a

Una llamada no hecha. Dos llamadas no respondidas. Una mano no extendida.

Culpa que me comprime, me pulveriza.

Que me fractura.

Finale

La vida no busca otra cosa sino la permanencia.
Esquivar el tiempo.
Proseguir su andadura. Anhelar la eternidad.
JORGE VOLPI

Este hombre y yo continuamos abrazados dentro de la cama, protegidos apenas por el leve peso de las sábanas. ¿Acaso nuestro instinto de supervivencia no es tan poderoso como para tratar de escapar? ¿Qué mecanismos se han activado en nuestro cerebro que nos incitan a permanecer desnudos, besando, acariciando y siendo acariciados? ¿Preservar la especie? Pero sería una especie aplastada bajo cientos de toneladas de concreto estilo Art Nouveau. Una especie condenada a la extinción inmediatísima, pienso en voz alta. Una especie que inconscientemente decide expiar sus culpas, sin ponerse a salvo.

El hombre, como si adivinara mis dudas, me tranquiliza otra vez, mientras pasea sus dedos por mi rostro. Después acerca su boca hacia mi pezón izquierdo, el que no reacciona porque algún día fue herido por el agua hirviendo, y lo consuela con sus labios. Yo quiero creer que nada va a suceder puesto que somos personajes de ficción y si se derrumba el edificio, será *como si* nos aplastara

Respiramos juntos, *como si* nos hubiéramos puesto de acuerdo. *Inhala, exhala.* La tierra ha dejado de moverse, ahora se mueven nuestras pieles, atadas. Hacia arriba, hacia abajo, danzando. Nos balancean las olas del mar. Navegamos la vida y, después, nos acurrucamos en un abrazo que se antoja eterno. Dormimos un rato, un muy breve rato.

Abro los ojos. Ficción o no, tengo ganas de ir al baño. Me levanto y salgo de perfil (siento que de perfil me veo más delgada), murmurando un cariñoso "ahora vuelvo". Estoy descalza y percibo el frío piso imitación mármol. Él no me escucha, o hace *como si* no me escuchara; prefiere tomar su celular para ver si ya se reestableció la señal y poder revisar en Facebook y demás redes sociales, de qué intensidad fue el temblor y qué está pasando en esta gran ciudad. ¿Muertes que lamentar? ¿Alguna vieja construcción, dañada en alguno de los sismos, cedió finalmente, desplomándose, agotada?

Sí: el edificio en el que nos encontramos. Después de un crujido terrible y un estruendo metálico, sus estructuras se dejan ir, relajándose, hacia abajo. Alcanzo a escuchar las voces de los vecinos que todavía están aquí enfrente, gritando. Algo ahoga mi propio bramido, que es más de sorpresa que de dolor. Y mientras la loza sobre la que camino materialmente se abre y un pedazo del techo cae sobre mi hombro (el que todavía lleva la cicatriz), supongo que encontrarán mi cuerpo desnudo. Desprotegido. Pienso —idiota de mí— que me hubiera puesto, al menos, una camiseta que me cubriera. El pudor ganándole al terror de morir o, peor aún, de sobrevivir unos días bajo quién sabe cuántas toneladas de concreto, atrapada. Sola. Aterrorizada. Vaya ironía estúpida. Y vaya sensación de claustrofobia.

Trato de abrir los ojos. Creo que los abro. No veo nada. Grito. Vuelvo a gritar porque me doy cuenta de que mis oídos no me escucharon. Toco mis piernas. No las siento. ¿Tengo el cuerpo adormecido? Los minutos se ensanchan; los segundos nacen abreviados. Estoy confundida. Intento moverme de nuevo, pero ahora solo logro que reaccionen los dedos de una de mis manos. Oscuridad. Angustia. Agonía.

Después, una liviandad extraña me acaricia. El miasma se disipa.

Lloro...

De él, no escucharé más su voz ni sentiré su brazo detrás de mi cabeza, mientras vemos alguna película que nos hemos tardado mucho tiempo en elegir. No compartiremos un trago ni viajaremos al otro lado del mundo. No disfrutaré de esa intimidad que tanta vida me inyecta. No retendré su latido ni acapararé su fuerte aroma.

En cambio, de mi hija Maryam, me llevaré todo. A donde sea que vaya o que no vaya, porque ya lo suyo lo traigo puesto. Falso que la condición del ser humano sea la soledad: no nací sola, no muero sola. Muero junto con todos mis muertos. Muero para apagar esa culpa que, desde el suicidio de Armando, me sofoca…

Siempre me sentí acompañada. Los seres humanos *son* en relación al mundo; en su intercambio con la realidad de afuera, se confirman. Yo me confirmo y me conformo de todos mis amores. El más poderoso: el de mi hija. Es, al fin y al cabo, el amor que me volverá eterna.

Siento una insólita calma. A pesar de tantos arrepentimientos, he sido feliz. Lo supe siempre: abrevé de la alegría. Fui amada. Privilegiada. Soy amada todavía, lo sé, a pesar de la distancia, a pesar de la separación, a pesar…

Ciudad de México, mayo de 2020

Agradezco

... el acompañamiento literario y sus opiniones siempre certeras, semana tras semana, de Adriana Abdó, Bertha Balestra, Erma Cárdenas, Ana Díaz, Rebeca Orozco, Javier Sunderland y Blanca Ansoleaga.

... la lectura puntual, inteligente y generosa de Federico Traeger (y su atinada cuarta de forros), Ximena Santaolalla y Témoris Grecko.

... la confianza ciega, los consejos y la amistad lúdica y entrañable de Mayra González.

... la paciencia y guía de mi editora, Fernanda Álvarez.

... las porras y recomendaciones que todavía me alcanzó a dar el queridísimo Ramón Córdoba cuando leyó el primer borrador de esta novela.

... a todos los personajes, reales o ficticios, que aparecen en estas páginas y han hecho de mi vida un lugar mucho más chingón y amable.

Índice

Lo que no he dicho de Beatriz Rivas
se terminó de imprimir en noviembre de 2020
en los talleres de
Impresora Tauro, S.A. de C.V.
Av. Año de Juárez 343, col. Granjas San Antonio,
Ciudad de México